노래하는 숲

온우주
단편선
0 1 1

노래하는 숲

은림 작품집

✳온우주

노래하는 숲

© 은림, 2014.

이 책은 저작권법에 의해 보호를 받는 저작물이므로 무단전재와 복제를 금지합니다.
이 책 내용의 전부 또는 일부를 인용하려면 반드시 저작권자와 은우주의 서면동의를 받아야 합니다.

이 도서의 국립중앙도서관 출판시도서목록(CIP)은
서지정보유통지원시스템 홈페이지(http://seoji.nl.go.kr)와
국가자료공동목록시스템(http://www.nl.go.kr/kolisnet)에서 이용하실 수 있습니다.
(CIP제어번호: CIP2014009368)

차 례

온우주
단편선

할 머 니 나 무

할머니 나무

내겐 아주 작은 비밀이 하나 있다.
그건 내가 곧 나무가 된다는 것이다.
내 어머니와, 할머니, 또 먼먼 할머니처럼

아스라한 아침 안개에 감싸인 골목을 2층 창에서 내려다본다. 어깨를 괸 창틀은 아주 오래전에 죽어버린 나무이지만 나는 알루미늄 섀시나 플라스틱 창틀에서는 느낄 수 없는 어떤 체온을 느꼈다. 맨 처음 반짝반짝하게 발라졌을 니스가 황폐하게 닳아빠진 창틀에는 오랜 시간의 흔적이 비틀림으로 남아 있었다. 그건 1밀리미터의 오차도 없이 만들어진 인공물들에는 없는 것들이다. 나는 얼룩처럼 튀튀하게 남은 창틀의 나이테를 어루만졌다. 규칙적이고 가느다란 결마다 잊힌 세월이 기록된 특별한 기억장치는 내 손등의 주름과 유사한 느낌이었다. 나는 나무가 될 테니까.

'나무가 되는 일'은 모계유전이다. 내 할머니는 나무였고, 수많은 이모들을 제치고 어머니가 제일 먼저 나무가 되었다. 나도 조금씩 다리 근육이 말라붙고 건망증이 심해지는 중이다.

"후……."

생각이 미치자 더욱 저려오는 듯한 다리를 주무르며 나는 길게 한숨을 내쉬었다. 1층과 2층을 잇는 내부 계단 마디마다 늘어선 화분에 물을 주던 참이라 손에 걸리적대는 게 많았다. 나는 남은 두 그루에 마저 물을 준 다음 허리를 폈다.

계단참에 걸린 네모난 창틀 밖으로 내려다보이는 큰길 너머로 도미노처럼 심은 가로수가 보였다. 간간이 부잣집 담벼락 밖으로 덩굴 장미 가지들이 늘어지기도 했지만 그게 끝이다. 옛날처럼 길가 어디에든 서 있을 정감 어린 것들은 이제 하나도 없다.

우리 집은 2층짜리 단독주택이었는데 비좁은 마당을 주차장으로 써서 잡풀 외엔 자랄 공간이 없었다. 그래서 나는 집 안 곳곳에 화분을 길렀다. 솔직히 화분 안에 나무를 가두는 건 한창 자라는 아이들에게 꼭 죄는 옷을 입힌 것처럼 언짢은 일이지만 어쩌랴, 사정이 그러한 것을.

마지막으로 물을 준 화분은 최근에 놀러 왔던 고등학교 동창의 선물이다.

— 예쁘고 신기해서, 너도 보라고…….

수줍게 내민 친구의 손에서 흐드러지게 웃는 꽃들은 꽃잎 모서리가 붉게 물든 노란 장미였다. 불쑥 빈손으로 와도 상관없는

사이인데 깜짝 선물로 색이 선명한 꽃을 가져온 친구의 마음이
느껴져 기뻤다.

— 화분이 또 늘었네. 집 안에 수목원 차려?

현관에 신을 벗고 들어서자마자 친구가 말했다. 친구는 내가
건넨 찻잔을 감싸 쥐고 물었다.

— 너, 혹시 외롭니?

나는 말없이 친구의 얼굴만 보았던 그때처럼 물끄러미 거리를
내다보았다. 위로 위로 살아 있는 나무처럼 해마다 자라나는 높
다란 건축물 사이로 바짝 쫄아붙은 이끼 같은 녹지가 어릿어릿했
다. 옛날에는 나무가 나무인지 풀이 풀인지도 모르게 집 밖을 나
서기만 하면 초목이 그득했었지. 이런 풍경 속에서 나무가 되려
니 두려움보다 서운함이 먼저 가슴을 할퀸다.

어릴 적에 내 몸이 나무로 변화하는 상상은 자려고 누운 발치
에서 섬뜩하게 덮쳐 오는 귀신 이야기 같았다. 나이를 먹어 더 이
상 귀신 이야기가 무섭지 않게 되었을 때 나는 '나무가 되는 것'
에 대한 두려움도 함께 잊었다. 그게 다시 무서워진 건 쉰을 넘긴
지금에서다. 무심한 시간이 비와 바람과 햇살 짓이겨 나무테에
새긴 것처럼, 막연하고 혼란스럽던 현실이 비틀리고 짓이겨져 경
험이 된 후에야 정말로 뭔지 알게 된 것이다.

나는 텅 빈 물뿌리개를 높고 좁은 화분 옆 제자리에 놓았다. 화
분 받침 속에 흙물에 떠내려온 지렁이가 꿈틀대고 있었다. 화사
한 분홍색 긴 생명체를 잠시 보다가 화초에서 떨어진 마른 잎으
로 살짝 건져 도로 화분에 넣었다. 지금은 징그럽지만 언젠가 친

구가 될지도 모르는 일이다.

"잔뿌리가 나오려나……."

화장실에서 손을 닦는데 세면대 거울에 비친 얼굴이 놀랄 만큼 창백했다. 나는 거칠어진 뺨을 더듬었다. 아직 혈관이 뿌리로 튀어나올 기미는 없지만 조만간 그렇게 되리라. 할머니는 가장 먼 기억 속에서부터 이미 나무였다. 어머니는 내가 열세 살 때 나무가 되었다. 그때 나는 이른 사춘기를 겪고 있었고, 그냥도 순순하지 않을 시간에 나무가 된다는 내력까지 짐짝처럼 어깨를 내리눌러서 숨이 막혔다. 나는 어머니를 거부하고 나무가 되는 혈통을 저주했다.

물론 지금은 아니다. 쉰둘은 열세 살의 네 배는 족히 채우고도 남는 나이다. 나이를 먹는다고 달라지는 것은 별로 없지만, 흐르는 시간은 나에게 폭 넓은 경험과 지각으로 열세 살 때는 알 수 없던 많은 것들을 이해시켰고, 막연한 상상들에 구체적인 설명을 달아주었다. '나무가 되는 사람'의 이야기도 그런 것들 중 하나였다.

녹색이 사금석처럼 박힌 부엌 가스레인지 위에서 법랑 주전자가 맑은 고음을 냈다. 나는 느긋하게 부엌으로 건너가 레버를 돌려 불을 줄였다. 물이 끓으면 멜로디를 내는 주전자는 빨간 법랑 위에 은으로 선처리를 한 세련되고 부담스러운 물건으로, 내 나이와는 어울리지 않는다. 남편은 내 스타일에도 어울리지 않는다고 말했다. 이건 아직 철이 덜 난 막내딸의 15주년 결혼기념 선물이다. 딸애가 오는 날이면 나는 분주하게 그 애가 선물한 그릇들을 꺼내어 씻고 몇 점 사용했다. 마치 늘 그랬던 것처럼.

주전자는 이제 막 물이 끓는 참에 불이 줄어서 저 혼자 부글댔다. 나는 식탁의자 등받이에 턱을 괴고 가만히 가스레인지의 고른 불꽃을 응시했다. 바람이 없으므로 흔들릴 일도 없는 그 파란 불꽃은 가끔 이물질이나 먼지가 타 들어갈 때만 주홍색을 발했다. 토독하고 잠깐 솟아오르던 불협색이 언제 그랬냐는 듯이 새파란 뾰족 울타리 틈으로 사라졌다. 나는 우리네 부엌에서 다른 형태의 불을 사용하던 때 내 어머니에게서 '할머니 나무' 이야기를 들었다.

줄무늬 고양이가 부뚜막 위에서 늘어져라 하품을 하고, 볕이 잘 드는 뒤뜰 장독대가 포근한 밤색으로 젖은 나른한 봄날 오후였다. 나는 아버지가 새로 사다 주신 두꺼운 동화책 전질을 밤새도록 탐독하고 나서 아주 흡족한 기분에 잠겨 있었다. 열린 장지문 툇마루 위로 햇살이 금빛으로 아롱졌다.

— 지혜야, 할머니께 물 좀 갖다 드리렴. 날이 더워질 것 같네.

부엌에서 한창 새참 준비 중이셨던 어머니가 칼칼한 목소리로 나를 불렀다. 나는 느적지근하게 일어나 마당으로 나갔다. 우리집 마당에는 시꺼먼 우물 대신에 닳은 흔적도 없이 반짝반짝한 높은음자리표 모양 펌프가 있었다. 나는 누런 놋쇠 대야에 고여 있던 물을 펌프 안에 붓고는 힘차게 손잡이를 내리눌렀다. 끼익끼익 철커덩 소리가 마당에 메아리치며 부드럽게 금속이 맞물리는 느낌이 손바닥에 전해졌다. 펌프는 손잡이가 커서 잡기 벅찬 것 외엔 생각만큼 힘들지는 않았다. 네 귀에 큰 돌을 괴어놓은 펌프는 찌익찌익 물이 오르다 이내 쏴아 하고 시원한 물줄기를 토해냈다. 그때만 해도 근처에서 펌프식 수도를 갖고 있는 것은 우리 집하고 골목 어귀의 한 집뿐이었다. 나는 대야가 차오르는 걸 보면서 두레박질을 하면 어둠이 물보다 먼저 퍼 올려지는 깊고 음습한 우물을 떠올렸다. 민담 책에서 읽은 것처럼 아이 두셋은 그냥 잡아먹었음직한 깊은 우물 구덩이, 너무 깊어서 아무것도 비치지 않는 그 속엔 맑은 물이 아닌 검붉은 무언가가 도사리고 있을 거 같았다. 나는 옆집에 놀러 가도 그 집 마당 가운데 있는 우물마저 최장거리로 비켜 다녔다. 쇠똥 냄새 나는 외양간과 그 옆에 달린 재래식 화장실의 짜고 메스꺼운 분뇨 냄새를 피할 수 없다 해도 말이다.

— 끙.

커다란 놋쇠 대야 가득한 물짐은 여덟 살짜리 계집애에겐 충분히 버거웠다. 나는 받은 물의 반은 마당에 흘리면서 뒤뜰까지 대야를 질질 끌고 갔다. 쇠그랑 쇠그랑 끼익 소리가 종종이는 내 발뒤꿈치를 바짝 따라왔다. 부엌 뒷문 너머 장독대 옆에 서 있는 나무는 그냥 나무가 아니라 우리 할머니 나무였다.

— 지혜야, 저건 그냥 사람처럼 생긴 나무가 아니라 네 할머니란다. 엄마의 엄마지. 그러니까 항상 얌전하게 인사를 하고 물을 드리렴. 그럼 착한 아이라고 선물도 주실 거다.

나는 어머니의 그 말을 믿었었고, 실제로 해마다 붉어지는 가을이면 선물을 받았다. 할머니는 가시가 싸글싸글하지만 알맹이는 고소한 밤나무였다.

대야의 물은 할머니 나무의 늙은 발등에 불거져 나온 혈관 같은 뿌리에 닿기도 전에 줄줄줄 흘렀다. 나는 아버지가 물을 줄 때처럼 '철퍽' 부서지는 시원한 소리를 낼 수 없었다. 아무리 노력해도 손안에 빙빙 도는 대야는 개운치 않은 오줌처럼 남은 물방울만 찔끔였다. 나무 앞에 쪼그리고 앉아 나무뿌리가 충분히 젖었는지 보다가 익사한 개미들을 발견했다. 어젯밤 읽은 책에 개미와 베짱이 이야기가 있었다. 그리고 비명을 지르는 식물 이야기도. 나는 동화책 전집에 걸쳐진 수많은 이야기를 머릿속에서 휘저어 그 식물의 이름을 찾아냈다. 만드라고라였다.

책에는 만드라고라가 사람처럼 생겼고, 뽑을 때 소리를 지르는데 그 소리를 듣는 사람은 전부 죽어버리기 때문에 일부러 개나 다른 동물이 뽑게 했다고 쓰여 있었다. 내가 '만드라고라'와 '할머니 나무'를 열심히 비교한 건 당연한 일이었다. 지금도 제대로 이해할 수 없는 '사람의 나무화'와 옛 전설인 '만드라고라'가 다르다는 걸 알기엔 나는 너무 어렸다.

— 엄마! 할머니는 만드라고라야?

나는 한참 동안 서로의 시체를 밟고 넘어가는 개미의 무리를 보다가 부엌을 향해 소리쳤다. 한창 새참 준비에 바쁘던 엄마는 황당한 표정으로 이쪽을 내다보았다.

— 만…… 뭐시깽이라고? 그게 뭔데?

— 만드라고라! 사람처럼 생긴 식물이야. 뽑을 때 소리를 지르는데 그걸 들으면 죽는대!

나는 여남은 발자국 떨어져 있는 부엌까지 들리도록 크게 소리쳐 말했다. 그러나 분주한 어머니에겐 꼬마애가 앵앵거리는 소리로밖에 들리지 않았다. 잠시 귀를 기울이던 어머니는 데울 찬거리를 마저 준비해놓고는 뒤뜰로 나와 다시 물었다.

— 만드라고라가 뭔데?

지금 와서 생각하니 새삼 그때 어머니의 인내가 존경스럽다. 나라면 논에 나가신 아버지 새참 준비로 가뜩이나 정신없는데 어린 딸의 헛소리에 귀를 기울일 여유 따윈 도저히 가질 수 없었을 거다. 생각해보면, 그런 일들을 둘째 치고라도 나는 첫딸이라고 꽤나 특별 취급을 받았던 게 틀림없다. 당시에 동화책 전질을 가질 수 있는 건 굉장한 부잣집 애들뿐이었다. 보통 집에선 교과서마저 간신히 마련해 아래물림하던 시절이었고, 계집애에겐 아예 글을 가르치지 않았다. 여자애는 태어나서 걷고 말할 줄 알게 되면 쓰기나 읽기보다 상차림이나 설거지를 먼저 배우게 되고, 앞이나 뒤에 태어난 남자 형제의 수발과 뒷바라지를 떠맡았다. 그러다 대강 자라서 처녀 티가 나면 바로 남의 사내 품으로 들어가 밥하고 빨래하고 애 낳는 소모품이 되는 게 일상이었다. 그러나 다행스럽게도 우리 부모님은 생각이 트인 분들이었고 딸에게도 글을 가르쳤다. 나는 그것이 할머니 나무 덕분이라고 생각한다. 아주 작고 특별한 비밀 하나, 그런 걸 품을 수 있다면 삶을 보는 시선과 태도가 아주 달라질 수도 있다.

— 이거 이거.

나는 신발을 벗어 던지고 뒷마루로 기어 올라가 문고리를 잡아당겼다. 쇄아하게 방 안 가득히 배인 새 책 냄새가 밀려와 가슴이 뛰었다. 문지방에 몸을 걸치고 팔을 있는 대로 뻗어 붉은 칠이 하나도 벗겨지지 않은 새 책을 집자 손끝에 매끄러운 감촉이 황홀하게 느껴졌다. 그건 남의 손에서 낡은 꺼끌대는 책과는 달랐다. 책이 내 손을 떠나 어머니에게 건네지는 동안에도 내 두근거림은 조금도 엷어지거나 줄어들지 않았다. 기억해보면 철없던 연애 때보다 그때가 더 가슴이 뛰지 않았나 싶다.

어머니는 책을 받아 들면서 문지방에 함부로 걸터앉거나 밟고 넘어 다니지 말라는 주의를 잊지 않고 책장을 펼쳤다.

— 만드라고라…… 만드라…… 음, 만드라고라라…….

— 왜 문지방에 걸터앉으면 안 돼?

어머니는 눈으로는 책장을 훑으면서도 곁귀로 들린 딸의 질문을 저버리지 않았다.

— 문지방은 저 세상과 이 세상의 접점이란다. 그런 곳을 함부로 밟거나 걸터앉으면 어떻게 될까?

어머니는 반문의 형태를 취하는 대답으로 내가 상상력의 나래를 펴게 했다. 어쩌면 그건 그냥 어머니의 말버릇이었을지도 모르지만 난 늘 다음을 상상했다. 문지방을 넘은 이쪽은 방이고, 저쪽은 밖이고 그 사이에 보이지 않는 공간이 있어서 죽은 사람들에게로 가는 길이 있는 건 아닐까?

나는 오싹하게 치밀어 오르는 푸르딩딩한 공포를 참느라 잠시 숨을 죽였다. 아마 내가 우물을 무서워하는 것도 이 비슷한 느낌이 기억의 찌꺼기 아래 묻혀 있는 탓이리라. 마치 내가 겪지도 않은 공포가 핏줄에 새겨져 스멀스멀 떠오르는 것 같다.

— 그래, 이거구나…….

어머니는 서양의 전설이 나온 곳을 집중해서 읽더니 탁 소리나게 책을 덮었다. 나는 어머니가 화가 난 줄 알았다. '왜?'라는 표정으로 울 듯이 올려다보는 내 표정에 어머니는 생각에 잠겼던 표정을 풀고 깔깔 웃었다. 어머니가 그런 식으로도 웃을 수 있다는 것을 생각해본 적이 없던 나는 당황했다. 그러나 지금에 와서 생각해보니, 그때 어머니는 내 엄마이기도 하지만 아직 젊은 새댁이었다.

— 부엌일 하면서 마저 얘기를 하자꾸나.

어머니는 나를 자신의 부수물이 아닌 아이의 인격으로 존중했다. 나는 지금까지도 그것에 무척 감사하고 있다.

— 이런, 불을 꺼트릴 뻔했구나.

잠시 신경을 덜 쓴 틈에 아궁이 속의 엷은 불꽃이 불안하게 수그러들고 있었다. 어머니는 새참 밥그릇이 너무 뜨겁게 달구어져 있지 않은지 살피고 조금 식도록 아궁이 옆 시렁에 얹어놓고는 뒤쪽에 쌓인 짚단을 끌어와 아궁이에 넣었다. 불쏘시개로 후벼도 불꽃은 쉽게 일지 않았다. 겨우내 잘 말린 볏단이었는데 방금 눈쥐 오줌에라도 젖어 있었던지 매캐한 연기까지 나서 어머니와 나는 연신 기침을 터트리며 눈을 부볐다. 가물가물 널름대던 불꽃은 다행히도 오래지 않아 자리를 잡았다.

— 할머니 나무는 만드라고라가 아니야. 할머니 나무는 네 할머니란다. 그리고 나도 나무가 될 거고, 너도 여자애니까 때가 되면 나무가 되겠지.

— 다른 사람들도 나무가 돼?

나는 고개를 갸웃했다.

— 아니, 나무가 되는 건 엄마하고 할머니하고 이모들하고……지혜가 커서 딸을 낳으면 그 애들만 나무가 된단다.

그 말에 가슴이 뛰었다. 나만 나무가 된다. 옆집 영순이나 뒷집 난희 언니가 아니라 나만 나무가 된다.

— 그리고…… 그건 다른 사람한테 말하면 안 돼. 알았지? 아주 아주 특별한 일이니까 말이야.

— 알았어.

나는 힘껏 고개를 끄덕였다. 그리고 슬그머니 물었다.

— 아빠도 안 돼?

엄마는 금방이라도 터질 것 같은 웃음을 삼켰다.

— 아빠는 괜찮아. 하지만 다른 사람 있는 데서 아빠한테 말하면 안 돼.

— 응.

나는 세게 고개를 끄덕였다. 그리고 비밀을 가진 자만이 느낄 수 있는 색다른 두근거림만 기억한 채 그 일을 오랫동안 잊고 있었다. 어머니가 나무가 되는 내 열세 살까지.

어머니가 나무가 되기 바로 전에 아버지가 돌아가셨다. 그 두

가지 사실은 내 안에서 묘한 연상 작용을 일으켜 어머니가 아버지에게로 가려 한다는 걸 알았다. 온 세상에 혼자만 남는 기분이었다.

어머니는 눈에 띄게 수척해졌다. 옆 동네에 살고 있던 이모들이 와서 살림살이를 돌보며 엄마가 나무가 될 준비를 도와주었다. 어머니는 이모들의 도움을 받아 매일 반나절 이상 큰 물독에 들어가 있었다. 그 독은 이웃의 눈에 띄지 않는 어두운 광에 놓였다. 지금의 나는 반나절을 집 안 욕조에서 보내고 있지만 그때는 욕조란 게 없었으니 어머니는 많이 불편했을 거다.

— 엄마도 죽는 거야?

나는 물독이 있는 캄캄한 광을 문밖에서 바라보며 물었다.

— 아니야, 지혜야. 엄마는 단지 나무가 되는 거란다.

나무가 되는 건 너무나 이상한 일이었다. 그동안 몇몇 사람들의 장례식을 보았지만 시체는 그냥 깨끗한 채로 흙에 파묻혔지 어머니처럼 혈관이 피부를 파고 나와 뿌리처럼 자라지는 않았다.

— 왜 나무가 되지? 어떻게 그런 일이 일어날 수 있는 거지?

나는 앙칼지게 물었다. 어릴 때는 나무가 되는 게 무척이나 신비롭고 특별한 사건이었다. 그러나 머리만 커다래진 열세 살짜리는 나무가 된다는 색다른 사실에 남과 다르기 때문에 나쁜 것이라는 꼬리표를 달아버렸다. 어머니는 내 기분을 이해했다. 그러나 대꾸해주는 표정은 예전처럼 풍부하지 않았다. 어머니는 얼굴 근육도 제대로 움직이기 힘든 상태였다.

— 지혜야. 말로 설명할 순 없지만…… 세상에는 우리가 이해

하거나 말할 수 없는 부분이 얼마든지 있다는 걸 너도 곧 알게 될 거야. 이것도 그냥 그런 거란다. 나무가 된다는 건 이상하거나 병에 걸린 게 아니야. 그냥 다른 사람들과 조금 다르게, 우리는 나무가 되는 것뿐이란다.

— 죽는 거잖아. 나만 놔두고…….

확실히, 이른 사춘기를 겪고 있었나보다.

— 아빠랑 가버릴 거잖아.

새된 목소리와 제풀에 북받친 눈물이 주렁주렁 떨어졌다. 어머니는 놀란 표정을 지우고 나를 달랬다.

— 지혜야, 지혜야…….

어머니 얼굴이 지치고 더욱 쇠약해 보여서 덜컥 마음이 아팠다. 조금 더 부드럽게 말할 수도 있었을 텐데. 가뜩이나 힘든 어머니께 그런 식으로 말한 것은 오래오래 눈에 밟혔다.

— 엄마는 죽는 게 아니야. 지혜야. 너만 혼자 두는 게 아니란다. 물론, 엄마는 아빠와 가까이 있고 싶어서 나무가 되는 거지만 그래도 완전히 아빠랑만 같이 있는 게 아니란다. 지혜랑 헤어지는 것도 아니야. 나무가 되는 건 죽는 거랑 다르거든.

어머니의 호흡은 길고 느렸다. 그렇게 숨 쉬어서는 호흡이 가빠서 죽을 것 같았다.

— 엄마는 나를 못 알아볼 거야. 엄마는 다 잊어버릴 거야. 말도 못하고 서 있을 거야. 할머니 나무처럼. 땅속에 있는 아빠처럼. 그건 죽는 거야.

물이 알맞게 끓었다는 주전자의 고음이 나를 회상에서 끄집어

냈다. 인스턴트커피가 담긴 파란 테를 두른 잔에 물을 붓자 집 안 가득히 구수하고 깔끔한 커피 향이 감돌았다. 다갈색 연기 틈새로 나는 다시 옛 기억을 더듬어갔다. 기억 속의 어머니는 무척 슬픈 얼굴을 하고 있었다.

— 지혜야, 엄마는…… 지금 너한테 그걸 이해시킬 만큼 힘이 남아 있지 않단다. 나무가 되는 건 아주 특별한 거야. 문지방 얘길 기억하니? 엄마는 문지방이 되는 거란다. 지혜 곁에 남아서 아빠도 만나고 싶은 거야. 네 생각에는 죽는 것과 나무가 되는 게 같을지도 몰라, 하지만…… 나중에…….

어머니는 호흡이 가쁜 듯이 숨을 헐떡였다.

— 잘 생각해보렴. 둘은 비슷하지만 전혀 다른 거란다. 완전히 멈추어버리는 것과 보이지 않게 변화하는 건 다른 거야.

어머니는 한꺼번에 너무 말을 많이 해서 지쳐 잠들었다. 그리고 나는 큰 이모한테 어머니를 너무 피로하게 했다고 야단맞았다. 어머니는 큰 이모보다 어린데 큰 이모보다 빨리 나무가 되었다. 큰 이모는 그것에 못내 서운해 했다.

나는 나무가 되는 건 죽음이 눈에 보이는 형태로 다가오는 것이라고 인식했다. '인식한다'는 건 매우 중요하다. 사람이 한 번 '어떤 것'이라 인식해버린 것은 '다른 것'으로 바꾸기가 거의 불가능하거나, 부단한 노력이 필요하다. 그래서 나에겐 나무가 되는 것과 죽음은 같은 단어가 되었다.

언제부터 그것에 거부감보다는 유용하다는 생각을 하게 된 걸까. 요즘처럼 사고와 비명횡사가 많은 때에 죽을 시간을 알고 준비한다는 것은 얼마나 그럴싸한지. 게다가 외박이 잦아진 남편을 기다리며 시간을 보내는 것보다 나무가 될 준비를 하는 것이 훨씬 덜 지루하고 외로움도 덜 수 있었다. 외로울 때 손닿을 것이 없는 것을 깨닫는 것보다는 나무가 되는 것이 낫다.

문득 날카롭게 울리는 전화 벨 소리가 머릿속으로 뛰어들어 생각의 고리를 끊었다. 무선 전화기를 쓰고 어디다 두었지? 나는 소리가 울리는 곳을 찾아 한참 헤맸다. 치매는 나무가 되는 시작이다.

"엄마?"

전화기에서는 왜 이제야 받았냐는 듯 다급하게 채찍질하는 막내딸의 목소리가 들렸다.

"응, 웬일이니? 오늘 네 언니하고 같이 온다고 하잖았어?"

"엄마, 문제가 생겼어. 좀 나올래? 준비하는 데 오래 걸려? 내가 집 앞으로 차 가지고 갈게."

딸애의 음성이 심상치 않다.

"그래, 빨리 준비할게."

무슨 일이냐고 묻고 싶은 마음이 굴뚝같았지만 지체될 것 같아서 바로 전화를 끊었다. 불안하고 마음이 조급했다. 무슨 일이지? 막내의 그런 목소리는 처음이었다. 그 애가 무엇에 놀라거나 당황한 모습은 보지 못했다. 열아홉 살에 "남편 될 사람이에요." 하고 웬 시커먼 사내 녀석을 인사시키더니 내가 맘에 안 든다는 눈치를 보이기도 전에 "엄마, 내 배 속에 손녀도 있어."라는 충격 발언으로 내 혼을 쏙 빼놓았었다. 결국 딸애는 결혼을 하지 않았

다. 애써서 낳은 아이는 태어나자마자 반쯤 식물화가 진행되어
있었다. 아기는 결국 뿌리 내리지 못한 채 죽었다.

꼭 그 이유 때문은 아니겠지만 결혼은 깨졌다. 애초부터 진지
한 결혼은 아니었다고 막내는 말했다. 게다가 남자는 처음부터
'나무 이야기'를 전혀 믿지도 이해하지도 못했다고 한다. 나는 그
일로 종종 마음이 아팠다.

서둘러 화장을 마치고 신을 신는데 골목 어귀에서 낯익은 엔
진 소리와 클랙슨 소리가 들렸다.

"나간다."

저만치 골목이고 차 안이니 들릴 리도 없지만 나는 목청껏 소
리를 지른 다음 손가방을 집어 들었다. 뚜껑 닫는 것을 잊었는지
모서리가 쏠리면서 가방 안에 있던 것들이 우르르 쏟아졌다. 마
음도 급한데 너무 당황해서 립스틱과 콤팩트, 동전 지갑 등을 주
섬주섬 챙겨 넣는 손이 부들부들 떨렸다.

"엄마?"

현관 바로 밖에서 막내의 의아함과 재촉 섞인 목소리가 들렸다.

"나간다. 무슨 일이니?"

나는 손가방을 제대로 챙겼는지 확인해볼 새도 없이 반쯤 신
을 구겨 신고 달려 나갔다.

"엄마, 평택에 외할머니 집 있잖아. 거기 철거한대. 나 오늘 아
침에 들었어."

"철거라니?"

거기에 할머니 나무가 있는데! 나는 철렁한 가슴을 끌어안았

다. 나잇살이나 먹은 어미라는 것이 자식 앞에서 흔들림을 보일 수는 없는 노릇이다. 딸애가 거드는 대로 뒷좌석에 올라탄 나는 긴 한숨으로 떨림을 무마했다. 차 안에는 이미 큰애가 앉아 있었고, 조수석에는 회사 일을 하다 급히 뛰어나왔는지 거칠게 넥타이를 풀어 헤친 둘째 애가 앉아 있었다.

"엄마, 아버지 핸드폰 두고 가셨어요? 오늘 하루 종일 해도 연락이 안 돼."

"핸드폰? 가지고 나가신 거 같던데?"

"큰누나가 그럼 계속 연락해보고, 희연인 국도로 빠져. 주말이라 고속도로 막힌대."

"알았어, 오빠."

막내는 야물딱지게 기어를 잡아당기고 핸들을 돌렸다. 한남대교를 타고 수원으로 빠지는 국도를 달리는 동안 불안감이 머리끝까지 차올랐다. 철거를 한다니! 할머니 나무는 괜찮을까? 아버지가 돌아가신 무렵에 엎친 데 덮친 격으로 가세가 기울어 급히 그 집을 팔게 되지만 않았어도 이렇게 엉뚱하게 일을 당하지는 않았을 것이다. 어머니는 할머니 나무 옆에 뿌리 내리고 싶어 하셨지만 그럴 수 없었기 때문에 아버지가 묻힌 야산 머리에 서셨다. 나는 어머니의 아쉬움을 그대로 이어받아 남의 것이 되어버린 옛집을 몹시도 그리워하고 있었다.

"웬 갑작스러운 철거라니?"

"아파트를 짓느라 그 일대를 밀어버린대. 왜, 음봉 쪽에 공장 단지 들어섰잖우. 거기에 발 맞추려는 기센가봐."

"음봉에 공장? 그게 들어선 지가 언젠데."

눈앞이 깜깜했다. 그 옛집이 그렇게 사라지게 될 줄은 꿈에도 생각하지 못했다. 아니, 자기가 살던 곳이 하루아침에 사라질 거란 상상을 도대체 누가 한단 말인가? '고향'이란 말 그대로 언제나 돌아갈 준비가 되어 있는 곳, 꿈에 그리던 모습으로 반겨주는 안식처. 그런 곳이 한순간에 사라지는 끔찍한 상상을 하면서 고향을 향하는 사람은 없다.

"엄마, 청심환."

내 파리한 안색을 보고 큰애는 핸드백에서 자그마한 원통을 꺼냈다. 애들에게 걱정을 끼쳤다는 사실도 부끄러웠지만 원통을 청심환이라고 건네받아서 나는 한참을 헤맸다.

"엄마는, 요즘은 마시는 걸로 나온다구. 씹어 드시면 체하실까 봐 이걸로 골랐는데."

세상은 내가 모르는 사이에 변하고 있었다. 큰애는 직접 뚜껑을 따서 다시 건넸다. 나는 잠자코 받아 마셨다. 등허리가 땀에 젖어 축축했다. 더듬더듬 손가방 안을 뒤져 손수건을 꺼내려는데, 가방 안에서 검은 것이 딸려 나와 시트 위를 굴렀다. 두리뭉실한 그것을 가만히 보니, 손수건이 아니라 요전에 걸레로 쓰고 현관에 처박아두었던, 빨지 않은 양말이었다. 당혹감과 난처함에 얼굴이 귀밑까지 달아올랐다. 그때 슬그머니 하얀 휴지를 쥔 손이 다가오더니 시커멓고 냄새나는 양말이 큰애 가방 안으로 사라졌다. 나는 새삼 큰애를 바라보았다. 큰애는 모르는 척 창밖만 바라보았다.

"니 아버지한텐 연락 아직 안 되니? 그 양반은 땅 사놓고 나선 무슨 일이 그렇게 바쁘다고 얼굴도 보기 힘들대니. 이럴 줄 알았다면 돈 모았을 때 안국동 땅 사지 말고 그 집이나 다시 살 걸……."

나는 더 이상 아이들에게 나의 당혹스러움과 절망을 숨기지 않기로 했다. 애들은 벌써 그런 것쯤은 너그럽게 이해해줄 성인이었다. 그런 중요한 것을 잊다니! 어머니는 다섯 살짜리 어린 딸마저 어른의 인격으로 대우해주셨는데 나는 벌써 자기 애를 하나 이상씩 낳은 내 자식들조차 성인으로 대우해주지 못했다. 바쁜 일상에도 내가 소중히 하던 할머니의 외갓집을 마음에 담아두고 있다가 소식이 들리자 눈앞의 일을 다 물리고 셋이서 합심해 제 까닥 제 엄마를 모시러 올 정도로 마음도 훌쩍 자란 아이들인데.

문득, 치매로 잊은 것이 가벼운 일상의 외로움뿐만이 아니라는 불안한 느낌이 들었다. 나도 모르는 새에 자그마한 편안함으로 도피해 정말 중요한 것을 잃고 있었다.

"후……."

뒷일이야 어찌 됐든 우선 애들 손에 상황을 맡겨보리라 맘먹은 나는 의자 등받이에 등을 기댔다. 편안하진 않았지만 심장을 조이던 불안감은 사라졌다. 청심환 덕분일까.

"엄마, 여기서 우회전이던가? 아이참, 하도 오랜만이라 기억이 나질 않네."

막내는 갈림길에서 내 도움을 청했다. 나는 앞좌석 쪽으로 몸을 내밀어 자신 있게 길을 안내했다.

"아무리 오랜만이라도 길을 잃어버리니?"

"어머, 맞아. 이 길이었지. 엄마가 나보다 낫다니깐."

요새 들어 더 심해진 치매에 기가 죽은 내 기분을 살핀, 입에 발린 칭찬이란 걸 알지만 그래도 좋았다. 정말 할머니 나무가 위험한 순간만 아니라면 느긋하게 가족 간의 단란한 시간을 즐겼으련만. 아니, 이 사건이 오랜만에 가족을 모이게 한 건지도 모르지.

여러 가지 증명 스티커로 얼룩진 앞 차창 너머로 저쪽 어귀에 드문드문 늘어진 집과 담벼락이 보인다. 그곳에서부턴 차가 다닐 만큼 길이 넓지 않아 내려서 걸어야 했다. 막 차 문을 열고 나서는데 둘째가 "잠깐."이라고 말리며 먼저 차에서 내렸다. 그리고 금방 골목 틈새로 사라지더니 곧 돌아왔다. 그리고 앞좌석에 타자마자 차를 돌리라고 했다.

"왜 그러니?"

"보실 것 없어요, 엄마. 서울로 가자."

가슴에 찰랑이던 불안감이 섬뜩하게 떨어졌다. 나는 말리는 큰애를 떨치고 차 밖으로 나가 길 어귀를 돌다가 멈췄다. 더 나아가 옛집을 찾을 필요는 없었다. 이미 그곳은 바람조차 숨을 구석 없는 허허벌판이었다. 골목 모서리부터 칼처럼 잘라 만들어진 공터는 마치 깜짝쇼 같았다.

"엄마?"

걱정스러운 막내의 목소리가 한동안 멍하니 섰던 나를 불렀다.

"한 달 전에…… 밀렸대."

막내는 음성엔 미처 알지 못해 죄스럽다는 마음이 강하게 묻어 있었다. 나는 잠시 멍하니 서 있다가 아무렇지 않은 척 뒤돌아 딸애와 나란히 걸었다.

"엄마…… 괜찮아?"

"얘는, 괜찮지 않고. 뭐 별일이라고."

차로 돌아왔을 때는 작은애가 마악 큰애의 핸드폰을 받아 통화를 하고 있었다. 이어진 선이 없는 공간 저쪽은 남편인 모양이었다.

"예, 알았어요. 엄마 지금 함께 계세요. 그리 바로 갈게요. 아마 한 시간쯤 걸릴 거예요."

작은애는 핸드폰 뚜껑을 닫고는 핸들을 잡은 막내에게 말할 겸 우리 모두에게 목적지를 들려주었다.

"안국동으로 가자. 아버지 지금 거기 계시대."

"거기 집 다 지으려면 한 달은 남았다더니 그 양반은 왜 거기가 계시대냐?"

그럴 의도는 아니었지만 목소리에 피로와 신경질이 묻어났다. 막내와 작은애는 말이 없는데 큰애가 자상하게 대꾸했다.

"올라가봐야 알죠. 고속도로로 가자, 차 없더라."

막내는 부드러운 출발로 큰애의 말에 답했다. 주말이라 서울로 가는 길은 한산하다 못해 개미 새끼 한 마리 없었다. 나이에 걸맞잖게 속도를 즐기는 제 어미를 위해 막내는 액셀러레이터를 밟았지만, 나는 울적한 마음을 추스르느라 아무것도 관심 없었다.

"엄마, 다리는 좀 어때요? 나무가 되면 다리부터 마른다는데……."

문득 돌아보는 작은애의 시선에서 다리를 숨기느라 나는 황급히 긴 치마를 잡아 내렸다.

"그냥 그렇지, 뭐."

아이들의 걱정은 당연스러운 것일 텐데도 오랜만의 시선이 관심이라기보단 타자의 흥미로 느껴져서 약간 거부감이 들었다. 그러나 곧 내 생각이 지나쳤다는 걸 깨닫고 속으로 혀를 찼다.

"그러고 보니, 이렇게 모인 것도 참 오랜만이네. 언니랑 나는 집이 멀다 치고 가까운 오빠는 요즘 뭐하는 거야?"

"일이 바빴다고, 일."

"헹, 늘 그 일 이야기지. 일은 누군들 안 해? 가끔 엄마를 좀 기쁘게 해드리라구. 다른 거 있어? 얼굴이나 좀 잘 보여드리면 되는 거지."

차 안의 분위기를 바꾸려 막내가 작은애한테 앙살을 떤다. 그래도 나는 웃지 못했다. 큰애의 서늘한 손이 내 손등을 덮었다. 어려서도 찼던 손은 나이가 들어도 쉬이 따뜻해지지 않는 모양이다. 앞좌석에서 동생들이 입씨름이 붙은 틈에 큰애가 말했다.

"엄마, 있잖아. 엄마가 열심히 착하게 잘 살아오긴 했나봐. 전에 그랬잖아. 착하고 얌전하게 굴면 할머니가 선물도 주실 거라구. 할머니 나무 말이야……. 돌아가시면서도 선물 남겨주신 게 아닐까? 우리 가족, 다들 결혼하고 독립하고 나서는 이렇게 함께 나온 적 없잖아."

큰애의 조용한 음성에 목구멍이 뜨거워졌다. 그래, 현재가 중요한 것이지. 그걸로 서운함을 메울 수야 없지만 기분이 조금 나아졌다.

"큰누나는 역시 현명해, 나무가 될 자격이 있다니까. 나는 뭐야? 사내애는 안 된다고 누가 정한 거지?"

앞좌석에 앉아 우리의 대화를 엿들은 작은애가 너스레를 떨었다. 나는 피식 웃었다. 그러고 보니 막내가 낳은 애도 나무가 된 걸 보니 손녀였겠구나.

"좀 막히네?"

양재 인터체인지를 지나 한남대교를 건너 3호 터널에서 명동으로 건너가는 중엔 차가 좀 많았다. 차 안에 핸드폰 벨소리가 울렸다.

"네. 윤수영입니다."

큰애가 차분한 음성으로 전화를 받았다. 사위의 커다랗고 호쾌한 음조가 여기까지 전해졌다.

"예? 아, 그래요? 음, 엄마랑 가고 있어요. 그럴까? 에! 정말?"

큰애의 음성에 문득 화색이 느껴져서 쳐다보았더니 얼른 창으로 고개를 돌려 내 눈을 피했다. 약간 섭섭했다.

"음, 한 십 분이면 도착할 거래요. 거기서 봐요."

"누나네 부부는 아직 신혼이야?"

간드러지는 큰애의 음성에 작은애가 돌아보며 닭살 돋는다는 표정을 지었다.

"오빠는 금슬 좋은 것두 질투하우?"

막내는 일본 대사관으로 들어가는 어귀에서 차를 세웠다.

"엄마 모시고 먼저 들어가, 나 근처에 주차할 데 있나 보고 따라갈게."

"그래라."

작은애가 먼저 내려 차 뒷문을 열어주었다. 마치 영화에 나오는 신사처럼 우아하게 차문을 잡고 손을 내미는 모습에 나는 웃음이 났다. 멋진 위로였다. 그래, 생각을 바꿔보자. 자기 최면이나 자기 합리라고 불러도 좋다. 평택에 그 집은 아직 거기에 있다. 할머니 나무는 옛 기억 속에서 아직도 진한 초록색으로 고스란히 늙어가고 있을 거다. 할머니 나무가 있는 곳은 몇십 킬로미터 밖의 평택이 아니라 내 마음이니까.

"아버지!"

성큼성큼한 걸음으로 나서던 작은애가 먼저 남편을 발견하고 고개를 꾸벅했다. 머리는 희끗하지만 등이 반듯한 쉰넷의 남편은 온화한 표정으로 고개를 끄덕이고 다가와 내 팔을 만졌다.

"평택에 갔었다며."

다른 어떤 위로도 말도 필요 없이 그 손길은 충분한 위안이 되었다. 긴장이 풀어져서인지 남편에게 기대 울고 싶었다. 늙었어도 우리는 부부였고 그전에는 서로를 보듬어줄 연인이었다. 나는 잠시 남편의 어깨에 한숨을 묻은 후 곧 떨어졌다. 어쩐지 집 경관이 낯설었다. 남편은 내 속내를 눈치채고 부드럽게 웃어 보였다.

"공사가 좀 빨리 끝났어. 여기가 이십 년 만에 장만한 우리 집이라구. 아직 내부 장식이 덜 끝났지만……. 당신, 들어와 보지 않겠어?"

부드럽게 느껴지는 남편의 음성엔 장난스러운 기대가 배어 있었다. 나는 형제들 틈에서 끼어 살다가 자기만은 독방을 얻은 어린애처럼 슬그머니 가슴이 들떴다. 새로 칠한 대문은 기름이라도 먹인 듯이 매끄럽게 열렸다. 마치 말없는 환영 같았다. 나는 눈앞에 펼쳐진 잔디밭 사이에 놓인 색색 징검돌을 디뎠다. 남편은 한 걸음 뒤에서 따라왔다. 휑한 부지만 보았을 때는 영 정이 들 거 같지 않더니 마당과 집이 함께 어우러진 모습은 마음에 쏙 들었다. 인사동과 이어진 주위와 어우러지느라 양옥집인데도 처마 위엔 기와가 얹혀 있었다. 나는 집의 독특한 외관보다 오른쪽으로 돌게 되어 있는 정원에 더욱 마음이 갔다. 정원이라 부르기엔 좀 협소한 감이 없잖았지만 듬성듬성 채워진 나무 그루들은 그 아쉬움을 접어주고도 남을 만큼 정겨웠다. 역시, 동질감일까?

"슬기 아빠……."

뒤에 남은 큰애는 사위와 만나고 있는 듯했다. 큰애 부부가 뒤늦게 도착한 막내와 합세해 조용히 눈짓을 나누는 것을 나는 보지 못했다. 유선형으로 꺾여 뒷마당으로 이어진 좁은 담벼락 길을 돌고 있었기 때문이다.

"뒤뜰에는 장독을 둬도 될 거 같더군. 거기, 할머니 나무 옆에 말이야."

나는 귀를 의심하며 눈앞에 펼쳐진 기적에 한참을 멍하니 서 있었다. 장독을 위해 일부러 비운 듯한 공간 옆에 낯익은 검은 나무가 서 있었다. 앉은뱅이처럼 70년째 어른 키만 간신히 넘고 있는 잎이 푸른 밤나무, 등이 굽은 우리 할머니였다.

"수영 아빠……."

나는 넘치는 눈물을 참느라 입을 다물었다. 남편이 조용히 다가와 내 어깨를 안았다. 나는 마음놓고 눈물을 흘렸다. 여기는 우리 뒷마당이고 할머니 나무와 소중한 남편이 있는 우리 집이니까.

"평택에 들어서는 아파트 단지 이야기는 벌써 전부터 알고 있었어. 할머니 나무가 신경 쓰여서 계속 왔다 갔다 했는데 도저히 집 공사 끝날 때까지 거기가 밀리지 않는단 보장이 없어서 우선 뽑아다 조경원에 맡겼지. 잘 신경 써주나 일주일에 두 번씩은 가봐야 했고, 환경이 갑자기 자꾸 바뀌면 쇠약해지실 거 같아서 여기 모신 지는 사흘밖에 안 됐어."

울음을 삼키는 내 등을 토닥이며 남편은 그간의 소홀함을 변명했다. 하지만 내겐 아주 특별한 선물을 준비한 긴 과정으로 들렸다.

"어쩜. 애들한테도 말 안 했어요? 내가 얼마나 놀랐는지……."

"말 안 했어."

나는 큰애의 청심환과 세심한 배려를 기억해냈다. 아버지가 말 안 했어도 그 애는 알고 있었을지도 모른다는 생각이 들었다.

"엄마!"

막내가 뒤에서 살금살금 다가와 와락 목에 매달렸다.

"에구, 깜짝이야. 다 큰 애가…."

나는 민망해 하면서도 막내딸을 밀어내진 않았다.

"엄마는……."

막내는 어린애처럼 앙살하며 늙은 어깨에 달라붙었다. 남편처럼 크고 든든하진 않았지만 딸애의 팔은 부드럽고 포근했다. 이 느낌이 얼마 만인지 코끝이 시큼했다.

"어머님, 늦어서 죄송해요."

앞마당에는 사위와 큰애, 작은애, 며늘애까지 모두가 모여 있었다. 손주를 유치원에서 찾아오느라 조금 늦었다고 말하는 며늘애의 입술 끝에는 언제나와 같은 자상함이 배어 있었다. 나는 이제 막 미운 나이가 되어가는 손주를 품에 안으며 불현듯 깨달았다. 모든 것이, 실은 아주 가깝게 있었다는 것을. 혼자만의 생각에 지나쳐 포기하려 했던 '행복'들은 이렇게 색도 바래지 않고 싱싱하게 살아 있었다는 것을 나는 몰랐다. 그것들에게 잊혀진 것이 내가 아니라, 그것을 잊은 것이 나였다. 새삼스레 되찾은 할머니 나무처럼.

부끄러움이 밀려왔다. 사춘기 때 나는 나무가 되는 것을 저주라고 생각했었다. 남들과 달라서 이상한 것, 나쁜 것이라고. 하지만 내가 생각한 대로 저주이자 '외로움을 잊는 징벌'이라면 나무가 되는 것보다 죽는 편이 훨씬 더 어울렸을 것이다. 죽음만이 온전히 세상 모든 것과 끊어질 수 있기 때문이다. 나무가 되는 것은 모든 기억이 사라지고, 귀가 멀고, 몸이 굳어버리는 것이 아니었다. 나무는 죽음처럼 멈추어 썩어버리는 것이 아니라 소리 없는 느낌표로 살아 끊임없이 세상과 소통하는 거였다. 나는 어머니가 말씀하신 것을 이제야 이해했다. 어머니는 아버지의 죽음을 잊으려는 생각에 나무가 된 것이 아니라 죽은 아버지와 나와 함께 살고 싶으셨기 때문에 나무가 된 것이다. 어머니는 정말 근사한 욕심쟁이였다.

"벌써부터 나무가 될 필요는 없잖우."

옆에서 큰애가 내 속을 짐작한 듯 어깨를 두드린다.

"조금 느긋하게 노년기를 즐기시라구요."

서른을 갓 넘긴 그 애의 눈은 피폐해져 가시 돋친 제 어미의 마음까지 부드럽게 보듬어줄 정도로 깊었다. 역시 이 애는 너무 철이 빨리 들었다. 나보다도 훨씬 어머니를 빼닮은 게 큰애다.

"장모님, 오랜만에 함께 외식이나 하시죠? 근처에 잘하는 고깃집 아는데……."

"자네가 낼 건가?"

나는 오랫동안 잊고 있었던 능글능글한 웃음을 지었다. 사위는 "역시 우리 장모님"이라며 너스레를 떨었다. 나는 얌전한 큰애를 잘 보필해줄 큰 사위의 성격을 처음부터 무척 맘에 들어 했었다.

이제 나는 한동안 나무가 되지 않을 거라고 확신한다. 그것이 아주 특별한 축복이라는 걸 알지만, 큰애의 말처럼 너무 빨리 나무가 될 필요는 없다. 아직 세상엔 내가 사람으로서 즐거울 것들이 많이 남아 있으니 이 삶을 온전히 누리고 새로운 방식의 삶을 얻어도 누구도 탓하지 않으리라. 그게 내가 할머니와 어머니에게 물려받은 선물이다.

"잠깐만……."

나는 눈물 자국을 지우려 콤팩트를 꺼내다가 가방 안에 들어 있는 부러진 구둣솔을 보고 웃었다. 세상에, 얼마나 정신이 없었으면!

■ 할 머 니   나 무 는 ……

　중학교 때 외할머니가 돌아가셨다. 그때 우리 빌어먹을 공교육은 친가가 아
닌 외가의 장례식에는 수업을 빼주지 않았다. 그래서 나는 할머니가 돌아가시
는 모습을 못 뵈었고, 마지막 인사도 드리지 못했다. 그래서 우리 외할머니는
아직도 작골의 그 굽이진 흙먼지 길 사이, 이젠 흔적도 없을 기와집에 살아 계
신다.

　할머니께 딱히 사랑받았거나 특별히 즐거웠던 추억이 있는 것은 아니지만
머리를 쓰다듬는 마른 손가락과 시골스럽게 냄새도 이상하고 맛도 없던 밥상
이 따뜻하게 기억난다. 핏줄은 그런 건가보다.

이 작품은 스물두 살에 썼다. 부족하나마 맺음한 단편 글로는 다섯 번째였고, 현실을 배경으로 쓴 첫 글이다. 내용은 여전히 비현실적이지만. 이전의 글들은 모두 반지의 제왕이나 알퍼지 게임을 연상시키는 중세 배경의 고풍스러운 판타지였다. '나우누리 판타지아'에서 이 글을 발표했을 때는 묘사가 장황하다는 평과 함께 순문학 흉내 내냐는 소리를 들었다. 하지만 친구들은 꽤 좋아해주었고, 소중하고 고마운 미래의 사람들을 잔뜩 만날 기회가 된 작품이다. 제1회 황금드래곤 문학상 단편부문을 수상하여 계속 써보라는 격려가 되어준 작품이기도 하다.

책에 묶은 작품들 중에서 이 작품을 수정하는 데 가장 애를 먹었다. 스물두 살에게는 쉰이 할머니였다. 하지만 아주 늙은 할머니는 아니고 노화가 시작된, 결코 젊지 않지만 무언가를 시작하기에도 늦지 않은, 연륜과 힘과 가능성을 가진 나이. 스물둘을 훌쩍 지나고 점점 그 나이에 가까워지는 지금에서 쉰은 할머니가 아니라고 생각하지만 연륜과 힘과 지혜에 관한 것은 상상대로라 다행이다. 뭐 현실과 상상은 차이가 지는 법이니까.

이십대에 나는 빨리 늙고 싶었다. 기품 있는 할머니가 되어 모든 감정적 고통과 인간사의 인연이 끊어지기를 바랐다. 평범하게 늙어가는 과정에는 남편도 있고 아이도 있을 것이다. 1990년대에 오십대 평범한 여자란 당연히 남편이 있고 장성한 아이가 최소 두셋은 있는 게 당연했다. (평범이라는 단어가 얼마나 높은 기준조건을 요구하는지는 말하지 않기로 한다.) 수정하면서 주인공의 나이와 배경을 지금 생각에 맞추어 죄다 뜯어 고치고 싶은 생각이 굴뚝 같았지만 발표한 시대의 가치와 느낌과 이십대에 꿈꾸던 오십대에 대한 환상을 남겨두고 싶어서 부족한 문장과 번역투와 군더더기를 들어내고 뼈와 살과 가장 정교한 장식들은 남겨두었다.

겪은 적 없는 미래에 관해서 쓴 내 과거의 글을, 그 사이 어디쯤 나이인 현재에 불러다놓는 작업이란 얼마나 복잡하고 기묘한지. 어휴. 그리고 내가 변한 것을 마주하고 인정하는 것은 또 얼마나 까다로운지. 어휴. 어휴. 여기서 그만. 앞으로 더 변한다는 당연 타당한 진실로 자신을 괴롭히지는 말자.

온우주
단편선

만 냥 금

만 냥 금

수염이 나다 말고 들러붙어 꼬질꼬질한 면상의 남자와 추레한 옷을 입은 아들이 칼국수 가게 문을 열었어. 바쁜 저녁 시간대라서 주인은 제대로 쳐다보지도 않았지. 어쩌면 아이 때문에 눈감아줬을지도 몰라.

둘은 화장실 옆에 아무도 앉지 않는 외진 자리를 차지하고 가게 안을 둘러보았어. 벽지는 누르게 바랬지만 상은 끈적기 없이 말끔했고, 좁은 자리마다 앉고 뜨는 손님으로 분주했지. 따끈따끈한 온돌 바닥이 새삼 뼛속까지 밴 한기를 깨우쳐서 남자는 부르르 떨었어. 아들은 빽빽한 사람들 사이로 오가는 쟁반들과 상에 놓인 음식들을 삐죽거리며 훔쳐보았지. 뜨거운 김이 안개처럼 펑펑 쏟아지는 커다란 칼국수 그릇, 기름이 자글자글 끓는 커다란 해물파전 접시에 넘치게 튀어나온 오징어 다리, 군침이 도는 새알심 동동 팥죽에 둘은 눈이 빙빙 돌았어.

벽에 붙은 메뉴판엔 칼국수 4500원, 만두(국) 5000원, 팥죽(면, 옹심이) 5000원, 해물파전 10000원, 동동주 6000원, 이렇게가 다였어. 간단한 글자들이 그토록 현란해질 수 있다는 걸 남자는 그때 처음 알았어. 복잡한 주식시장 전광판과 컴퓨터 프로그램 주식화면에 익숙해져 있던 남자의 눈은 단순명료하고 실질적인 굶주림과 맞닿은 글자들이 고통스럽다며 몸부림쳤어. 그건 남자 배 속의 요동이기도 했어. 제대로 된 음식을 먹은 게 언제인지 잘 기억이 안 나.

"흠흠, 뭐야, 어디서 오징어 굽나? 아줌마, 오징어 구워요?"

누군가 묻자 서빙하는 연변 여자가 냉큼 대답했어.

"아니요."

남자는 슬그머니 양말의 구멍을 발가락 틈으로 쑤셔 넣고 긴 외투로 덮었어. 맞은편의 아들은 새빨개진 얼굴로 상만 내려다보았지.

남자는 호주머니에 손을 넣어 주머니 속에서 때에 전 지폐를 세었어. 몇 번을 세어도 얄팍한 넉 장이었지. 2006년에 발행된 신권은 크기가 작아져서 얄팍해진 주머니만큼 마음도 얄팍하게 했어. 그 기분대로 위장도 얄팍해지면 좋으련만. 남자는 연신 주머니 속을 세었지만 넉 장이 다섯 장으로 늘어나지는 않았어.

"아빠."

한참 있다가 아들이 불렀어.

"우리 뭐 먹어요?"

뭐든 다 먹고 싶지만 아무것도 고를 수 없다는 걸 알고 있는 아들의 목소리는 100원을 쥐고 붕어빵 장사 앞에 서 있을 때처럼 떨렸어. 1000원에 세 개짜리 붕어빵을 결국 한 개도 살 수 없었던 그때처럼 말이야.

"뭘 드실래요."

연변 여자가 느릿하게 볼펜과 주문서를 들고 왔어. 배가 고픈 남자는 굼뜬 여자에게 화가 났지만 따뜻한 구들장에 조금이라도 더 오래 엉덩이를 붙일 수 있어 다행스럽게 여겨지기도 했어. 하지만 결단의 시간이 다가왔지.

"저거, 2인분입니까?"

연변 여자는 남자가 가리키는 옆상을 흘끗 쳐다봤어. 대야만큼 커다란 칼국수 그릇에서 김이 모락모락 올라오고 있었어.

"1인분이오."

"아이구, 많네요. 칼국수 1인분만 주세요."

남자는 더 고민할 것도 없이 그걸 시켰어.

실은 처음부터 알고 있었어, 그게 1인분인 걸. 오랫동안 주변을 배회하며 사전조사를 했는데 몰랐을 리가. 하지만 지금은 몰랐던 척하고 싶었지.

둘인데 하나만 시켰다고 할까봐 조마조마하게 눈치를 살피는데 연변 사투리가 남아 있는 여자는 어린 아들 쪽을 흘끗 보고 "칼국수 하나요."라고 주방을 향해 말했어. 그리고 두 사람 앞에 보리밥 그릇 두 개와 열무김치를 놓고 갔어. 보리밥 열무 비빔은 음식이 몇 그릇이건 사람 수만큼 넉넉히 내주는 가게 주인만의 특별 애피타이저였지. 남자와 아들은 그릇에 담긴 보리밥에 열무와 고추장을 가득 비벼서 게눈 감추듯 먹었어. 입안이 얼얼하고 달달한데도 아들은 남은 김치를 밥도 없이 다 먹어버렸지. 남자는 배고픈 눈이 아들의 젓가락질을 따라다니지 않도록 옆 상을 쳐다보았어. 옆 상에는 계모임이라도 하는지 얼룩덜룩한 옷에 울긋불긋한 보석을 단 아줌마들이 게걸스럽게 음식을 입에 떠넣고 있었어. 새알심이 담긴 숟가락을 쥔 손톱에 바른 빨간 매니큐어, 주름이 자글자글한 입술에서 지워져가는 주홍색 립스틱 사이로 꿀럭꿀럭 넘어가는 칼국수 면발, 기름기가 촬촬 흐르는 파전을 덥썩덥썩 삼키는 번들대는 입들이 바싹 마른 굶주림을 이리저리 후려치고 밀쳐대서 남자는 질식할 것만 같았어.

음식의 홍수에 기절하기 직전에 구사일생으로 칼국수가 나왔어.

"이런 그릇은 대체 어디서 살까요?"

아들의 질문이 끝나기도 전에 남자는 큰 젓가락으로 후루룩 면발을 삼키고 있었어. 아들도 대답을 기다리지 못하고 뜨거운 칼국수에 연신 입천장을 데이면서도 홀홀 배 속에 넣었어. 보통 어른 둘이 나눠 먹으면 적당할 칼국수 한 그릇은 오래 굶은 어른과 한창 크는 아이에겐 혼자 차지해도 부족한 양이었지. 둘은 가능한 한 천천히 먹으려고 김치도 더 달라고 미역 냉국도 더 달랐지만 먹는 속도를 늦출 수는 없었어.

남자가 마지막 남은 김치 한 점을 쭉 찢어 아들과 나눠 물고 옆 테이블을 건너봤을 때, 어느새 아줌마 부대는 사라지고 아가씨 둘이 마주 앉아 칼국수 한 그릇과 만두 한 접시를 사이 좋게 나눠 먹고 있었어. 따끈따끈 군침 도는 고기 냄새가 이쪽까지 흘러왔어. 칼국수 반 그릇은 배를 채우기는커녕 졸고 있던 위장을 깨워 오랜 굶주림만 가중시켰어. 매서운 바람 속보다 뜨거운 구들장이 뼛속 시렸던 것처럼.

"아줌마, 거, 보리밥 한 그릇 더 줄 수 있소?"

남자는 얼굴을 붉히지 않으려고 애쓰면서 말했어. 그냥 넘어갈 수도 있는 일을 창피해 하면 정말로 창피해지거든.

연변 여자는 주방 안쪽에 "보리밥 하나요." 하고 빈 김치 그릇에 깍두기를 담아주었어. 아들의 얼굴이 환해졌지. 주방과 좌석 사이 계산대에 서 있던 주인 여자는 흘끗 이쪽을 보고 살짝 미간을 찡그렸지만 보리밥을 쟁반에 얹어주었어.

"아빠, 돈 더 내라면 어떡해?"

남자는 목을 세웠어.

"어험. 괜찮아. 아빠가 다 알아서 해."

다 잃었어도 아버지라는 자존심만 남은 남자의 목소리는 엄격했어.

"우린 사천 원밖에 없잖아요."

"알아서 한다니깐!"

보리밥이 담긴 쟁반을 들고 온 연변 여자 때문에 남자는 얼른 목소리를 낮췄어. 칼국수 값이 4500원이고 주머니엔 4000원뿐인데 보리밥 한 그릇 값을 못 내는 망신이야 대수겠어. 그래도 양심은 남자가 모르는 어딘가에 남아 있었던지 보리밥 그릇의 바닥까지 깨끗이 핥고 나서도 한참 자리에서 엉덩이가 떨어지지 않았지. 뜨거운 칼국수를 호호 불고 덥썩 삼키다 데인 입술과 입안과 목구멍으로 막상 500원을 깎아달라는 말을 꺼내려니 용기가 안 나서.

사람이 많을 때 말하는 게 좋을까, 적을 때 말하는 게 덜 창피할까. 주머니 속의 4000원과 덜 찬 배 속이 너무 가벼워서 남자는 착잡했어. 그동안 계산대에는 사람들이 속속 지나갔어. 계산대에서 나는 딸랑 드르륵 금고 소리, 지폐가 사각이고 동전이 딸각이는 움직임, 목소리, 몸짓 하나하나가 가시처럼 남자를 찔렀지.

"어머, 아줌마 이거 금방 만냥금 되겠어요."

아까 만두와 칼국수를 나눠 먹은 여자들이 계산대 앞에서 말했어.

"봐봐, 이게 내가 말한 천냥금이야, 열매가 예쁘지? 이게 오래 묵어서 더 빨개지면 만냥금 되는 거고…… 이제 곧 만냥금이네."

"무슨 나무에 돈 이름이 붙었대?"

"이게 있으면 돈이 많이 들어온대. 그래서 가게마다 계산대에 놔둔다더라."

여자들이 나가자 찬바람이 빈 손님처럼 가게 안으로 들이닥쳤어. 저녁 시간이 훨씬 지나서 더는 주문하는 사람도 계산할 사람도 없었어.

"우리도 나가요."

아들이 남자의 옷을 잡아당겼어. 밖은 들어올 때보다 바람이 더 불었어. 주인 여자가 계산대에서 부자를 기다리고 있었어. 천 년을 거기 서 있던 것처럼 만년은 거기 서 있을 것처럼 반쯤 열린 금고 서랍을 쥐고. 남자는 한 걸음씩만 걸었어. 하지만 한 걸음이면 충분했지. 남자의 옷차림을 본 주인 여자의 눈꼬리가 기이하게 말려 올라갔어. 주머니 속의 4000원이 땀에 젖었지.

"저…… 오백 원만 깎아주세요."

그 말이 어쩌나 힘든지. 하기는 했는데 입 밖에 나가지 못한 거 같았어. 아니, 저쪽이 듣지 못한 걸까? 주인 여자는 그저 금고에 손을 얹고 기다리고만 있었지.

"저어……."

입이 바짝바짝 말랐어. 용기가 없어진 남자는 다음 사람부터 계산하라고 뒤를 보았지만 아무도 없었어. 긴장을 견디다 못한 아들이 아버지 주머니에 손을 쑥 집어넣었어.

"여기 돈이오."

하지만 그 돈은 4000원이었어. 주인 여자는 땀에 쩐 돈을 꺼리면서 펼쳤어.

"손님 돈이 모……."

남자는 눈까지 달아올라서 사물이 뿌예 보였어. 아들 앞에서 500원으로 창피를 당하게 되다니! 애초에 4000원으로 뭘 사먹으려던 게 잘못이었어. 아냐, 4000원을 주워 온 애새끼가 잘못이야. 4000원이 뭐야, 4000원이. 주우려면 만 원을 줍든가, 아니면 아예 말든가. 머릿속에 온갖 후회와 상상이 난무하는데 또르르 빨간 열매가 돈 위에 떨어졌어. 그러자 돈은 순식간에 초록색으로 변했어. 남자는 눈을 의심했어. 주인 여자는 몇 번 눈을 껌벅였지.

"아니, 남네요, 사만 원을 내셨어요."

아들이 주워 온 4만 원을 4000원으로 착각하고 있었던 걸까? 어떻게 그럴 수 있을까? 하지만 그 돈은 분명히 파란색이 아니라 초록색이었어. 주인 여자도 4만 원이라고 석 장을 돌려주고 거스름돈 5500원을 주었잖아. 남자는 믿을 수 없어 하면서도 돈을 받아 나올 수밖에 없었어. 달리 어쩔 수 있었겠어?

가게를 나오자마자 남자는 아들 팔을 잡아 끌고 모퉁이로 숨었어.

"우와, 아빠 돈 많았잖아요?"

아들은 기뻐서 소리를 질렀어. 남자도 같은 심정이었지만 아들처럼 꽥꽥댈 수는 없었어. 어른이고, 아빠잖아. 대신 남자의 한 손은 내내 주머니 속의 두툼한 돈뭉치를 쥐고 있었어. 3만 5500원이라니!

"마트에 가자."

적은 돈으로 많은 음식을 사려면 역시 마트가 최고지. 남자는 어떻게 이런 돈이 생길 수 있는지에 관해서 하나도 궁금하지 않았어. 다만 기적 같은 행운이 사라질까봐 초조했지. 아냐, 기적이 아니야. 그냥 어두워서, 아니 너무 밝아서 4만 원을 4000원으로 착각한 거야. 애초부터 4만 원이었던 거지. 당연한 거 아니겠어? 어떻게 4000원이 4만 원으로 변할 수 있느냐고.

마트는 겨울 저녁의 어둠 속에서 등대처럼 빛났어. 이름을 외우기는커녕 하나하나 읽는 데만도 한 달은 걸릴 것 같은 물건들이 매대마다 높게 쌓여 있었지. 아들은 과자 코너로 달려가 올림푸스 가디언 딱지가 든 과자를 집어 왔어.

"그건 안 돼. 낭비야."

"한 개만요."

"안 돼. 그런 건 다 불량 식품이라고. 배탈 난다."

쓰레기통에서 나온 빵도 먹었는데 새삼 배탈 운운이라니 순 억지였지만, 주머니가 두둑해진 순간 남자는 정상적인 아버지가 된 것 같았고, 뭐든 기준에 어긋난 것, 해가 되는 것, 불필요하고 쓸모 없는 것에 관해서는 자식에게 엄하게 가르치는 아버지여야 할 것 같았어. 정말로 배탈이 나는지 안 나는지는 하나도 중요하지 않았던 거지.

"냄비를 사자. 라면을 실컷 끓여 먹을 수 있을 거야."

"불은요?"

"기다려봐라. 아빠가 다 수를 낼테니."

남자는 아들에게 미처 생각 안 해봤다는 소리를 하기 싫어서 얼른 머리를 굴렸어.

"아가씨, 거, 싼 버너 있나?"

매대를 정리하던 점원은 다짜고짜 반말하는 남자를 한 번 노려보고 점원용 조끼를 퍽퍽 잡아 편 다음 퉁명스럽게 대답했어.

"저쪽에 쌓인 거 보이시죠?"

쌓여 있는 버너는 1만 원이었어. 다른 버너들이 2~5만 원인 걸 생각하면 엄청나게 싼 가격이었지.

"이거 중국산 아니오?"

렌지 코너의 점원이 남자를 아래위로 훑었어. 하지만 역시 교육받은 직원답게 할 일에 충실했지.

"손님, 이 물건은 원래 부탄가스 팩 세트를 사시면 한정으로 끼워드린 사은품인데 본품이 품절돼서 따로 파는 거예요. 제품에는 아무런 하자가 없고, 판촉용으로 저렴하게 나온 겁니다."

"허, 그럼 저기 비싼 건 다 도둑이네."

황당한 표정의 직원을 뒤로 하고 남자는 큰 고객이라도 되는 양 가스버너를 집어 장바구니에 턱 넣었어. 아들은 깜짝 놀랐어.

"아빠, 그거 1만 원이나 하는데요? 그건 먹을 것도 아니잖아요. 제 올림푸스 가디언은 천오백 원인데……."

"이거 하나면 라면을 얼마든지 끓여 먹을 수 있잖아? 저기 냄비도 하나 갖고 와라, 삼천 원짜리 저거 말이야. 그리고 남은 돈으로는 너구리를 사자. 한 스물일곱 개쯤 살 수 있을 거야."

면발이 굵은 너구리는 부자의 선호대상 1위였어. 아마 남자가 조금만 더 물정에 밝았다면 라면보다는 소면이 저렴하고, 마트보다는 재래시장이 더 싸다는 걸 알았을 거야. 하지만 남자는 가계부보다는 부동산 시세 보기를 더 즐겼고 소면값 따윈 궁금한 적도 없었어.

과자를 사지 못한 아들은 잔뜩 부은 입을 하고 아버지가 시키는 대로 물건들을 집어 바구니에 넣었어. 시선은 자꾸만 색색 카드가 붙은 올림푸스 가디언 과자에 닿았지.

아들과 라면을 세어 넣으면서 남자는 바구니 속 물건값을 어림 계산했어. 3만 2300원이었어. 남자는 계산대에 바구니를 얹고 1900원짜리 88담배를 한 갑 주문했어.

"아빠 나도."

아들은 기어코 미련을 떨치지 못하고 올림푸스 가디언 과자를 들고 왔어.

"안 돼, 돈 모자라."

"담배도 샀잖아요."

"담배는 꼭 필요한 거야."

"하지만 그건 건강에 해롭잖아요. 이거 배탈 안 나요. 아껴 먹을게요, 네?"

남자는 잠깐 고민했어. 별들이 자리를 바꾸고 어린 별이 크고 늙고 죽어 다시 새 별로 태어날 만큼 아주 오래 고민한 거 같기도 했지. 그리고 또 시간이 흘러 다시 태어난 별도 스러지고…….

"그래."

남자는 담배를 포기했어. 과자를 계산대에 내려놓으며 아들은 환하게 웃었어. 아들이 웃을 때 별이 태어났을까? 아내가 아들을 낳을 때 남자가 별이 되라고 기도했던가? 아마 애 엄마는 했을 거야. 남자는 확실히 기억나지 않아. 하지만 아들의 웃음에서 별이 터지는 걸 느꼈어.

"동전이 좀 남는데 젓가락도 살까요?"

"그래."

둘은 웃으면서 노란 장바구니의 물건을 차례차례 계산대에 올렸어. 남자의 눈은 자꾸만 계산대 천장에 높다랗게 걸린 담배장에 머물렀지. 한 차례 눈길을 줄 때마다 아들이 태어나게 했던 가

습속의 찬란한 샛별이 차가운 백색 왜성으로 식어갔어. 남자는 애써 담배장에서 눈을 떼고 주머니에서 돈을 꺼냈어.

"삼만 삼천팔백 원입니다."

"여기요."

"삼만 삼천팔백 원입니다."

점원은 고장 난 자동인형처럼 말했어. 남자는 벼락처럼 짜증을 냈어.

"아, 거기 있잖소!"

점원의 침착한 목소리가 들렸어.

"삼만 삼천팔백 원입니다, 손님. 돈이 모자라네요. 팔천오백 원이에요."

남자의 눈이 번뜩 뜨였어.

"뭐요?"

점원의 손에는 때에 절어 누르스름해진 꼬깃꼬깃한 하늘색 천 원 지폐 석 장과 깨끗한 천 원 지폐 다섯 장과 오백 원 동전이 빛나고 있었어. 남자의 땀내가 맡아질 만큼 낯익은 돈과 음식점에서 받은 낯선 돈들이었지. 남자는 순간 점원이 돈을 바꿔치기한 거라고 생각했어. 하지만 그럴 리가. 여기는 계산대마다 CCTV가 설치된 대형마트고 간이 금고 열리는 소리도 나지 않았는걸. 그렇다면 대체 이게 어찌된 일일까?

"아빠?"

아들은 당장이라도 울음이 터질 것처럼 얼굴이 빨개졌어. 남자의 얼굴도 비슷했을 거야.

계산원은 태고의 화산 분화구 두 개를 보았어. 빙하와 폭발이 동시에 존재하고 생명의 기미나 희망의 여지가 조금도 없는 그런 분화구 말이야. 조금도, 전혀.

"어떤 걸 빼시겠어요?"

8500원으로도 라면을 열 개쯤 사거나, 쌀 한 봉지를 사거나 계란 두 판, 우유 네 팩, 부침 전용 싸구려 소시지 여덟 개를 살 수 있었어. 하지만 남자는 아무것도 사지 않았어. 불과 냄비가 없으니 라면이 무슨 소용이야? 당장 내일부터 굶게 될 건데 하루밖에 못 버틸 돈이 무슨 소용이냐고. 4500원짜리 칼국수를 먹으면서 옆 상처럼 만두 한 접시를 더 시킬 수 있다면 소원이 없을 것 같았던 그 마음은 어디로 간 걸까? 전이라면 컵라면 하나를 둘이 나눠 먹으며 하루를 버텨내도 행복했을 텐데 지금은 컵라면 한 개도 살 수가 없었어. 남자는 이미 라면 스물일곱 봉지와 가스버너를 만져봤단 말이야.

"아빠……."

아들은 올림푸스 가디언을 꼭 쥐고 있었지. 하지만 남자는 아무것도 눈에 들어오지 않았어.

"나가자."

"저기……."

아들은 과자를 쥐락펴락하면서 남자의 성난 얼굴만 보았어. 그 돈이면 아들의 1500원짜리 별을 다섯 번 쏘아 올리고도 1000원이 남는다는 걸, 아니 단 한 번이라도 온전히 쏘아 올릴 수 있었다는 걸 남자가 기억했다면 좋았으련만.

"당장 안 놓고 와?"

남자는 버럭 소리를 질렀어. 아들은 얼굴이 새빨개져서 마트를 뛰쳐나갔어.

남자는 어리둥절한 마트 안의 사람들을 외면하고 나왔어. 머릿속으론 어떻게 4000원이 4만 원이 될 수 있었는지 알아내느라고 여념이 없었지. 주인이 그들을 동정한 걸까? 그러면 있는 돈만 받거나 그냥 주면 될 걸 왜 거스름돈까지 준 걸까?

"아니야, 분명히 사만 원이었어! 사만 원이었다고!"

소리를 지르는 순간 남자는 새빨간 열매가 떠올랐어. 부자가 되게 해준다던 만냥금. 돈 위에 떨어진 빨간 열매! 그건 천 원을 만 원으로 만들어주기 때문에 만냥금이었던 거야! 그래!

남자는 허위허위 칼국수 가게 앞으로 갔어. 주인은 막 문 닫을 준비를 하고 있었지. 계산대 앞에는 빨간 열매가 주렁주렁 달린 만냥금이 보였어. 흔들리는 초록색 이파리가 어서 나를 데려가 달라고, 인색한 주인을 배부르게 하는 건 신물 난다고 속삭이는 것 같았지. 주인이 정말로 인색한지 아닌지는 중요하지 않았어.

유리문과 만냥금의 거리는 두 발짝 반, 문을 열자마자 몸을 기울여 팔을 뻗으면 가지를 잡아챌 수 있을 거리였지. 남자는 결행했어.

"어마맛!"

불쑥 문을 박차고 들어온 그림자가 계산대에 뛰어들었을 때 주인 여자는 본능적으로 금고로 팔을 뻗었어. 하지만 남자는 그 위에 놓인 화분을 낚아챘고, 두 개의 사물이 허공에 붕 떠서 엇갈

리며 두 사람도 뒤엉켰어. 남자는 허우적대는 주인을 밀치고 밖으로 튀었지. 손에서 화분은 놓지 않았어.

"아악!"

주인 여자가 내지르는 비명을 뒤로하고 남자는 찬바람 속을 달렸어. 빨간 열매가 뛰는 남자의 뺨을 간질였지. 덜 여문 열매와 이파리 냄새가 푸릇 비릿한 돈 냄새 같았어.

남자는 뒤에 아무도 쫓아오지 않는다는 걸 확인하자마자, 호주머니를 확인했어.

8만 500원이었어.

믿을 수 없었지만, 믿지 않을 수도 없었지. 남자는 당장 마트에 갔어. 훔친 화분을 들고 다니는 게 마음에 걸렸지만, 손에서 놓을 수는 없었어. 다행히 돈 도둑도 아니고 화분 도둑을 죽자고 쫓아오는 사람은 없었지. 편의점에서 담배 한 갑을 훔치려고 사람을 죽이는 세상이니까.

남자는 8만 500원으로 아까 계산대에 두고 나온 물건을 전부 사고, 2만 원을 천 원짜리로 바꿨어. 2만 원으로 둔갑한 2000원을 내미는 남자의 손이 잠깐 떨렸지만 돈은 아무 이상 없었어. 계산대의 점원은 시간이 지나 바뀌어 있어서 이상하게 생각하는 사람도 없었지.

남자는 전철역 화장실로 들어갈 때까지 주머니에 넣은 돈을 한 번도 꺼내보지 않았어. 계속 쳐다보고 있으면 변하지 않을 것 같았거든. 눈 속일 시간이 필요한 마술처럼.

화장실 제일 구석칸에 들어가 화분을 변기 뚜껑에 얹자 잠깐 손이 허전했지만 남자는 금방 잊었어. 주머니에 두둑한 천 원짜리의 변신에 완전히 정신이 팔려 있었거든. 원래 가진 게 없었는데 새삼 허전할 게 뭐람.

빽빽한 지폐뭉치를 급하게 빼내다가 낡은 바지 주머니가 두어 땀 뜯어졌어. 한 벌밖에 없는 바지지만 남자는 조금도 걱정하지 않았어. 왜냐면 지금 남자의 손에는 20만 원이 있었거든! 남자는 새 바지를 사는 것보다 먼저 이 돈을 어떻게 다시 천 원짜리로 바꿀지 고민했지. 하지만 남루한 옷차림을 한 노숙자에게 20만원을 몽땅 천 원짜리로 바꿔줄 곳은 없었어.

노숙자가 되기 전에 남자는 모토로라 핸드폰을 만드는 파주 공장에 다녔어. 세 글자로는 공돌이였지만 외국계 회사인지라 국내외 공휴일은 반드시 놀았고, 노는 날 출근하면 수당이 두 배였지. 야근 수당은 1.5배, 3교대 중에서 한 타임만 뛰어도 월급이 150만 원인데 두 타임쯤 뛰어주고 휴일 두 번 반납하면 한 달 추가수당이 월급만큼 묵직했어. 같은 직장에서 만난 아내도 아기가 생길 때까지는 일했기 때문에 둘이 모은 돈은 꽤 됐어. 결혼할 때도 둘이 커플링으로 쓰던 실반지를 계속 끼고 혼수도 남자의 자취방에 여자가 친정에서 쓰던 살림을 들고 와서 청소기랑 냉장고, 세탁기 외엔 살 것도 없었지. 집이 좁아 텔레비전 놓을 자리도 없는 게 혼수비용을 아끼는 데 일조를 했어. 둘 다 지독스러울 정도로 알뜰했던 거야.

그 아파트만 사지 않았다면 아무 일도 일어나지 않았을 텐데.

처음부터 욕심을 부린 건 아니야. 시작은 보광동에 작고 오래된 다세대 주택을 산 거였어. 회사로 가는 직행버스가 도는 곳 중에 가장 집값이 쌌거든.

두 층은 세를 놓고 꼭대기 층에 세 식구가 살 예정이었지. 그런데 덜컥, 재개발 지역으로 지정이 된 거야. 딱짓값만 한 층당 처음 집 살 때 값이 되었지. 남자는 눈이 뒤집혔어. 어떻게 안 그러겠어? 20년을 개미처럼 일해야 모을 수 있는 돈이 한 번에 들어왔는데.

두 층은 딱지를 팔고 한 층 딱지는 뒀다가 재개발된 아파트를 분양 받아서 두 층 판 돈을 보태 큰 평수로 이사를 가자. 아내와 남자는 의논했어. 새 아파트에 들어가려면 준공비를 내야 하는데, 그건 딱짓값의 서너 배였거든.

그런데 부동산에 맛을 들인 아내가 살살 부추겼지.

— 딱지 판 돈으로 용산에 아파트를 사요.

— 우리가 어떻게 아파트를 사? 다음에 새집 들어갈 돈도 모자른데.

— 아이참, 당신도 머리가 안 돌아가. 우선, 곧 지어질 아파트의 분양권만 사는 거예요. 분양 아파트를 사는 게 다 지은 아파트를 사는 거보다 싸잖아요?

— 분양권 대금은 그렇다 치고, 중도금은?

— 그거야 좀 미루고 이자 물면 되죠. 그리고 아파트를 다 지으면 그걸 담보로 중도금을 낼 수도 있대요. 그럼 그 아파트는 우리게 되는 거죠.

— 그건 다 빚이잖아.

— 대한민국에 빚 없는 부자가 어디 있어요? 분양가보다 분명히 오를 거고, 목이 좋으면 권리금만 일 억이래요. 그럼 팔고 빚을 값아도 일 억이 떨어지잖아요.

아내의 계산은 꽤 그럴싸했어.

— 하지만 빚을 내긴 싫은데.

— 아이참, 당신도. 요즘 세상에 언제까지 회사에 다닐 줄 알아요? 마흔다섯이면 정년이라는데 애 초등학교 다닐 때 우리가 당장 쥔 게 아무것도 없어봐요. 그리고 부모님도 연로하신데 어디 편찮아지시기라도 하면, 우리가 힘써야 하잖아요.

틀린 말이 아니었지. 둘은 딱지 판 돈으로 분양권을 사고, 중도금을 미루다가 아파트가 준공되자마자 담보로 잡고 중도금을 치렀어. 아내 말대로 분양가가 2억 5000이던 아파트는 순식간에 3억 5000으로 뛰었지. 남자는 도저히 그 돈 계산이 이해가 가지 않았어. 2억 5000에 샀으면, 낡아 부서질 때까지 2억 5000인 거 아닌가? 권리금은 뭐고 시가는 뭐고 공시가는 또 다 뭔지. 그러는 사이 아파트는 4억이 되었어. 이번엔 남자가 좋은 생각이 들었지.

— 아파트 값이 올라서 담보 대출액도 올랐으니까, 그걸로 한 번 더 해보면 어때? 은평구에 소문이 있던데.

— 어머, 역시 내 남편은 똑똑하다니깐.

부부는 그런 식으로 두 건을 더 올리고 나자 간이 커졌어. 통장의 빚은 눈덩이처럼 커졌지만, 아파트 시세에 비하면 별거 아니었어.

월세만으로도 대출이자를 내고 남아서 생활까지 가능해지자 남자는 임대사업자 허가를 내고 집에 편히 앉아서 주식을 시작했지. 아내는 사촌 언니를 따라 중국 펀드를 들었어. 펀드는 1년 동안 30퍼센트가 올랐지. 이렇게까지 운이 트일 수가 있을까? 남자와 아내는 매일 매일이 꿈만 같았어. 그리고 꿈이 아니란 걸 금방 깨달았지. 전에는 통장에 1억이 있어도 콩나물값을 깎았는데, 지금은 빚투성이라도 장어를 먹으러 갈 수 있었어. 세 채 가진 아파트 한 채당 1억씩만 올라도 남는 장사잖아. 아무것도 하지 않아도 그저 시간이 가는 걸 기다리기만 하면.

마지막 히트는 삼성동 아파트였어. 강북도 1~2억씩 오르는 판에 강남 아파트가 5~6억 오르는 건 껌이었지. 잘만 되면 10억도 단번에 뛸 수 있었어. 남자와 아내는 열심히 궁리해서 가지고 있는 모든 담보대출을 끌어 모아 강남 아파트 분양권을 샀지.

— 떡이 커야지 고물도 많지. 어차피 우리가 떡을 먹을 건 아니니까.

남자가 말했어. 이제 남은 건 기다리고 기다리는 일이었지. 놀면서.

하지만 행운이란 건 절대량이 있는 걸까? 석탄을 캐 쓰면 고갈되듯이 빨리 쓰면 쓴 만큼 닳아 없어지는 걸까? 강남의 아파트는 다 짓기도 전에 폭락했어. 때를 같이 해서 강북의 아파트값도 거품이 팍 꺼졌지. 13억의 이윤을 가져다줄 줄 알았던 아파트들은 최고 3억에서 최하 7000만 원씩 떨어져서 이자까지 생각하면 팔수록 빚이었어. 회사원이 평생 일해도 살 수 없다는 가격 그대로 평생을 일해도 절대 갚을 수 없는 빚 말이야. 대출이자는 턱없이 올라갔지. 모두 남자가 예상했던 정반대였어. 그즈음 잘나가던 아내의 중국펀드도 반 토막을 쳤지. 국가 원수가 보장했던 그 펀드 있잖아.

남자는 변기에 걸터앉아 마트에서 산 담배를 빼물었어.

아내가 언제부터 바람이 났던 걸까? 정말 바람이 났던 거긴 할까? 남자는 집 나간 아내를 생각했어. 어쩌면 아내는 그냥 사라져버린 게 아닐까? 빨간 딱지가 새로 산 아내의 0.5캐럿짜리 다이아몬드 반지와 혼수로 가져온 은수저 한 벌까지 가져간 날, 아내도 빨간 딱지가 붙여져서 가져가버린 게 아닐까. 빨간 딱지는 어디서 와서 어디로 간 걸까? 통장에 찍히기는커녕 만져보지도 못한 그 많은 돈들은 어디서 와서 어디로 간 걸까? 남자의 호주머니에 거짓말 같은 만 원짜리들은 다 어디서 온 걸까?

남자는 길게 마지막 연기를 뿜었어. 그런 걸 알 기회는 영영 없겠지만 별로 상관없었어. 호주머니 속에는 분명히 만 원짜리가 있었으니까.

구멍 난 구두에 불꽃이 들어오지 않도록 조심해서 꽁초를 비벼 끈 남자는 먼저 편의점에 들어가서 담배 한 갑을 사고 8000원을 받았어. 1900원짜리 88과 2000원짜리 디스 사이에서 잠깐 갈등이 일었지만 100원이 천 원짜리로 바뀌지 않는 바에야 무의미하다는 걸 깨닫고 좀 더 자신을 위하기로 했지.

"이거 천 원짜리 스무 장으로 바꿔주쇼."

종업원은 낡은 그의 옷차림을 흘끗 보았어.

"잔돈이 부족해서요. 천 원하고 오천 원짜리 두 장으로 바꿔드릴게요."

남자는 눈짓으로 돈 통을 넘겨다봤지만 종업원의 튀어나온 배에 가려 보이지 않았어. 어차피 진짜는 1000원이니까 오천 원짜리 두 장이 더 나을 것임에 분명한데도, 남자에게는 너무 손해 같았어. 주식시장에서 곧 상한가를 칠 싼 종목을 중간가에 파는 기분이었지.

"그럼 만 원만 천 원짜리로."

"네."

나중에 돈이 빈 걸 알고 점원이 쫓아오면 어쩌지라는 생각을 안 한 건 아니지만, 남자를 의심할 수는 없을 거야. 돈에는 얼굴이 없으니까. 남자는 흘끗 계산대 옆의 CCTV를 봤어. 흐릿하지만 분명 만 원짜리로 보였어.

남자는 비디오 대여점과 김밥 가게에서도 잔돈을 바꿨어. 주머니에 만 원짜리가 계속 불어났지. 비디오 가게는 잔손님이 많으니까 항상 잔돈이 많았고 김밥 가게도 마찬가지였어. 옛날이라면 오락실에 가는 편이 쉬웠겠지만 요즘 어디 그런 게 있어야지. PC방 생각은 안 했냐고? 남자는 PC방에 안 다닌 세대였거든.

한 팔엔 만냥금을, 다른 손엔 묵직한 바지 주머니를 거꾸로 싸안듯이 하고 가는데 뻥튀기가 보였어. 구수하고 달콤한 냄새에 입에 침이 고였지. 칼국수로 허기야 면했지만 배가 부르진 않잖아.

뻥튀기 장수는 남자보다 늙었지만 옷은 깨끗했어. 하지만 남자는 호주머니에 40만 원이 넘는 돈이 있었고 뻥튀기 장수의 주머니는 얄팍해 보였지.

"옥수수 튀긴 거 한 개 얼마요?"

"이천 원이오."

"이것도 같이 주쇼."

남자는 옆에 떡 튀긴 봉지도 하나 더 들었어.

"아이고 감사합니다."

뻥튀기 장수는 기분 좋게 천 원짜리 여섯 장을 거슬러 주었어. 불황에 간식거리마저 바싹 줄인 메마른 사람들 속에서 바싹 마른 주름만 늘어가던 늙은 얼굴이 잠깐 펴졌지. 기분이 좋아진 남자는 으쓱대면서 만 원짜리 하나를 내밀고 4000원어치를 더 샀어. 뻥튀기 장수는 연신 고맙습니다를 연발하며 가뜩이나 굽은 허리를 불안스럽게 더 굽혔어.

"거 천 원짜리로 좀 주시지."

뻥튀기 장수가 잔돈을 세주는 걸 보며 남자가 말했어.

"잔돈이 별로 없어서요."

"그래도. 내 필요해서 그러니 있는 대로 주쇼. 어차피 같은 돈인데."

남자에겐 다른 돈이라는 걸 뻥튀기 장수에게 설명할 필요는 없었지.

"이예, 그럽시다. 고맙습니다."

뻥튀기 장수는 아무런 의심 없이 천 원짜리를 세어 주었어. 초록 돈이 늘었지만 돈뭉치는 한층 더 얇아 보였지.

"이거 하나 더 가져가십쇼."

남자는 덤으로 주는 산자는 받을 손이 없어서 거절했어.

"괜찮습니다. 들기가 힘들어서요. 많이 파십쇼."

"네에, 안녕히 가십쇼."

뒤에서 뻥 하고 강냉이 터지는 소리가 들렸어.

남자는 어렸을 적에 뻥튀기 기계 안에 100원을 넣어본 적이 있어. 천 원짜리로 뻥 튀겨지나 궁금해서. 하지만 뻥튀기 장수에게 호되게 얻어맞기만 하고 뜨겁게 달궈진 100원짜리는 여전히 100원이었어.

남자는 그날 밤 뜨거운 찜질방에서 씻고 잤어. 입구에서 더러운 남자를 내치려는 눈이 있었지만 남자가 만 원짜리 뭉텅이에서 목욕비를 내자 두 번 쳐다보지 않았지.

목욕탕이건 탈의실이건 수면실이건 남자는 화분은 꼭 안고 다녔어. 이상하게 보였을 테지만 아무도 간섭하지 않았어. 서울은 그런 곳이잖아. 개인의 취향과 다양성이 존중받는 곳. 세련된 무관심과 시크함 속에 관심과 간섭은 낡고 오래되고 촌스러운 곳.

찜질방 벽에는 할인 판매하는 등산복이 걸려 있었어. 남자는 마음에 드는 걸로 골랐어. 가능하면 2만 1000원이나 5만 1000원처럼 천 원짜리가 많이 떨어지는 걸로. 짜장면과 탕수육도 주문해 먹었어. 탕짜면 세트에 1만 1000원이었지. 2만 원을 내자 5000원과 천 원짜리 넉 장을 주길래 남자는 버럭 화를 냈어.

"거 내가 천 원짜리로 갖다달라고 미리 말해놨잖소!"

"네. 근데 저희도 부족해서요."

"이런 니미, 손님이 왕인데 장사 그만하고 싶나."

남자가 쌍욕을 했지만 배달원이 가진 잔돈은 5000원을 천 원 짜리로 줄 만큼이 안 되었어. 남자는 투덜대며 짜장면 앞에 앉았 어. 푸짐한 탕수육을 보고 뭔가 잃어버린 것 같은 허전함에 옆을 더듬는데 만냥금이 만져졌지. 잃어버린 건 아무것도 없었어. 남 자는 배가 터지도록 음식을 먹고 지쳐서 잠들었어. 수면실의 붉 은 등 아래 만냥금 이파리는 검어 보였지.

깨끗이 씻고 새 옷을 입고 두둑한 주머니를 만지며 화분을 안 아 들자 세상에 더 부러울 게 없어진 남자는 지하철 역에 들어가 면서 공짜 무가지를 집지 않고 600원짜리 신문을 사 들고 지하 철을 탔어. 당연히 만 원짜리를 내고 천 원짜리 잔돈을 거슬러 받 았지.

남자는 어디로 가야 할지는 알 수 없었지만, 어디든 좋았어. 잔 돈을 잘 바꿔줄 만큼 자질구레한 가게들만 있다면. 남자는 어디 에 그런 곳이 있을까 생각을 하면서 신문을 펼쳤어. 기사는 언제 나처럼 별거 없었어.

– 음식점에 강도! 현금 6만 원에 주인 생사 불명.

– 마트에 진열된 라이터에서 발화, 계산원 1명 사망 약 500만 원 의 피해를 입히고 진화. 경찰 제조 불량 조사.

– 뺑튀기 노인 오토바이치기에게 2만 8,000원 든 현금 복대를 낚 이고 15분간 도로에 끌려다녀, 전치 16주에 어깨뼈 탈골, 손목 인대는 끊어져. 병원비만 600만원.

"오늘 땔 연탄 한 장도 없는데…… 손자에게 너무 미안해요."

- 11세 남아, 노숙자에게 떠밀려 선로에 추락……
- 편의점 날치기. CCTV에 찍힌 이주 노동자……

남자는 혀를 찼어. 누구는 공짜로 돈을 팍팍 버는데, 누구는 앉아서 날리고 있으니 참 불공평하지. 아니, 세상의 관점으로 보면 공평한 걸까? 어차피 플러스 마이너스 제로잖아.

어떤 미친놈이 불쌍한 뻥튀기 장수의 복대를 낚을 생각을 한 걸까. 들어봤자 얼마나 들었다고 사람을 다치게 해? 그러다 잡히면 빵에 갈 텐데. 아무 생각도 없구만. 남자는 기사의 굵은 글씨만 읽고 훌훌 넘기고는 생각에 잠겼어. 언제까지 천 원짜리를 바꾸고 살 수는 없었어. 은행에서야 잔뜩 바꿔주겠지만, 그건 내키지 않았어. 만약이라는 게 있잖아? 지금까지는 아무 일도 없었고 1~2만원의 푼돈이야 계산 착오나 잃어버린 것으로 생각할 수도 있지만, 누군가 만냥금의 힘을 알고 쫓아온다면?

남자는 떠올리기도 싫은 생각을 서둘러 뇌 주름 구석으로 꾹꾹 처박았어. 좀 더 생산적인 생각을 하자, 뭘 해야 할까? 취직? 언제 잘릴지 모르는 곳에 새벽 6시에 출근해서 야근 수당도 못 받고 새벽 1시에 퇴근하는 생활은 이제 하고 싶지 않아. 목돈을 만들어 부동산을 사? 아파트는 실패했지만, 땅이야 묵혀두면 언젠가는 오르는 거니까. 아냐, 그보다는 당장 지금 살 집을 사야겠다.

이 생각은 1주일쯤 여관을 전전한 후에 들었어. 여관 전전은 노숙보다 아주 조금 나았어. 매일 밤 얇은 벽 너머에서 들리는 소리들이 예민한 신경을 거슬렀거든. 삐걱 삐걱 끼기긱 하는 날카로운 침대 스프링 소리는 어느새 바닥에 질질 끌리는 오토바이 바퀴 소리로 변했지. 오토바이는 몸체가 없고 바퀴 지지대가 자전거처럼 얄팍했는데 바퀴는 대형 트럭만큼 컸어. 그 밑에 뻥튀기 노인의 옷자락이 깔려 있었고 사방에 피가 난무했지. 빨간 핏방울이 이쪽까지 퉁퉁 튀어 왔어. 가만히 보니까 만냥금 열매였어. 남자는 얼른 집어 입에 넣었지. 지하철 역 앞 쓰레기통을 뒤져 얻은 샌드위치 쪼가리처럼 지독한 맛이 났지만 뱉을 수는 없었어. 따끈한 칼국수 국물로 입가심을 한다면 더부룩한 속이 좀 가라앉을 거 같은데 칼국수 집을 찾을 수가 없어서 골목을 뱅뱅 돌다가 잠에서 깼지. 위와 양옆 삼면에서 입체 서라운드로 침대 삐걱대는 소리가 들렸어. 남자는 귀를 막고 웅크린 채 스멀스멀 다가오는 까만 어둠을 노려보다가 여관 밖으로 뛰쳐나갔어. 차가운 바람이 남자와 자식처럼 소중히 감싸 안은 만냥금과 현금으로 묵직한 가방을 사정없이 흔들었지. 한밤중의 추위보다도 만냥금이 얼어 죽을까봐 남자는 다시 여관으로 들어갔어. 추위에 쪼그라든 열매가 톡, 톡, 발자국 뒤로 굴러갔지. 남자가 혀를 차며 열매를 주워 들자 기울어진 나무에서 우수수, 마른 열매가 떨어졌어. 남자는 황급히 화분을 내려놓고 열매를 주웠어. 그리고 로비 안쪽 대기 의자에 쪼그리고 누워서 빈 접수대의 벨만 보며 밤을 새웠어.

왜 그 동네로 다시 가게 됐는지는 잘 모르겠어. 화분을 훔친 게 켕기긴 했지만, 주인이 만냥금의 이상한 힘을 알았더라면 그냥 계산대에 놔뒀을까 하는 생각이 들었거든. 그렇다는 건, 이 식물과 남자의 궁합이 우주적으로 절묘하게 맞아서 이런 행운이 작용하는 게 틀림없었어. 행운은 그런 거니까. 100억짜리 로또와 별 이름 없는 주식이 치는 상한가처럼 어처구니없는 것이어야만 하니까. 그렇지 않으면, 행운이란 얼마나 초라하겠어.

지하철을 나오자 역 바로 앞에 낯익은 뻥튀기 트럭이 있었어. 남자는 넓적하고 얇게 튀긴 뻥튀기 한 봉지를 샀어. 주인이 퍽 젊어 보였지. 얼마 지나지도 않았는데 그새 바뀌었나? 뻥튀기 장사도 경쟁이 심하네.

골목을 돌아가는데 대패로 민 것처럼 징그러운 얼굴에 팔에 깁스를 한 늙은 노숙자가 보였어. 남자는 괜히 기분이 찝찝해졌어. 왜 그런 기분이 든 건지 알지 못한 채 노숙자의 돈통 앞에 만 원짜리 지폐를 넣은 남자는 서둘러 자리를 떴지. 천 원짜리는 없었거든.

"고맙습니다."

몸을 한참 주억거리는 노숙자의 자세는 낯이 익었어. 전에 알던 노숙자인가? 남자는 걸으면서 뻥튀기를 한입 물었어. 바삭하는 소리가 날카롭게 기억을 되살렸지. 예전 뻥튀기 장사였어. 어쩌다 저 꼴이 됐지, 그 잠깐 사이에?

남자가 뒤돌아보자 노인도 이쪽을 보았어. 뭉개진 얼굴 반쪽의 눈동자가 아득한 회색 구멍처럼 보였어. 구멍이 점점 크고 깊어져서 주위를 빨아들이려는 순간 남자는 깜짝 놀라 얼른 옆 편의점으로 피했어. 그리고 문 안에 서서 노인의 시선이 거두어질 때까지 기다렸지.

"손님, 뭐 찾으세요?"

점원의 목소리가 남자를 퍼뜩 깨웠어. 남자는 얼른 담배 한 갑을 샀어. 2500원짜리 레종이 맛있었지만 습관처럼 2000원짜리 디스를 샀지. 잔돈을 받아 주머니에 챙기면서 뭔가 이상하다는 생각이 들었어. 돈뭉치에 유난히 파란색이 짙어 보인 거야. 남자는 편의점을 나오자마자 허겁지겁 돈을 펼쳤지. 천 원짜리가 반, 만 원짜리가 반이었어. 이게 어떻게 된 거지? 방금 받은 8000원보다도 천 원짜리가 많았어, 한 스무 장쯤?

남자는 품에 고이 안은 만냥금을 보았어. 물 한 모금 못 먹고 끌려다니기만 한 나무는 어느새 조금씩 시들어가고 있었어. 쪼골쪼골 까매진 열매가 눈 속에 박힌 것처럼 남자는 앞이 캄캄해졌지.

놀이터의 간이화장실에 들어가자마자 남자는 돈가방을 열었어. 저금은 하지 않았기 때문에 가진 돈이 몽땅 천 원짜리로 변하면 그야말로 낭패였지. 아직은 파란색이 덜 보여서 남자는 서둘러 은행에 달려가 자동 입출금기에 돈을 넣었어. 텅 빈 통장이지만 카드를 죽이지 않아서 정말 다행이라고 생각하면서. 그런데 웬걸, 기계는 속지 않는거야. 남자는 너무 놀라서 기계가 도로 뱉은 돈을 들고 얼른 은행을 나왔어. 은행원에게 직접 건넸다면 괜찮았을지도 몰라. 지폐계수기는 어차피 숫자만 알려주니까. 하지만 돈을 세서 띠지에 엮고 띠지마다 도장을 찍는 꼼꼼한 은행원이라면 나중에 이상한 돈을 발견하고 그를 기억할 것만 같았지. 그걸 감수하고라도 은행에 넣었어야 했을까? 찰나에 수많은 고

민이 오갔지만 결국 남자는 돈을 입금하지 못했어. 대신 근방 꽃
가게로 뛰어갔지. 주인은 예쁘장하고 키가 큰 청년이었어.

"저, 저기요. 이 꽃 좀 살려주세요."

"예?"

남자는 다짜고짜 만냥금 화분을 청년의 손에 내려놓았어.

"이거, 어떻게 하면 살아납니까?"

"자금우로군요. 튼튼한 식물인데. 관리를 잘못하셨나봐요."

"아, 그러니까 여기 왔지. 얼마면 되겠소?"

"글쎄요, 지금 상태로는 두 주에서 한 달쯤?"

"아니, 살리는 데 돈이 얼마나 드느냐고."

청년은 남자의 얼굴을 보았어.

"돈보다는 시간입니다. 생명이니까요. 한 달 뒤에야 확실히 죽
을지 살지 알 수 있어요."

"뭐 그렇게 오래 걸려? 당장 살려주쇼. 뭐, 비싼 영양제나 약 같
은 거 있을 거 아뇨? 돈은 얼마든지 있으니까."

"정말로 얼마든지 있으세요?"

청년의 얼굴에 묘한 표정이 떠올랐어. 뭐든지 알고 있는 듯한,
사람을 꿰뚫는 시선이었지. 남자는 갑자기 도망치고 싶은 기분이
들었어.

"젊은 놈이 싸가지 없게 어른을 꼬려봐."

남자는 화를 벌컥 내고 청년의 손에서 화분을 빼앗아 가게를
나왔어.

가진 돈만으로 얼른 집을 사야겠다. 부족하면 전세라도. 아냐,

그건 너무 위험해. 돈이 다시 천 원짜리로 바뀌면 주인은 분명히 의심할 텐데. 남자의 입술이 바싹 타들어 갔어. 만냥금이 없으면 어쩌지? 지금 갖고 있는 천 원짜리로 얼마나 천 원짜리를 바꿔 모을 수 있을까? 바꾼 돈이 만 원짜리로 안 변하면 어쩌지. 천 원짜리라도 많기만 하면 되는 거 아닌가? 아니야! 천 원짜리가 1000장이면 100만 원이지만 만 원짜리는 1000만 원이라고!

남자는 다시 꽃집으로 갔어.

"한 달이면 되겠소?"

"글쎄요."

청년은 살짝 시선을 내리깐 채 대답했어. 생각을 짐작할 수 없는 표정이었지.

"영양제 듬뿍 주쇼."

남자는 5만 원을 내밀었어. 청년은 받지 않았어.

"나중에 꽃이 살면 주세요."

남자는 차마 죽으면, 이라고 물을 수 없었어. 화분을 맡기고 돌아서자 한쪽 팔이 허전했어. 화분을 내려놨다고 허전하다니 웃기잖아. 씁쓸해 하는데, 이전에도 여기 매달려 있던 조그만 것이 있었다는 생각이 들었어. 뭐더라? 기억을 더듬던 남자의 뇌리에 아이가 떠올랐어. 맙소사! 아들이 있었지. 애가 어디 갔지?

남자는 갑자기 정신이 까무룩해져서 길바닥에 주저앉았어. 만냥금을 얻은 뒤로 며칠이 지났더라? 새로 산 두꺼운 패딩 점퍼 속으로 찬바람이 매섭게 들었어. 이 바람 속에 그 어린것은 지금 혼자 어디에 있을까?

지나가는 사람들이 길 한가운데 주저앉은 남자를 흘끔거렸어. 그중에 아들 소식을 물어볼 만한 얼굴은 하나도 없었어. 남자는 휘적휘적 아들과 마지막으로 갔던 마트로 향했지. 마트 입구는 까맣게 탄 자리가 남아 있었고, 장사를 하는 거 같지도 않았어. 남자는 눈앞이 캄캄했어. 여기서 무슨 일이 있었던 거지? 하나 있는 아들마저 까맣게 잊고 내가 뭘 하고 다닌 거지?

"아빠, 괜찮아요?"

어느새 작고 깨끗한 운동화가 남자 앞에 서 있었어. 남자는 눈을 들었어. 아들의 그림자가 이지러지는 햇살을 등지고 어른거렸어. 세상이 온통 새빨갰어. 꿈속의 피처럼, 만냥금 열매처럼.

"진수야?"

남자는 그림자의 팔을 잡았어. 아들의 모습은 남자의 손아귀에서 바스라졌어. 바람이 차가웠어.

봄이 올까?

■ 만 낭 금 은 ……

"작가는 무의식 중에 표절한다."고 어느 유명인이 말했다. 모티브와 표절의
미묘한 차이를 짧은 지면에서 다 풀기는 어렵고 작가가 해버리면 저작권처의
할 일이 없어지니까 생략하기로 하고, 아무튼 작가는 자기가 보고 듣고 겪고 생
각하고 때론 들은지조차 몰랐던 것들에서 이야기를 빚어낸다. 이 이야기는 내
가 보았던 이야기들과 겪었던 현실들이 조합되어 빚어졌다. 어렸을 적에 코미
디 프로그램에서 돈이 끊임없이 나오는 지갑 이야기를 보았다. 그 지갑이 너무
나 갖고 싶었고, 거기서 빚어지는 일들이 흥미로웠다. 그 이야기의 끝은 기억
이 나지 않지만 거북이로 분장한 배우가 등장했던 것은 기억이 난다(내용상 어
째서, 어디서 거북이가 나타났는지는 기억 안 난다). 작품을 발표하고 그 이야
기를 봤었다는 사실조차 〈네이버 오늘의 문학〉에 게재된 만낭금 댓글에서 다른
독자가 언급하기 전까지도 까맣게 잊고 있었다. 하지만 이십여 년 전 그 토막극
에서 비롯된 것이 맞다는 것은 분명히 인정해야 할 것이기에 적었다.

만냥금은 만 원짜리 작은 신권이 나오고 오만 원짜리 지폐가 나오기 전에 쓰였다. 바로 전전해쯤에 천 원짜리 작은 신권이 나왔던 참이라 만 원짜리와 천 원짜리 신권 혼용에 관한 많은 괴담이 돌았었다. 택시처럼 등이 어둡고 색조가 있는 장소에서는 돈을 잘못 주고받는 경우가 흔하다카더라라는 이야기도.

이 이야기의 매듭에 관해서 꽤 많은 오해가 있다는 것도 네이버 댓글의 후기로 알게 되었다. 일부러 모호한 듯 포장해놓았지만 명확한 결말인데 긍정적이고 행복한 결말을 원하시는 분들은 억지스럽더라도 해피엔딩이라서 좋다고 하시고, 다른 독자분은 억지로 해피엔딩으로 한 거 같아 불편하다고 하셨다. 이 글을 썼을 때 나는 아기를 가지기 전이었다. 이야기 속의 아버지 같은 사람은 아이를 가질 자격이 없다고 생각해서 그렇게 썼었다. 하지만 지금은 그건 누군가가 판단할 문제가 아니며 그저 인간의 욕심이, 어리석은 아버지와 그 아이가 애처로웠다. 끝을 고쳐줄까 싶었지만, 독자의 가슴에 칼을 떨어트리는 맛이 좋다고 생각해서 수정하지 않았다.

온우주
단편선

엄 마 꽃

어느 밤 꿈에 징그럽도록 크고 노란 꽃 한 송이를 보았다. 쉼 없는 빗소리에 축축이
젖은 그 꽃은 엄마였고, 나였고, 세상 모든 침묵하는 여자들 같았다.

엄 마 꽃

방충망에 매달린 빗방울들이 차곡차곡 고이다가 어느 한 순간 후두둑 굴러떨어졌다. 어떤 징조도 소리도 없는 적절한 중압감과 비정기적인 충격에 의한 발현은 아주 오랫동안 지켜보아도 '지금'이 오기 전엔 '그때'가 바로 '그때'란 걸 절대 알 수가 없었다.

무희는 창밖으로 고요하게 시간이 흐르는 것을 보았다. 자작자작한 빗소리 속에서 세상 모든 것이 침묵하고 있었다. 무희는 가스레인지에 얹어둔 솥 불을 줄였다. 압력 밥솥의 빨간 금침이 알맞게 내려왔을 무렵 덥수룩한 털북숭이 개가 무희의 종아리에 매달려 구수한 밥 냄새를 따라 꼬리를 살랑였다. 무희는 축축한 고무장갑을 벗었다. 곰팡내가 코를 찔렀다. 벌써 구멍이 난 지 오래라 쓸 때마다 셌지만 사러 밖에 나갈 엄두가 나지 않았다. 설사 나간다 해도 슈퍼마켓이 열려 있고, 고무장갑을 팔고 있으리란 확신도 없다. 밖에는 소원비가 내리고 있으니까.

무희는 개수대에 기대 익숙한 부엌을 낯설게 둘러보았다. 물과 간식을 꺼내러 잠깐씩 드나들다가 식사와 설거지와 개수대 청소까지 도맡은 게 언제부터였더라.

엄마는 어딨지?

돌아가신 것도, 가출한 것도 아닌데 집 안에 엄마가 안 계시다니 너무나 이상한 일인데도 그다지 이상하게 느껴지지 않았다. 개일 듯 말 듯 언제나 엷은 빗방울을 뿌리는 몽롱한 회보라색 하늘처럼 머릿속이 흐릿했기 때문이었다. 엄마는 소원비가 내리는 날 고무장갑을 사러 나갔다가 오도가도 못하고 어딘가에 발이 묶였을지도 모른다. 비가 내리는 동안 실종된 대부분의 사람들처럼.

"에흠, 에흠!"

안방에서 아빠의 헛기침 소리가 들렸다. 무희는 화들짝 생각을 멈췄다. 소원비가 내리는데 생각에 잠기는 건 좋지 않다.

"진지 잡수세요!"

두 사람과 한 마리는 낡은 나뭇결을 따라 희미하게 조명이 반사되는 마루에 마주 앉았다. 딸그락 딸각, 밥숟가락이 오가는 동안 털북숭이 개는 널찍한 배를 상 밑에 깔았다. 무희는 풍성한 털 틈으로 발가락을 꼼지락거렸다. 윙 소리가 나는 보일러보다 털북숭이 개의 배 쪽이 훨씬 따뜻했다.

"소리가 시끄러워요."

"기름이 없나보다."

"그건 아닌데……. 어딘가 손봐야 할 거 같아요."

"요즘 같은 때에 누가 밖에 나다녀?"

아빠의 말이 옳다. 비가 올 때는 아무도 밖에 나가지 않는다. 무희네는 차도랑 바로 붙어 무척 시끄러운 집인데도 비오는 날에 비 튀기는 차바퀴 소리를 들어본 지 오래다. 무희는 빈 숟가락을 들고 멀거니 너른 창을 올려다보았다. 짙지도, 엷지도 않은 견고한 회색 하늘이 꾸물대고 있었다. 재난 영화의 한 장면 속 살아남은 사람들이 맞이하는 고요처럼 세상은 고요하고 고요하고 고요했다. 그들만 살아 있는 게 아니란 걸 확인해주는 건 매일 혼자 떠들고 있는 텔레비전뿐이다.

지금 서울 경기도 지역을 중심으로 소원비가 내리고 있습니다. 지역 주민들께서는 빗물이 고이거나 배수로가 역행하지 않도록 주변을 꼼꼼히 둘러보시고, 가능한 한 외출을 삼가주십시오. 집 안에 계신 분들께서는 부디 국민적인 염원 합일을 이루어 기적이 일어나는 데 기여해주시기 바랍니다. 이번 주의 염원과제는 현재 야기되고 있는 북한의 핵무기 비활성에 관한 건으로⋯⋯

채널을 돌리자 다른 뉴스에서 다른 이야기를 하고 있었다.

최근 사하라 사막에도 소원비가 내렸다는 특보가 들어왔습니다. 소원비 구름의 생성과 소원 발현의 조건에 관해서는 아직도 학계에서 논쟁이 끊이질 않고 있습니다. 미국 엘레노아 주의 한 주립 대학에서 연구 발표된 사례로 뒤틀린 소원을 되돌리기 위한 조건을 발견해낸

교수가……

전파 방해가 있는지 아나운서는 채 말을 다 못 잇고 화면 속에서 우그러져 나갔다. 어차피 무희는 듣고 있지도 않았다.

"아빠, 제가 엄마를……."

찾으러 나가겠다고 하려는데 날카로운 기침 소리가 가로막았다.

"켈룩! 말이야 쉽지. 사람 맘이 어찌 다 같을 수 있어. 그 속 지도 모를 텐데. 바라는 게 말처럼만 쉬우면 세상이 이 꼬라지가 났겠어?"

아빠는 텔레비전에게 대꾸하고 있었다. 무희는 입을 다물었다. 아빠랑 대화를 시도한 것 자체가 별로 신통한 생각은 아니었다. 아빠 탓이 아니다. 누구든 가능하면 아무 말도 하지 않는 게, 꼭 해야 한다면 전혀 중요하지 않은 말을 하는 편이 가장 나았다, 비가 오는 동안엔.

아빠가 수저를 놓자 무희는 상을 치우고 남은 밥을 털북숭이 개 그릇에 놓았다. 상 밑에 쭈그려 있던 개는 반갑게 달려가 밥그릇에 얼굴을 묻었다. 무희는 벽에 등을 기대고 밥 먹는 개를 구경했다. 뺨을 기댄 문지방을 덮은 나무와 벽돌과 천장 위 지붕을 토닥이는 빗소리가 울렸다. 지독히 불규칙해서 정교하게 규칙적이기까지 한 리듬에 무희는 어깨를 떨었다. 비가 올 때는 아무 생각도 하지 않으려 노력하지만 생각은 여과지의 커피처럼 소리도 없이 똑똑 떨어져 갈색 향기를 띠고 사방에 퍼져 나갔다.

누가 생각이나 해봤을까, 비가 소원을 들어준다는 걸.

지구를 돌고 돌아 식물의 뿌리 끝, 동물의 배설물, 사람의 뇌수부터 혈관, 땀방울까지 수천, 수백만 번 순환한 물이 신비한 힘을 갖는 건 어찌 보면 당연했다. 그 물은 강력한 염원의 성질을 가진 비가 되어 세상에 떨어졌고, 그 순간 모든 전쟁과 기아와 질병, 행복과 불행마저 그 자리에 멈췄다.

소원비가 내리는 이유는 밝혀지지 않았다. 소원이 어떤 순간에 발현되는지도 밝혀지지 않았다. 다만 뭔가 일어나고 있는 것만은 확실했고, 그에 대한 해석도 가지가지였다. 종교계에서는 종말이 다가왔다고 들썩이며 매일 밤 광장에 모여 집회를 열고 날뛰었다. 세상이 더 손댈 수 없이 미쳐 있어서 세상 스스로 정화 작용에 나섰다는 것이 그들의 주장이었다. 관심 가지는 사람도 있었지만 그보다 더 많은 사람들이 종말보다는 이 놀라운 기적의 원인과 작동법에 더 큰 관심을 가졌다.

어떤 이는 이루어지기를 염원하고 어떤 이는 이루어지지 않기를 염원한다. 그런 건 대개 어느 쪽의 염원이 더 강한가에 따라 결과가 나타났다. 모든 사람이 동시에 바라면 그 일은 이루어졌다. 한 사람이 오랫동안 열망하던 일들도 이루어졌다. 사람들은 미친 것처럼 빌고 빌고 빌었다. 광기와 뒤엉킨 염원들이 세상의 모든 규칙을 어그러뜨렸다. 사람들은 더 이상 함부로 소원을 빌거나 염원을 품을 수 없었고, 우연으로라도 바라지 않으려고 노력했다. 사람들은 서로를 두려워하게 되었다. 누가 어떤 소원을 바랄지 아무도, 자기 자신조차도 정확히 몰랐다. 누가 누구에게

앙심을 품을지 몰랐고, 누가 누구에게 선의를 가지고 있는지 알 수 없었다. 어떤 종교의 지도자들도 사람들을 완벽하게 감화시키지 못했다. 유일하게 작은 단체들이 선의, 혹은 악의적인 목적을 가지고 움직였으나 곧 와해되고 다시 생성되기를 반복했다. 단어에 묶인 이성적 열망이 아닌 순수한 '바람'에 의해 움직이는 소원비를 제어할 수 있는 사람은 없었다. 어느 누구도 자신 속에 어떤 괴물이 살고 있는지 진짜로 알지 못했고, 잊혀진 꿈 같은 미련들은 밤새 어둠 속을 기어 다니다 아침에 사라지기를 반복했다.

처음부터, 그리고 현재까지 완전히 사라진 건 굶주림뿐이었다. 굶주리길 원하는 사람은 아무도 없었다. 무희는 일주일에 한 번씩 현관에 놓인 식료품 상자를 주워 왔다. 지구의 반대편에서는 다른 방식의 다른 사건으로 굶주림이 해결되고 있다고 했다. 요즘 같은 때에 대체 누가 밖을 돌아다니며 식료품을 나눠 주는지는 알 수 없다. 정부 산하 기관이라는 소문이 돌았지만 정부 측에서 부정했다. 그들은 소원비의 영향으로 들쭉날쭉한 기초 생활 안전 시스템을 유지하는 것만으로도 벅차다고 말했다. 무희는 어차피 아무도 모르는 거라면 좋은 일이니 정부가 했다고 말해도 될 텐데 왜 경계하는지 이해할 수 없었다. '정치적 입장'이란 '좋은 일에도, 나쁜 일에도 완전히 치우치지 않고 균형을 맞추는 것'일지도 모르겠다고 무희는 생각했다.

질병은 한때 거의 사라지는 듯했다가 재발했다. 병으로 완전히 죽는 사람의 비율은 현저히 떨어졌지만, 아직도 사람을 고통스럽게 하는 여러 가지 질병과 그에 대응한 약품들이 나타나 끊임없이 상호 대치와 보완을 이루었다. 호기심과 돈과 명예와 힘없는 자의 고통을 잇는 고리는 너무나 견고해서 한칼에 끊어낼 만한 강력한 소원이 없는 모양이었다.

가난은 여전했다. 그러나 아무도 자신이 몹시 '가난'해서 '불행' 하다고 생각하지는 않았다. 굶주림과 질병이 연계된 절대적 가난을 맛본 사람들은 무희 세대에는 많지 않았고, 대부분이 더 나은 사람을 향한 상대적 박탈감이었기 때문에 소원비로 사람들간의 교류가 단절되자 자연스레 해소되었다. 모든 것들의 기준이던 텔레비전 드라마는 이전부터 심하게 왜곡되어 있었으니 거기서 눈만 떼면 모든 것이 평화로웠다.

무희는 모두가 적당히 제자리에 있는 듯하여 내심 만족하는 한편으로 우울했다. 더러운 하수도는 비가 내려도 한 번 썩은 물이 절대로 다시 깨끗해지지 않는 것처럼, 무희의 꽉 막힌 감정은 빗방울이 하수구에 파문을 만들 때만 잠깐씩 일렁이다 다시 어둠 속으로 가라앉았다. 그 밑에 웅어리진 퇴적물이 있는데 뿌연 빗물에 가려져 도무지 정체를 알 수가 없다. 무희가 그게 무언지 생각할라 치면 따가운 빗소리가 경고했다. 그럼 무희는 겁을 집어먹고 얼른 내일 점심때는 닭고기를 먹고 싶다는 수준의 아무 쓸데기없는 생각을 했다. 소원비는 이런 때 무척 불편했다. 어떤 부분이 소원비에 결정적 발현을 유도하는지 밝혀지지 않았기 때문에 모든 것이 심각하게 변하지 않도록 생각을 조심하고 조심하고 또 조심하는 것만이 할 수 있는 전부였다. 무희는 점점 말수가 적어졌고 생각도 짧아졌다. 기껏 하는 일이라곤 멍하니 화면이 흔들리는 텔레비전을 보거나 기계적으로 집안일을 하는 정도였다. 기계적으로 집안일을 하다니, 그런 게 가능하게 되리라고 무희는 생각조차 해본 일이 없었다.

무희는 보통 여자애들처럼 집안일이라곤 손가락 하나 까닥해본 적 없이 엄마가 차려준 밥과 다려놓은 교복 셔츠와 깨끗하게 빤 양말을 신고 학교와 학원과 분식점을 오갔었다. 휴일에는 밤새도록 전화통을 붙들고 수다를 떨거나 친구를 만나러 나갔고 적당히 공부하고 많이 놀고 부모님께 대들고 오빠와 싸우고 집안일은 용돈을 받기 위해 잘 보이고 싶을 때 아주 조금만 했다. 그런데 어느 순간부턴가 학교는커녕 긴 밤 수다도 사라지고 가능한 한 아무 말도, 행동도 하지 않게 되었다. 어쩌면 누군가가, 아버지, 어머니, 오빠 혹은 털북숭이 개가 무희가 얌전해지기를 소원했는지도 모른다. 무희는 공부 좀 하라고 면박 듣던 때가 언제인지 기억이 가물가물했다. 마지막 쇼핑에서 산 옷들도 이젠 구분할 수 없었다. 사물은 모두 침묵 속에서, 텔레비전의 몽롱한 헛소리 속에서 흐느적댔다. 회색 하늘은 세상의 명료한 모든 것들을 경계가 흐릿한 구름처럼 뭉뚱그려버렸다. 햇빛을 본 지도 언제인지 기억이 안 났다. 일상을 이루는 몇 가지 필요한 것들을 제외하고 무희는 다른 것을 생각할 수가 없었다. 어쩌면 강력한 의지를 가진 누군가가 모든 사람들이 그렇게 되도록 빌었을지도 모른다.

'지나친 생각이야.'

무희는 고개를 흔들었다. 그리고 소원비에 영향을 미치지 않는

쓸모없는 상념들이 오락가락하게 두었다. 의도하지 않았지만 대부분이 엄마에 관한 거였다. 음식하던 뒷모습, 빨래하던 뒷모습, 무희의 대학 졸업식장에서 오빠의 양복만 가다듬어주던 뒷모습. 그리고 빨간 고무장갑을 쥐고 슈퍼 앞에서 하염없이 떨어지는 빗줄기를 보며 멍하니 서 있는 무희의 상상 속 앞모습. 엄마는 집에 오는 길을 떠올리려 하지만 계속 비가 내리고 인적도 목적지도 없는 길은 꿈결처럼 멀고 길기만 할 것이다. 무희는 엄마의 표정을 짜맞추기가 어려웠다. 엄마가 뭘 생각하고 있을지 상상하는 건 더 어려웠다.

무희는 가느다란 팔 사이에 얼굴을 묻었다. 눈물이 났다. 엄마가 안 계신 건 무희 탓인지도 모른다. 무희가 엄마 따위 없어졌으면 좋겠다고 소리 질렀기 때문이다. 비가 내리는 날이었다. 어쩌면 그 비가 첫 소원비일지도 모른다.

무희는 엄마가 싫었지만 정말로 미워서 싫은 건 아니었다. 단지 어릴 때부터 고기반찬을 하면 오빠 먼저 주고 무희에겐 젓가락도 못 가져가게 하는 엄마, 무희의 겨울옷 값은 안 주면서 아들 스키장비는 챙겨주는 엄마, 무희가 4년제 대학에 좋은 성적으로 붙었어도 오히려 간신히 전문대밖에 못 간 오빠를 더 가여워하는 엄마, 그런 엄마가 싫었을 뿐이다. 엄마는 오빠가 사업을 한다며 적금 통장을 가져가 술로 마셔버렸을 때도 오빠만 두둔했다. 무희는 아무리 열심히 노력해도 칭찬해주는 법이 없었다. 오히려 무희가 너무 드세서 오빠를 기 못 펴게 잡는다고 호통을 쳤다. 그래서 무희가 기억하는 엄마는 부엌에 홀로 선 뒷모습과 오빠에게 활짝 웃어주는 얼굴 두 가지뿐이었다. 그리고 오빠는……. 무희는 오빠에 대해서는 생각하고 싶지 않았다. 목소리가 크고 허풍이 센 오빠는 무희를 못살게 굴며 끊임없이 가족을 휘둘러댔었다.

"끼잉…….."

무희가 한참 동안 기척이 없자 털북숭이 개가 무희를 찾으러 왔다. 무희는 몸을 일으켰다. 어두운 하늘 속에도 밤은 분명히 찾아왔다. 다만 비 때문에 흐린 낮처럼 밤도 붉게 퇴색되어 있었다. 무희는 마루 한구석에 개를 끌어 안고 누웠다. 윙 하는 보일러 소리가 고즈넉함을 깼다. 늙은 개는 세상이 더 고요하도록 낮은 위치의 보일러 스위치를 껐다. 세상은 빗소리에 잠기고 무희도 눈을 감았다.

― 다녀올게요, 엄마.

컬컬하고 무거운, 산짐승이 우글대는 밤처럼 소름끼치는 목소리가 무희의 가슴을 때렸다. 오빠가 엄마의 배웅을 받으며 집을 나서고 있었다. 어디로 가는지 언제 온다는지, 그런 건 하나도 말해주지 않았다. 오빠의 뒷모습을 오래, 아주 오랫동안 지켜보며 긴 한숨을 내쉬던 엄마의 뒷모습이 무희의 눈을 찔렀다.

― 엄마.

무희가 불러도 엄마는 돌아보지 않는다.

― 엄마, 나도 여기 있는데…….

다시 부르자 엄마의 모습은 미끄러지듯 현관문을 빠져나가 사라져버렸다. 무희는 땀에 젖어 눈을 떴다. 토닥토닥한 빗소리가 엄마 뒤에 남겨진 발자국 소리처럼 창밖에 울렸다. 무희는 엄습하는 불길함에 몸을 떨었다. 엄마가 너무 보고 싶었다.

이대로 손놓고 기다리기만 할 수는 없다. 뭐든 좋으니 뭔가 해야 했다. 무희는 집 안을 발칵 뒤집어 엄마가 사라지기 직전에 남은 것들을 찾았다. 엄마를 찾는 데 도움이 될지도 모른다.

이상하게도 엄마 물건은 변변하게 남은 것이 없었다. 대부분이 가족 공동 물건이라 딱히 '엄마 것'이라고 가름하기 어렵기도 했지만 그래도 화장품이나 장신구나 구두 같은 것은 있을 텐데 하나도 보이지 않았다. 무희는 엄마가 직장에 다녔었다는 걸 기억해냈다. 옷차림도 화려한 걸 즐겨서 외출복이 무척 많았다. 무희는 그런 사소한 것조차 잊고 있었다는 것에 당황하는 한편으로 안심했다. 집안 살림살이에서 엄마 것을 가려내긴 어렵지만 옷이라면 확실히 엄마 물건이니까 뭔가 찾아낼 수 있을 것이다. 무희는 살금살금 안방으로 들어갔다. 그리고 밤의 어둠 속에서 더 검게 웅크린 장롱을 열었다.

"아!"

무희는 하마터면 비명 때문에 아빠를 깨울 뻔했다. 무희는 후다닥 장롱을 닫고 얼른 안방을 나왔다. 장 안엔 아빠의 정장 몇 벌만 목매단 시체처럼 흐느적거리고 있었다. 누군가 급히 치워버린 듯 빈 옷걸이들만 들쭉날쭉한 장롱 속은 마치 살점이 떨어져 나간 짐승 옆구리처럼 심란하고 흉악했다. 엄마는 하늘로 솟은 걸까, 땅으로 꺼진 걸까. 애초에 엄마가 있기는 했던 걸까? 무희

는 거실에 걸린 가족사진을 흘끗 보았다. 거기엔 사진이 걸려 있
던 흔적만 볕 바랜 자국으로 남아 있을 뿐, 아무것도 없었다. 무희
는 언젠가 아빠가 거울같이 넓적한 것을 밖으로 내가던 것이 떠
올랐다.

왜 아빠가 사진을 치웠지?

무희는 장식장 속에 들어 있던 오랫동안 펼쳐보지 않은 사진
첩까지 몽땅 끌어냈다. 그러나 사진첩 안에도 엄마 사진이 있던
자리엔 빈 틀뿐이었다. 마치 원래 있지도 않던 것을 억지로 찾아
내고 있는 것 같은 기분이 들었다.

"그럴 리가 없어."

어깨에 스멀대는 한기를 느끼면서 무희는 고개 저었다. 하지만
어떻게 한 사람의 존재가 이렇게 씻은 듯이 사라질 수 있을까? 혹
시 엄마는 아주 오래전에 돌아가시고 오빠는 처음부터 없었던 것
은 아닐까? 아빠랑 털북숭이 개랑 셋이서 쓸쓸한 날들에 무희 멋
대로 상상을 불어넣은 걸까? 하지만 무희는 분명히 기억하고 있
었다. 밤이 밝은 날, 엄마가 거실에서 혼자 춤추고 있었다. 심장을
울리는 느린 음악에 맞추어 미지근한 물속을 헤엄치는 금붕어처
럼 흐느적흐느적. 그 모습이 너무나 인상적이어서 무희는 지금도
또렷하게 눈앞에 그려낼 수 있었다.

그럼 대체 엄마는 어디로 간 걸까? 생각에 빠져들기가 무섭게
무거운 빗소리가 머리를 짓눌렀다. 무희는 냉장고로 달려갔다.

"하!"

머리 꼭대기까지 얼얼할 만큼 차가운 물을 단숨에 들이켜고

나서야 정신이 좀 들었다. 엄마는 분명히 존재했다. 거기에 있었기 때문에 빈자리가 흉흉하게 들춰지는 것이다.

"끼잉."

한밤의 소란에 털북숭이 개가 덜 깬 채로 꼬리를 살랑이며 무희의 발치를 쫓았다. 무희는 어스름한 밖을 내다보았다. 거센 폭우가 세상을 집어삼킬 듯 으르렁대고 있었다. 아주 오래전 신화 속의 폭우가 세상을 집어삼켰을 때의 모습도 이랬을 거라고 생각하면서 무희는 지금까지 두려워했던 것과는 달리 의식적으로 강하게 소원을 빌었다.

"엄마를 무사히 돌아오게 해주세요, 오빠만 좋아해도 좋으니 부디 돌아오게 해주세요."

무희는 비가 오는 밤새 빌고 또 빌다가 새벽녘에야 설핏 잠들었다. 꿈에 엄마가 나왔다. 엄마는 마당에 서 있었는데 이상하게도 엄마가 아니라 빛나는 노란 꽃 모양을 하고 있었다. 집 안에선 무희가 엄마 따위 없어졌으면 좋겠다고 바락바락 소리를 지르고 있었다. 그래서 엄마는 꽃으로 변해버렸다.

무희는 슬펐다. 잘못한 건 무희가 아닌데 엄마는 모든 게 무희 탓인 양 화풀이로 꽃으로 변했다. 무희는 억울하고 슬퍼서 통곡하다가 제 소리에 놀라 깼다. 아침은 이미 훤히 밝아 있었다. 창에 걸린 무거운 회색이 오랜만에 조금 옅어졌다. 무희는 귓바퀴를 맴도는 이명과 기묘한 공허감으로 나가보지 않고도 비가 그쳤다는 걸 알았다. 창밖에선 바람에 잎 부딪는 쏴아 소리가 들렸다. 그건 소나기 소리와 비슷했지만 결정적으로 리듬이 달랐다. 무생물과 생물은 그들 안에 각자 다른 소리를 갖고 있어서 비슷하게 들리더라도 다 다르다. 고요한 빗소리 덕분에 예민해진 무희의 청각은 그걸 구분해냈다.

무희는 마당으로 나갔다. 비가 멎은 하늘은 바람의 세상이었다. 무희는 얼룩진 구름 사이로 춤추고 있는 키 큰 꽃을 발견했다. 오랜 비 때문에 화단의 흙은 다 쓸려버리고 하수구 근처에 한 줌이 간신히 남았는데 그 위에 꽃이 피어 있었다. 무희는 소름이 돋았다. 꽃은 꿈속에서처럼 선명한 노란색이었다. 키는 무희만큼 컸고 줄기는 허벅지만큼 굵고 팔처럼 갈라진 두 개의 큰 가지에는 무수한 이파리가 달려 있었다. 풀줄기처럼 긴 이파리들이 바람에 흩날리는 모양은 얼핏 팔꿈치에 술을 장식한 옷소매처럼도 보였다. 무희는 꽃 가까이로 다가갔다. 얼굴이 딱 사람만 하고 노란 꽃잎에 점점이 박힌 무늬는 눈썹, 눈, 콧구멍, 윗입술, 아랫입술, 그리고 턱에 선명한 점 하나로 끝나 있었다. 무희는 몸을 떨었다. 엄마 턱에 그런 점이 있었다.

"엄마?"

무희는 소원이 이루어졌다는 걸 알았다.

"엄마! 이게 어떻게 된 거예요?"

무희는 울면서 정신없이 꽃에게 매달렸다. 꽃은 무희에게 아무 말도 하지 않았다. 무희를 보지도 않았다. 꿈이랑 똑같았다. 꽃은 아들이 돌아올 대문만 보고 있었다.

"엄마! 엄마!"

무희는 오열했다. 숨넘어가게 들먹이는 어깨 위로 잠깐 갰던

하늘에 다시 가느다란 빗방울이 흩날리기 시작했다.

꽃은 잎을 두드리는 빗방울이 시원해서 약간 몸을 틀었다. 아직 완벽하게 식물화되지 않은, 어쩌면 인간화되는 중인 모양뿐인 몸은 불편하긴 하지만 의지에 따라주었다. 꽃은 자기가 원래 무엇이었는지 잘 생각이 나지 않았다. 단지 약간 불편하고, 등을 두드리는 빗방울이 기분 좋고 세상이 우울과 고요와 불안과 그리움으로 가득 차 있다는 것만 알았다. 그건 꽃 안의 모든 것이기도 했다.

꽃은 아들을 기다리고 있었다. 처음 소원비가 내리던 날 미친 듯이 웃으며 "이번엔 꼭 성공한다!" 하고 뛰어나간 아들은 여직 소식이 없었다. 꽃은 며칠이나 흘렀는지 헤아릴 머리도 없었고 스스로를 자각할 어떠한 외관도 남아 있지 않았다. 단지 그립고 가엾고 걱정스럽기만 한 아들 얼굴이 꽃잎으로 변한 꽃의 얼굴, 꽃의 주름, 꽃의 전신에 새겨져 있었다. 꽃은 비가 그치기만을 바랐다. 비가 그쳐서 햇살 같은 아들의 얼굴이 내밀기만을 바라고 바라고 바랐다.

"엄마……."

무희는 엄마꽃이 뭘 생각하는지 알 것 같았다. 그래서 더 서러웠다.

엄마는 집 나간 오빠가 보고파서 비를 맞고 기다리다 그리운 노란 꽃으로 변했다. 무희가 아무리 잘 보이려고 노력해도 엄마는 떠나버린 오빠를 원했다. 그러다가 꽃이 되어버렸다. 무희는 슬프면서도 고소했고, 걱정스러우면서도 만족했다. 엄마는 오빠를 원했지만, 꽃을 다시 엄마로 되돌릴 수 있는 건 지금 옆에 있는 무희뿐이었다.

무희는 빗방울이 굵어지기 전에 작은 뿌리째 엄마를 캐다가 깊은 장독에 넣었다. 그리고 우묵진 구석 여기저기에 고여 있는 소원 빗물을 끌어 모아 독에 부었다. 엄마는 돌아오실 것이다, 무희 곁으로. 무희가 엄마를 되돌려놓을 것이다, 비에 소원을 빌어서.

뉴스에서 잠깐 스쳐 간 적이 있었다. 아직 확인 작업 중이지만 소원을 되돌리는 것이 가능하며 그러려면 다량의 빗물이 필수라는 이야기였다. 그리고 소원이 이루어질 때와 같은 조건하에 두어야 한다고 어느 과학자가 말했다. 그 과학자가 그 사실을 어떻게 발견했는지는 아무도 몰랐다. 그걸 아는 게 그의 소원이었을지도 모른다. 아무튼 소원을 되돌리기는 소원을 이루기보다 더 힘들었다. 완벽히 똑같은 조건이라는 게 가능할 리가 없다. 무희는 성공한 사람이 있다고 했는지 기억을 헤집어봤지만 떠오르지 않았다. 그래도 무희는 해야만 했다.

무희는 장독은 처마 밖에 내놓고, 한 방울씩 떨어지는 빗줄기를 피해 처마 밑으로 들어갔다. 그리고 얼른 세상이 다시 고요해지길 빌었다. 세상이 소원비로 가득 차서 아무것도 움직이지 못하면, 시간이 흐르고 엄마가 돌아오실 것이다. 상상만으로도 무희는 행복감에 가득 찼다.

처마를 때리는 빗줄기가 거세질 무렵 빗소리를 따라 멀리서 온 발소리가 철퍽철퍽 골목을 울렸다.

"여어, 동생, 뭐하냐?"

무희는 대문을 차고 들어오는 소리에 가슴이 철렁했다.

"오빠?"

믿고 싶지 않지만 진짜 오빠였다.

"그럼 니 오빠지, 택배 기사냐? 그건 뭐냐? 나 몰래 돈이라도 숨기는 거냐?"

오빠가 장독 쪽으로 삐죽 얼굴을 내밀었다.

"아냐. 그냥 청소했었어."

무희는 재빨리 뚜껑을 닫았다.

"네가 무슨 장독 청소를 하냐? 비켜봐봐. 좀 보게."

"아무것도 아니라니까."

"어허! 씨발 좆내 비싸게 구네. 한 대 맞기 전에 안 비켜?"

오빠는 무희를 밀치고 뚜껑을 빼앗다시피 해서 장독을 열었다. 독 속에는 멋대로 구겨진 꽃줄기가 푸른 뱀처럼 뒤엉켜 있었다. 오빠는 그 속에서 노란 꽃 머리가 불쑥 떠오르는 것 같아서 얼른 뚜껑을 닫았다.

"뭐냐, 이 기분 나쁜 건. 시래기가 썩었으면 내다 버리지 보물 처럼 싸 안냐? 세상이 미친 김에 같이 미치기로 했냐? 할 일 없으 면 가서 밥이나 차려."

"알았어."

무희는 슬슬 오빠 눈치를 살폈다. 오빠는 태풍이었다. 항상 소 란을 몰고 왔고, 지나간 자리에는 아무것도 남지 않았다. 무희는 오빠가 엄마꽃에 미칠 영향이 두려웠다.

"어이고, 울 아버지 여직 주무시네? 살아는 계시나?"

오빠가 안방을 흘끗 들여다보자 아버지는 마른 몸을 뒤척였다.

"누구냐?"

"노친네가 치매가 들었나? 아님 날 까먹자고 소원을 비셨나. 나야 잘됐네. 다 까먹고 이 집도 까먹으면 다 내 거니까."

무희는 농담 같은 한 마디에 가슴이 내려앉았다.

"무슨 소리야, 오빠?"

"아, 내가 사업을 좀 하는데, 이번에 사정이 좋지 않아. 저쪽에 좀 줘야겠다."

어디에 뭘 준다는 건지, 뭐가 어떻게 된다는 건지 모호한 단어뿐인데도 무희는 재빨리 이해했다.

"무슨 소리야? 말도 안 돼! 나랑 아빠는 어쩌고?"

"그야 내 알 바 아니지. 그리고 준다고 없어지는 거 아니다. 내 사업에 투자하는 거라고. 몇 배는 남겨 올 텐데 뭘 그렇게 아까워 해?"

"안 그런 거 알아! 엄마 통장이랑 아빠 퇴직금도 오빠가 그렇게 다 없애버렸잖아! 집은 절대로 안 돼!"

"웃기는 년, 네가 안 된다고 안 될 줄 아냐? 어차피 아빠가 다 나 줄 건데 좀 미리 가지면 어떠냐? 일 거의 다 돼가는데 이딴 쪼매난 집 하나 때문에 그걸 다 망쳐야겠어?"

"안 돼! 부모님을 모시는 건 오빠가 아니라 나야. 오빠 따위 호적에서 파버릴 거야! 그럼 오빤 아무것도 못 가져!"

"이 쌍년이!"

무희는 목을 움켜쥔 손 때문에 숨이 턱 막혔다.

"네까짓 게 짖는다고 뭐 될 줄 알아? 그리고 뭐, 네가 부모님을 모셔? 기껏 늙은이 하나 놓고 밥이랑 빨래 간신히 하는 거 갖고 유세 떨기는. 내가 화끈하게 한방 날리면 파출부고 식모고 다 불러서 훨씬 편안하게 모실 거다. 네 징그러운 손 빌릴 필요도 없이. 그리고 호적에서 뭘 파? 웃기고 있네. 너나 잘해, 살모사 같은 년 아. 너만 보면 소름이 끼친다. 어차피 내가 못 갚으면 아빠가 갚아 줘야 하는 빚이니까 더 잔말할 것도 없어."

무희는 호흡이 가쁘다 못해 눈앞이 캄캄해졌다. 보다 못한 털 북숭이 개가 오빠의 발목을 물어뜯었다.

"악! 이 망할 개새끼! 주인을 물어?"

걷어차인 개가 헐떡대는 소리가 들렸다. 간신히 풀려난 무희는 헛구역질하며 바닥을 기었다. 왜 거기 있는지 모를 쇠가위가 손에 잡혔다.

"오빠, 엄마 기억해?"

"너 진짜 미쳤구나. 어떻게 그걸 잊냐?"

무희는 입술을 깨물었다.

"오빠야말로 미친 거 아냐? 엄마가 오빠한테 얼마나 잘했는데 이런 식으로 할 수 있어?"

"엄마는 죽었어."

오빠는 이를 드러냈다.

"바로 여기서. 목을 맸지. 설마 너 기억 안 나? 그때 네가……."

오빠의 입술에 야비한 미소가 걸렸다. 무희는 불안을 느꼈다. 뭔가, 아주 나쁜 예감이 가슴을 눌렀다.

"내가 뭐?"

"네가 잠든 엄마 목에 올가미를 걸었잖아? 끝은 저기 커튼 봉에 감았지. 엄마가 자다가 물 마시러 가면 목이 당겨지도록."

무희는 뒤통수가 얼얼했다.

"아니야!"

"아니라고 하고 싶겠지. 네가 얼마나 집요했는지 더 말해줄까? 넌 엄마에게 술을 권했고, 짭짤한 안주를 내놨어. 엄마가 자연스럽게 취하고 반드시 목이 마르게 말이야."

무희의 눈앞에 춤추는 엄마가 보였다. 목에는 예쁘게 꼬인 철사 목걸이를 걸고 발은 무용수처럼 가볍게 허공에 떠 있다. 공중에서 춤추던 엄마의 몸은 돌고 돌고 돌다가 무희를 마주 보았다. 무희의 마음속 꽉 막힌 하수구에서 조금씩 물이 빠져나가며 부유물이 모습을 드러냈다. 그건 죽은 엄마였다.

"아니야!"

"넌 어떻게 그걸 까맣게 잊을 수 있지? 그런 주제에 나한테 뭐라고? 내가 그때 엄마 통장 빼돌린 거만 아니었으면 넌 여기 있지도 못했어."

"거짓말이야! 오빠 거짓말쟁이야! 나한테서 엄마를 뺏어 가놓고, 이제 집이랑 기억까지 다 뺏어 가려는 거지! 나쁜놈!"

무희는 가위를 쥐고 돌진했다.

"야! 뭐야! 너…… 컥!"

날카로운 가위 날에 박혀 진득하게 감겨드는 지방의 감촉을 느끼기 전에 무희는 쏟아지는 빗소리를 들었다. 그건 아버지의 음성이었다.

"무희야, 그만해라!"

토닥토닥토닥토닥하는 소리가 달아나는 오빠의 발소리와 겹쳤다.

"내 딸아, 이 미친년아……."

무희는 그 자리에 주저앉았다. 아빠가 무희를 감싸 안았다. 무희는 멍하니 중얼거렸다.

"아빠, 엄마가…… 있잖아, 내가 엄마를……."

"무희야, 다 잊어. 잊어버려. 아무 생각도 하지 마라. 그게 우리가 살길이다."

무희는 아빠를 뿌리치고 손에 묻은 피를 씻을 틈도 없이 엄마꽃이 담긴 독으로 달려갔다.

"아니야, 미친 건 오빠야. 아빤 아무것도 몰라. 이게 진짜 엄마라고."

소원을 되돌리려면, 소원이 이루어질 때와 똑같은 시간과 환경 조건을 제공해야 된다. 엄마를 다시 마당에 내놓아야 하는 걸까? 어디서부터가 엄마가 변한 조건의 시작인 걸까? 이 꽃은 엄마였던 걸까, 아니면 무희의 바람이 꽃을 엄마로 변하게 한 걸까. 엄마꽃이 엄마가 되면, 어떤 엄마일까? 무희는 알 수가 없었다.

만약에 만약에 정말로 엄마가 죽었고 이 꽃은 단지 무희의 바람인 거라면, 그럼 이 꽃은 무희를 좋아해주는 엄마가 될 수 있을까? 오빠 같은 거 잊어버리고 아빠랑 셋이서 처음부터 다시 시작할 수 있을까? 그랬으면 좋겠다고 생각하면서 무희는 빗방울에 흔들리는 독 수면을 빠질 것처럼 들여다보았다.

■ 엄 마 꽃 은 ……

어느 밤 꿈에 징그럽도록 크고 노란 꽃 한 송이를 보았다. 쉼 없는 빗소리에
축축이 젖은 그 꽃은 엄마였고, 나였고, 세상 모든 침묵하는 여자들 같았다.

이 작품은 SF전문 잡지 미래경 2호에 실렸었다.(어째서 SF잡지에 이런 글
이? 라는 의문은 접어주기 바란다.) 그때에도 이 문장을 어디에 둬야 할지 몰라
서 고민 끝에 맨 앞에 두었다. 본문에 들어가면 안 되는 건 알겠는데, 독자와 만
나고 싶은 문장이었다. 첫머리는 가장 먼저 읽게 되지만 본문을 시작하면 순식
간에 잊을 수 있는 자리이기도 하고, 독자를 사로잡는 동시에 이야기 속으로 들
어가게 놓아주기 때문에 그나마 적절한 거 같았다. 이 문장은 문을 열기 전에
문고리에 걸린 안내문 같다. 문을 열기 전에 살펴봐도 좋지만 문을 여는 순간
잊어버리면 딱 좋은.

적절하지 않음을 알지만 도저히 버릴 수 없었던 미련 같은 두 문장을 후기로 빼려다가 그래도 촌스럽게 다시 첫머리에 두었다. 미련이란 그런 거니까. 미련 맞은 거니까.

　무희란 이름은 한자어로 '기쁨이 없다'라는 의미다. 딸을 낳으면 이런 이름을 짓는 시대가 존재했었다는 게 어서 빨리 전설과 괴담이 되길 바란다. 하지만 여자가 한 인간으로서 투표권을 가진 건 200년밖에 되지 않았고 대한민국에서 여자가 말없이 일하고 새끼 낳는 암소가 아닌 말하는 인간이 된 지는 50년밖에 안·됐다는 것도, 아직도 그런 처우 속에 있는 여자들도 있다는 것도 잊지 않아야 한다.

낙 오 자

낙오자

목련은 하얀 기둥에 얼굴을 기댔다. 뺨에 닿는 서늘함이 오싹하고 상쾌하다. 밤은 어슬렁어슬렁 언덕을 기어 올라왔다. 약속 시간은 더디면서도 빠르게 정확히 규칙적으로 오고 있었다. 목련은 긴장을 풀기 위해 팔다리를 쭉쭉 폈다. 너무 겁먹을 필요 없다. 자격을 얻지 못하는 불능자를 제외하고 마을 처녀들 모두가 치르게 되는 시험이다. 목련에게만 특별히 어려울 일이 아니다. 그러나 긴장을 늦춰선 안 됐다. 시험의 성공률은 반반이다. 게다가 목련은 마을 최연소 시험 자격자였다.

"축하해, 목련. 이번 자격자 명단에 네가 올랐어."
보름 전 관리자가 통보했을 때 목련은 뛸 듯이 기뻤다.
"감사합니다! 제가 최연소인 거죠?"

관리자는 미소 지었다.

"그래, 그리고 능금도."

목련은 귀를 의심했다.

"저와 능금요?"

최연소의 영광을 혼자 차지할 수 없다는 것도 짜증이 나는데 하필이면 능금이라니!

"그래. 클라스에서 너희가 최초고 최연소야. 축하한다."

"고맙습니다."

목련은 억지로 웃었다.

"어째서 능금이지? 걘 가슴만 큰 바보잖아."

집에 돌아온 목련은 아무도 없는 벽에 대고 씩씩댔다. 목련은 자격을 얻기 위해 정말 열심히 노력했다. 하지만 능금은 아니다. 그 앤 버찌 열매나 주워 먹고, 나비를 쫓아다니고, 꽃밭을 뒹굴며 수다나 떨어댔었다.

"억울해! 억울해! 억울하다고! 그런 무뇌충과 같은 취급이라니!"

막 현관 문을 열고 들어서던 엄마가 물었다.

"뭐가 말이니?"

"엄마?"

목련은 깜짝 놀랐다.

"노크하시라고 했잖아요."

"난 했다. 네가 못 들은 거겠지."

엄마는 양손에 무겁게 들고 온 짐을 문 옆에 내려놓았다. 목련은 자리를 권하지 않았다.

"소식 들었다. 축하한다."

"고맙습니다."

목련은 지나치리만치 예의 바르게 답했다. 마치 엄마가 아니라 남을 대하는 것 같다. 엄마도 많은 걸 기대하진 않았다.

"오래는 안 있으마. '파종'에 필요한 몇 가지를 챙겨 왔다."

엄마가 내려놓은 바구니 위로 목이 긴 화분과 꽃삽, 물뿌리개가 튀어나와 있었다.

"이미 다 준비했는데요."

"그래? 그럼 찬통만 두고 가마. 금줄 기간 동안 먹을 게 없으면 곤란할 테니까."

"오늘 시장에 다녀온 참이었어요. 식료품도 넉넉해요."

목련이 가로채듯 말했다.

"여전히 준비성이 좋구나."

엄마는 몸을 쭉 폈다.

"엄마가 잘 가르쳐주신 덕분이죠."

모녀 사이에 살얼음 같은 긴장이 흘렀다.

"그래, 그럼 아무것도 필요 없겠구나. 그래도 뭔가 도와줄 일이 있으면……. 아니다, 당연히 없겠지."

엄마가 돌아섰다. 목련은 엄마보다 먼저 문을 열었다.

"조심해서 가세요."

엄마는 쫓겨나듯 딸의 집을 떠났다.

"주의사항은 잘 알고 있지?"

관리자가 목련과 능금을 앉혀놓고 말했다.

"말하지 말 것, 만지지 말 것, 포옹하지 말 것, 입 맞추지 말 것."

둘은 새처럼 지저귀었다.

"그래. 그리고 가능하면 빨리 '씨앗'을 받아 빠져나올 것. 이상이다."

관리자가 가보라는 시늉을 하자 능금이 미적대며 말했다.

"왜 입 맞추면 안 되죠?"

목련은 어이없어 입을 떡 벌렸다.

"너 바보지? '그자들'은 괴물이야. 괴물이랑 입을 맞춘다고?"

'그자들'은 서쪽 나락에서 온 흉측한 괴물로, 문헌에는 더러운 털투성이에 짐승 같은 냄새를 풍기며 사납고 흉포하다고 쓰여 있었다.

"하지만 하는 사람들이 있으니까 그런 규칙이 있잖겠어?"

능금이 말했다.

"넌 진짜 취향 독특해."

능금은 목련의 비웃는 말에 신경쓰지 않았다.

"네? 왜 안 돼요?"

끈질긴 능금의 질문에 관리자는 한숨 쉬었다.

"답. 치명적인 독이 있으니까. 됐니, 능금?"

"하지만 유혹자들이 있다면서요."

능금이 눈을 빛냈다.

"뭐라 말할 수 없을 정도로 아름답게 생겼다는데, 그런 자들이라면 만져보고 싶지 않을까요?"

관리자가 책상을 쳤다.

"어리석은 소리 마라, 능금. 그건 우리를 낙오시키기 위한 미끼야. 그러니까 더 조심을 해야 해."

"정말로 유혹자가 나타난 적 있어요? 관리자님은 보셨어요?"

능금이 물었다. 목련은 수업을 마치고 어서 돌아가 쉬고 싶었다. 그러나 능금이 눈치 없이 구는 통에 인사할 때를 계속 놓쳤다.

"최근에 그런 보고는 없었어. 그러니까 규칙만 잘 지키면 문제없이 '씨앗'을 가져올 수 있을 거다."

"관리자님은 어땠어요?"

관리자는 침착하게 말했다.

"나도 괴물이었어. 이만 끝내자. 내일 너희는 어렵고 중요한 시험을 치러야 하니까 일찍 가서 쉬는 게 좋아. 꿀을 나눠 주마. 자기 전에 먹어라. 숙면에 도움이 될 거야."

능금은 먹을 게 나오자 유혹자에 대한 질문은 깨끗하게 잊어버리고 희희낙락하며 꿀단지를 받아 갔다.

"바보 식충이 무뇌충."

먼저 문을 나서는 능금 뒤에서 목련이 혀를 날름 내밀었다. 관리자가 엄하게 목련을 꾸짖었다..

"목련."

목련은 얼굴을 붉혔다.

"충고하자면 이건 머리가 좋다고 잘되는 일은 아니란다."

관리자는 부드럽고 신중하게 말했다.

"그건 능금은 성공하고 저는 실패할 거란 말씀인가요?"

목련의 목소리에 날이 섰다.

"아니야, 전혀. 운이 따라야 한다는 뜻이란다. 가서 쉬렴."

목련은 한참 망설이다가 말했다.

"만약에, '씨앗'을 얻는 데 성공했지만 열매에서 '그자들'만 나오면 어쩌죠?"

목련은 시험에 실패할 거란 상상은 하지 않았다. 다만 그 열매에서 나올 것이 두려웠다. 목련의 엄마는 '그자들'을 넷이나 낳았다. 목련은 그렇게 될 수 없었다.

"걱정하지 마. 일단 자격을 얻었으니까 다음 시험에서 성공하면 돼."

"관리자님도 무서웠어요?"

관리자는 가벼운 끄덕임으로 목련을 안심시켰다.

"그래. 다 잘될 거다. 걱정하지 마라."

목련은 그러려고 노력했다.

"다만 한 가지만 조심해, 목련."

"뭘요?"

"중요한 건 열매에서 뭐가 나오느냐가 아니야. 알고 있지?"

관리자는 가장 중요한 단어를 입에 담지 않았다. 하지만 목련은 알아들었다.

"네."

목련은 꿀단지를 챙겨 교실을 떠났다.

관리자가 입에 담지 않은 말은 '낙오자'였다. 목련은 관리자가 유독 자신을 걱정하는 이유를 잘 알았다. 목련네 마을에서 낙오자가 나온 일은 드물었다. 하지만 비교적 최근에 낙오자가 생겼고, 목련도 아는 사람이었다. 그이는 뒷집의 독서가였다.

독서가는 여섯 번의 시험을 치렀고 네 명의 아이와 두 명의 '그자들'을 낳았다. 그이가 낙오자가 되리라고 생각한 사람은 아무도 없었다. 낙오자는 목련처럼 처음 시험을 치르는 자 중에서 나오지, 능숙한 경력자가 저지르는 실수가 아니다. 그런데 뒷집의 독서가는 일곱 번째 시험을 거부해 낙오자가 되었다.

목련은 그때 낙오자가 뭔지도 몰랐었다. 그래서 독서가가 병에 걸린 거라고, 엄마 말처럼 매일 방구석에서 책만 보다가 책 곰팡이가 옮은 거라고 생각했다. 낙오의 정확한 의미를 알게 될 때까지 목련에게 독서가는 책 곰팡이에게 살해당한 사람이었다.

목련은 저녁 바람에 차게 식은 손을 옷 속에 넣었다. 젖가슴 바로 아래에 인두로 지진 듯한 새빨간 피멍이 있다. '자격'을 뜻하는 홍반이었다. 홍반은 시험을 통과한 후 씨앗에서 난 떡잎으로 만든 약을 바를 때까지 계속 커지고 아플 것이다.

시간이 다 되어가는데 서쪽 지평선엔 아무도 보이지 않았다. '그자'는 늦을 모양이다. 목련은 빨리 시험을 마치고 새벽 전에 집에 가고 싶어서 안달했다. 너무 늦는 건 좋지 않다. 해가 뜨기 전에 돌아가 파종해야 싹을 틔우기 좋았다. 하루가 지나면 씨앗이

건조해져 싹을 틔우지 못할 수도 있었다. 그럼 지금까지의 모든 노력이 헛수고가 된다.

목련의 꿈은 일곱 명의 딸들과 그에 걸맞은 일곱 채의 집, 그리고 늙어서 시험을 치를 수 없을 때도 충분히 먹고살 수 있는 황금이었다. 목련은 그렇게 되기 위해 최선을 다했고 자격도 충분했다. 딸을 일곱쯤 거느린다면 사회적으로도 존경받고 '그자들'에게 황금이 샐 일도 없으니 그야말로 성공적인 인생이 될 것이다. 목련은 절대로 엄마처럼은 되지 않겠다고 다짐하고 다짐하고 다짐했다.

엄마는 자격을 유지하는 동안 다섯 명의 아이를 가졌지만 그중 넷은 애석하게도 '그자들'이었다. 씨앗에서 난 아이가 계집애면 열매 속에서 나온 황금과 함께 마을에 남고, '그자들'이면 황금 알맹이와 함께 '서쪽'으로 보냈다. 네 번이나 황금 알맹이를 놓쳤기 때문에 모녀의 살림은 언제나 빠듯했다. 궁핍한 삶에서 목련의 유일한 위안은 뒷집 독서가를 방문하는 일이었다.

그 집은 언제나 달콤한 황금색이었다. 햇볕이 드는 날 보얗게 떠오른 금빛 먼지로 목이 꽉 잠겼지만 달콤한 과자와 오래 묵은 이야기들이 바스락대는 종이 냄새는 환각처럼 아름다웠다.

독서가의 집은 단층이었는데 가뜩이나 비좁은 벽과 통로마다 책으로 꽉꽉 차서, 보기만 해도 숨이 막혔다. 하지만 독서가는 딸을 넷이나 가졌고 살림도 넉넉해서 탁자에는 언제나 간식이나 주전부리가 놓여 있었다. 딸들은 모두 독립준비를 하느라 바빠서 옆집 꼬마가 놀러와 간식을 먹는 것에 신경 쓰지 않았다. 얌전히 굵기만 하면 독서가는 목련이 뭘 먹든 어떤 책을 보든 나무라지 않았다. 목련은 과자를 먹은 다음 독서가의 옆에서 책을 읽었다. 독서가는 과자 부스러기를 흘리거나 더러운 손으로 책을 만지면 안 된다는 몇 가지 주의사항만 알려주고 책 속으로 돌아갔다.

독서가의 집에 접근 금지령이 내렸을 때, 목련은 납득하지 못했다.

"거기 가면 안 돼."

"왜요?"

"그 사람은 아파. 그러니까 네가 가서 귀찮게 하면 안 돼."

원래부터 엄마는 목련이 그 집에 가는 걸 좋아하지 않았다. 그래서 목련은 이번에도 엄마 말을 무시하고 독서가의 집으로 갔다.

독서가는 여느 때처럼 '꿈의 방'에 있었다. 책이 겹겹이 가득 찬 비좁은 공간은 어른과 아이가 다리를 쭉 펴고 마주 앉으면 꽉 찼다.

"어떻게 왔니? 너희 엄마가 못 오게 했을 텐데?"

독서가는 책에서 머리를 들었다. 목련은 반쯤 걷힌 소매 속으로 끔찍하게 번진 홍반을 보고 놀랐다.

"피 나요? 왜 그래요?"

독서가는 얼른 소매를 내렸다.

"괜찮아. 너희 엄마가 아무 말씀 안 하시던?"

"꽃을 가져왔어요."

목련은 독서가의 물음에 대답하지 않고 붉은색과 황금색이 섞인 아름다운 꽃들을 좁은 방 구석구석에 장식했다. 독서가는 놀라고도 기뻐했다.

"정말 예쁘다. 아직 꽃이 피기는 이를 텐데?"

"제가 동쪽 숲에서 따 온 거예요."

목련은 자랑스럽게 말했다.

"동쪽 숲?"

독서가의 안색이 변했다.

"네."

"거기 가면 안 돼, 목련. 아무도 말 안 해주던? 두 번 다시 가지마라. 이 꽃은 당장 치워라."

독서가는 꽃병의 꽃을 버리려다가 제자리에 도로 꽂았다.

"아니다. 그래, 잘 받으마. 고맙다. 대신 두 번 다시 그 숲에 가지 않겠다고 약속해."

목련은 어깨를 움츠렸다.

"왜요?"

"그곳은 낙오자들의 숲이야. 네가 거기 간 걸 아시면 엄마가 화내실 거다."

"낙오자가 뭔데요?"

목련의 반문에 독서가는 슬픈 표정을 지었다. 그이는 목련의 머리를 쓰다듬으려다가 그냥 손을 내렸다. 목련은 그게 무척 섭섭했다.

"나중에 알게 될 거야. 그만 가라. 어머니가 마중 나오셨어."

목련은 그제야 창밖에 있는 엄마를 발견했다. 엄마는 목련을 불러내지도, 문을 열라고 두드리지도 않고 유령처럼 밖에 서 있었다. 독서가는 목련을 배웅하지 않았다. 엄마와 독서가는 서로 눈도 마주치지 않았다. 엄마는 목련을 보자마자 다짜고짜 머리채를 휘어잡고 질질 끌고 갔다. 목련은 그날 태어나서 지금까지 맞은 매를 전부 합한 것의 두 배로 맞고 벽장에 갇혔다. 목련은 벽장 속에서 흐느껴 울었다. 아파서 운 게 아니라 다시는 독서가와 만나지 못하리라는 걸, 그게 엄마나 벽장 때문만은 아니라는 걸 깨달았기 때문이었다.

그래도 목련은 포기하지 않았다. 엄마의 감시가 소홀해지자 옷걸이로 벽장 경첩을 비틀어 열고 독서가의 집으로 달려갔다. 그런데 막상 집 앞에 도착하자 들어가기가 망설여져서 한참을 서성였다. 창문 너머로 부엌 등잔 아래 서 있는 독서가가 보였다. 얼굴까지 번진 홍반에서 스며 나온 피가 나무껍질처럼 딱딱해져서 고개를 기울여 책을 넘기는 것조차 고통스러워 보였다. 그래도 독서가는 웃고 있었다. 그 미소가 기이해서 목련은 더럭 겁이 났다.

독서가는 온몸의 홍반이 완전히 굳기 전에 마당으로 나왔다. 피껍질로 딱딱해진 시체를 집 밖으로 져 나를 수고를 덜어주기 위해서였다. 목련은 독서가가 몸을 삐걱대며 집 밖으로 나오는 광경을 지켜보았다. 무서웠지만 눈을 뗄 수가 없었다.

마당에 선 독서가는 '서쪽'에서 바람이 불어오자 "괴괴." 하고 울었다. 정확히 말하면 성대에서 나는 소리가 아니라 말라붙은 몸속에 바람이 들어왔다가 빠져나가지 못해 몸부림치는 소리였다. 하지만 목련은 독서가의 울음소리라고 생각했다.

독서가가 말라 죽은 나무처럼 뻣뻣해지자 사람들은 그이를 동쪽 숲으로 끌고 갔다. 그곳에는 독서가와 똑같은 붉은 나무들이 즐비하게 자라고 있었다. 목련이 꽃을 따 온 붉은 숲, 그건 낙오자들의 무덤이었다.

목련은 뜨끔뜨끔한 가슴을 눌렀다. 참기 어려울 만큼 아팠다. 홍반이 아무리 성공을 향한 조건이래도 이 통증과 불쾌감은 결코 익숙해질 것 같지 않다. 목련은 이를 악물고 눈을 몇 번 깜박였다. 열로 달아오른 뺨에 서늘한 손이 스쳤다. 목련은 깜짝 놀랐다. 눈앞에 '그자'가 있었다.

"너무 오래 기다리게 했군요."

'그자'는 눈물 묻은 손끝을 핥았다. 목련은 오싹했다. 이것이 '그자'?

"털북숭이 괴물이라던데?"

무심결에 말한 목련은 얼른 입을 다물었다. 말은 '위험'했다. 말은 '마력'을 갖고 있어서 소통하게 하고, 끌어들인다, 위험 속으로.

'그자'는 웃음을 터트렸다.

"대개는 털북숭이 상태죠. 오늘은 수염을 깎고 왔어요. 당신들이 싫어한다는 걸 아니까. 보기에 그리 나쁘진 않죠?"

"말 걸지 마요."

목련이 날카롭게 말했다. '그자'는 움찔했다.

"아, 규칙. 그랬죠. 너무 오랜만이라 잊고 있었어요."

'그자'는 가까운 대리석 계단에 걸터앉았다. 목련은 살금살금 그자를 엿보았다. '그자'는 괴물도 유혹자도 아니고 목련네 마을 사람들과는 조금 다르게 생긴 그냥 사람이었다. 팔다리도 두 개 씩이고 눈코입도 달렸고 키는 나무처럼 크고 몸은 바짝 말라서 무섭게 보이거나 위압감을 주지도 않았다. 목련은 그자의 손 위에 자기 손을 겹쳐보았다. 길고 못 박힌 손가락도 똑같이 다섯 개다. 목련은 거기서 낯익은 냄새를 맡았다. 바삭한 햇볕 냄새와 책 곰팡이 냄새, 독서가에게서 나던 냄새였다. 목련이 흠칫 손을 뗐다. 그제야 두 번째 수칙이 기억났다. 절대로 만지지 말 것.

"실컷 봤어요? 호기심이 많군요."

'그자'는 마치 야생고양이처럼 살피는 목련을 그냥 보기만 했다. 독서가처럼.

"시험, 처음이에요? 너무 긴장할 거 없어요."

"'씨앗'을 주세요."

목련은 초조해졌다. 더 이상 실수하고 싶지 않다.

"보채지 마요, 꼬마 아가씨. 나도 주지 않으면 돌아갈 수 없으니까. 그런데 그걸 어디 뒀더라."

'그자'는 몸을 구석구석 뒤져서 씨앗 주머니를 찾아냈다. 목련은 얼른 주머니를 낚아챘다. 그러나 남자가 먼저 손을 위로 내뺐다. 목련은 폴짝폴짝 뛰었다

"내놔요! 안 주면 신전지기한테 이를 거예요!"

"성질도 급해라. 이 씨앗은 당신 거예요. 당신이 가져가주지 않으면 말라 죽을 테니까. 하지만 그전에 한 가지 부탁이 있어요. 당

신 마을에 '희란'이란 여자가 있죠?"

낯선 사람의 입에서 나온 이름은 무척 친숙한 것인데도 낯설었다. 그건 독서가의 이름이었다.

"독서가를…… 알아요?"

"아는군요!"

'그자'의 눈이 흥분으로 빛났다.

"잘 있나요, 희란은? 좋은 여자였어요. 말이 통하는 여자였죠."

그 말에 목련은 덜컥 겁이 났다. 독서가는 '그자'와 말이 통해서 낙오자가 되었다. 그럼 '그자'와 말이 통한 목련도 낙오자가 될지도 모른다.

"씨앗을 주세요."

목련은 마음이 급해졌다.

"희란에게 전해주세요. 나는 기억하고 있다고. 약속대로 내 이름을 기억하는지 물어봐주세요."

"그런 거 몰라요. 못 물어봐요. 씨앗이나 내놔요!"

"물어봐줄 거라고 약속 안 하면 못 줘요."

'그자'는 단호했다. 목련은 거의 울 지경이 되어 말했다.

"독서가는 죽었어요! 낙오됐어요! 똑같은 방법으로 나도 낙오시킬 건가요? 그래요? 그럼 이제 만족하겠군요. 독서가는 당신이랑 말해서 낙오자가 됐어요. 나도 당신이랑 말했으니까 낙오자가 되겠죠!"

목련은 겁나서 견딜 수가 없었다.

"희란이 낙오됐어요? 어째서?"

"당신이 희란의 일곱 번째 남자였나요?"

"난 여섯 번째였어요."

'그자'는 한참 동안 말이 없었다.

"미안해요. 씨앗을 가져가요. 만약에 보름까지 꽃이 피지 않으면 여기로 다시 와요. 다른 씨앗을 줄게요."

"하지만 그건……."

그건 규칙위반이었다. 황금나무는 대개 보름부터 한 달 사이에 꽃이 핀다. 한 달 이상 꽃을 피우지 못하면 '실격'된다.

"그럴 일은 없어요."

목련은 잘라 말했다. '그자'는 어깨를 으쓱했다.

"미안해요. 겁먹게 하려는 건 아니었어요. 그럼 '증명'은 가져갈게요."

'그자'는 목련의 머리카락 일부와 허리띠를 받아갔다. 평소에는 걸치지 않는 비단 허리띠는 씨앗의 대가로 따로 준비한 물건이었다.

"보름에 기다릴게요. 당신이 오지 않으면 성공한 걸로 알지요."

목련은 서쪽으로 향한 '그자'의 등을 보다가 씨앗을 꼭 쥐고 숨이 턱에 닿도록 동쪽을 향해 달렸다. 마을로 가는 내내 '그자'가 머리를 떠나지 않았다.

"이름도 말해주지 않고서 뭘 물어보라는 거야."

게다가 독서가는 죽었다.

목련은 집에 돌아와 바라던 시간 안에 씨앗을 심었다. 씨앗은 반지르르하고 통통한 게 무척 싱싱해 보였다. 목련은 벌써부터 성공을 예감하고 마음이 들떴다. 싹을 틔워서 정성껏 기르면 황금열매가 열리고 그 안에서 아이가 자라게 될 것이다. 한꺼번에 두 개가 열린다면 좋을 텐데. 목련은 자기 욕심에 웃었다.

꽃이 피기 전까지는 외부인이 출입금지라 목련은 울타리에 금줄을 걸었다. 건너편에 뿌연 유리창이 보였다. 독서가의 집이었다. 오랫동안 거기 가지 않았다는 것이 떠올랐다.

"그자 때문이 아니야."

목련은 겉옷을 걸치면서 중얼거렸다.

"그냥 금줄 기간 동안 심심함을 달랠 책이나 몇 권 챙기러 가는 거야."

나무문은 오랫동안 기름칠을 하지 않아 햇볕과 비바람에 바싹 말라 있었다. 목련이 계단 아래서 열쇠를 찾아 열쇠 구멍에 넣고 비틀자 안쪽에서 비명 소리가 났다. 도끼를 가져와야겠다고 생각한 순간 문이 삐걱 안쪽으로 밀렸다. 문틈에서 오래된 냄새가 퀴퀴하게 흘러나왔다. 목련은 현관문을 활짝 열어놓고 먼지가 가득 쌓인 복도를 지나며 창문을 열었다. 잠시 후 목이 메일 거 같던 먼지 냄새가 조금 엷어졌다. 목련은 집 안을 돌아보았다. 모든 것이 그대로 시간과 함께 낡아만 가고 있었다. 목련은 꿈의 방으로 건너갔다. 다른 방들은 독서가의 유품을 정리하러 온 딸들의 발자국으로 어지러운데 그 방 앞에는 오간 흔적이 전혀 없었다. 딸들 중 누구도 독서가의 진짜 유품은 가져가지 못했다. 아무도 그이를 제대로 이해하진 못했다. 목련은 쓸쓸한 한편으로 기묘한 만족감을 느꼈다.

목련이 먼지가 앉은 방문을 밀어 열자 어두컴컴했던 집 안에 햇빛이 흘러 넘쳤다. 큰 유리창에 얽힌 담쟁이가 나무 바닥에 우아한 그림자를 찍었고 먼지는 10년 전과 다름없이 금빛으로 반짝였다. 오후의 햇살과 바삭한 책 냄새가 방바닥에 눌어붙은 과거를 깨웠다. 갓 구운 과자와 흙내가 도는 부드러운 차 향기가 풍겨왔다. 독서가는 기분이 좋을 때면 과자를 구웠다. 맛보다는 실험 정신이 투철한 과자였지만 목련은 싫지 않았다.

목련은 눈을 감고 기다렸다. 오늘은 또 어떤 이상한 과자가 나올까? 그러나 한참이 지나도 독서가는 오지 않았다.

"또 태웠어요?"

목련은 부엌으로 갔다. 독서가는 아무 데도 없었다. 순간 환상이 사라지고 불기 없는 낡은 부엌이 되돌아왔다. 독서가는 없다. 그이는 낙오되었다. 목련은 겁이 났다. 중요한 시기에 좋지 않은 장소에 있다니 너무 부주의했다.

"아니야, 희란이 도와줄 거야."

목련은 입안에 걸린 말을 억지로 뱉었다. 독서가는 여섯 번이나 열매를 얻었다. 낙오자가 되지만 않았다면 성공적인 인생이었다.

목련은 어두워진 부엌에 초를 밝혔다. 실로 몇 년 만에 집 안을 밝히는 불이었다. 목련은 별이 내리는 창밖을 보다가 그곳이 독서가가 마지막으로 서 있던 자리라는 것을 깨달았다. 그때 그이는 무슨 생각을 했을까? 뭘 보고 웃었던 거지? 주위를 둘러봤지만 딱히 특별한 건 없었다. 벽에 걸린 냄비, 국자, 밀대와 누름쇠. 모든 것이 여느 부엌과 다르지 않았다.

목련은 법랑 주전자를 꺼내 닦았다. 진흙향이 나는 값진 찻잎은 아무도 손댄 흔적이 없었다. 목련은 깊이 묻힌 흙항아리를 꺼내 찻잎을 덜고 아궁이에 불씨를 지폈다. 아궁이 옆에는 도구 선반이 있었다. 목련은 거기 놓인 빨간책을 집어 들었다. 부엌에 책이 있다니 이상한 일이었다. 책이 상할까 염려가 대단했던 독서가답지 않다. 목련은 책의 앞뒤, 옆모서리를 살폈다. 제본 방식이 지금까지 봐온 것과는 달랐다. 그 책은 꿈의 방에 있는 모든 책들과도 달랐다. 목련은 책을 펼쳤다. 첫 번째 장이 손끝에서 고동쳤다.

희란에게, 흑요가.
환영월력 그림자 해 여름 첫째 달 여드레 날.

목련은 입안이 바싹 말랐다. 혹시? 설마 아닐 거야. 하지만, 이게 정말 '그자'의 이름이라면?
목련은 부서질 것처럼 낡은 책장을 넘겼다. 떨리는 손으로 검붉은 얼룩으로 달라붙은 책장을 떼어내기란 좀처럼 쉽지 않았다. 목련은 결국 중간 부분을 포기하고 맨 뒷면을 펼쳤다.

흑요에게, 당신을 영원히 기억하는 희란이.
환영월력 물 해 여름 둘째 달.

이상한 글씨였다. 삐뚤고 제멋대로 끊겨 앞장의 이름을 먼저 보지 않았다면 읽을 수 없었을 것이다. 목련은 그때쯤 무슨 일이 있었는지 기억을 더듬었다. 여름이 무르익은 저녁이었고, 뻣뻣이 마른 몸속에 갇혀 울부짖던 바람 소리가 귓전에 들렸다. 피껍질로 치장한 독서가가 마당에 서 있었다.

— 나는 여섯 번째 남자였어요.

오싹 소름이 끼쳤다. 독서가는 '그자' 때문에 울었다. '그자' 때문에 일곱 번째 시험을 거부했고 피껍질로 손가락이 책에 들러붙어도 몇 번이고 책장을 넘겼다!

목련은 타오르기 시작한 아궁이에 책을 던졌다. 온몸이 덜덜 떨렸다. '그자들'에게 마음을 주다니! 나락에서 기어 나온 괴물과 사랑을 하다니!

목련은 독서가의 집에서 도망쳤다. 그리고 집에 도착하자마자 몸을 씻고 정향을 피웠다.

— 희란······.

어느새 잠이 고양이 걸음처럼 다가왔다. 꿈속에서 '그자'의 목소리가 들렸다. 낮고 다정하고 침착한, 기분 좋은 음성이었다.

— 흑요.

목련은 어깨를 감아오는 '그자'의 팔에 기댔다. 아주 편했고 안심이 됐다. 꿈속이니까 '그자'가 뭐라 부르건 조금도 이상하지 않았다. '그자'가 목련의 귓가에 무어라 속삭였다. 목련은 반쯤은 알아들었고, 반쯤은 간지러워서 웃었다.

— 깔깔깔······.

목련은 제 웃음소리에 놀라 깼다. 그리고 방금 꾼 꿈을 떠올리고는 소스라쳤다. 너무나 이상한 꿈이었다.

"미쳤나봐."

독서가의 집에 너무 오래 있었던 탓일까? 아니, 시험 때문에 신경이 날카로워졌기 때문이다. 꿈은 그냥 꿈일 뿐, 잘못된 건 아무것도 없다. 다만 그 품의 따뜻함이, 은은한 심장 고동 소리가 귓가에 남아 심란했다. 목련은 한숨을 내쉬고 화단을 돌보러 나갔다.

사흘이 지났다. 슬슬 싹이 움틀 때였다. 목련은 아침부터 수시로 화단을 들락거리며 마음을 졸였다. 그러나 해가 지고 별이 떠도 화단에는 아무 변화가 없었다.

"늦을 수도 있어. 늦을 수도 있지."

목련은 마음을 다스렸다. 밤이 깊고 여명이 밝았다. 목련은 뜬눈으로 밤을 지새웠다.

그렇게 나흘이 가고 닷새, 엿새가 지났다. 보름이 다 되어가는데 꽃은커녕 싹도 보이지 않았다. 목련은 절망했다, 씨앗은 죽었다. 가슴 밑 홍반이 거세게 날뛰었다. 아직까진 유예가 가능하다. 심장이 멎기 전에 신전으로 가서 실격했다고 말하고 치료제를 받을 수 있었다. 첫 자격자들에겐 흔한 일이고 목련은 최연소 자격자였으니 큰 불명예가 되지 않을 것이다. 하지만 목련은 그러기 싫었다. 쏟아질 동정이나 비웃음도 싫지만 무엇보다 능금에게 뒤졌다는 걸 용납할 수 없었다.

— 보름까지 꽃이 피지 않으면 여기로 다시 와요. 다른 씨앗을 줄게요.

목련은 '그자'의 제안을 떠올렸다. 하늘을 보니 깜짝 놀란 고양이 눈처럼 꽉 찬 달이 보였다. 목련은 신전을 향해 달렸다. 아무 생각도, 계산도 없었다. '그자'만이 도와줄 수 있다는 절망적인 희망이 목련을 뛰게 했다.

"헉헉……."

신전에 도착하자 밤이 지나가고 있었다. 기둥 근처엔 아무 인기척도 없었다. 벌써 왔다 간 걸까? 아니면 아예 오지도 않은 걸까? '그자'는 자기가 한 말을 잊은 걸까? 어쩌면 그 제안은 태생부터 악하고 교활한 '그자들'의 속임수였던 걸까. 목련은 '그자들'의 술수에 넘어갔다는 생각이 들자 억울해서 눈물이 날 지경이었다.

"바보 같으니!"

목련은 쓰린 가슴을 움켜쥐었다. 울면 안 돼. 울 수 없어. 목련은 기둥에 이마를 기대고 계속 심호흡했다.

"당신이군요."

등 뒤에서 낭랑한 목소리가 들렸다. 목련은 깜짝 놀라 뒤돌아보았다. '그자'가 서 있었다. 하지만 흑요가 아닌 목련 또래의 얼굴이었다.

"서쪽 신전지기?"

'그자'의 흰 옷을 본 목련은 더럭 겁이 났다. 신전지기는 목련의 마을에서 한 명, '그자들' 중 한 명, 이렇게 두 명이 일주일씩 교대로 나눠 맡았다. 평소라면 둘 다 사람들에게 도움을 주는 존재였지만 지금 목련이 하려는 일에선 절대로 만나면 안 됐다.

"퇴근했어요. 좀 전에."

서쪽 신전지기는 훌훌 제복을 벗었다. 그리고 안자락에서 씨앗 주머니를 꺼냈다.

"이걸 가지러 왔죠?"

목련의 눈이 불안하게 빛났다.

"저를 시험하시는 건가요?"

서쪽 신전지기는 한숨을 내쉬었다.

"말했잖아요. 퇴근했다고. 마음이 편치 않으면 여기 둘게요. 그럼 이만."

서쪽 신전지기는 씨앗을 계단에 두고 서쪽 오솔길로 훌훌히 내려갔다.

"잠깐만요!"

목련이 부르자 서쪽 신전지기가 돌아보았다.

"흑요는……요?"

목련은 이름을 입에 올린 걸 후회했지만 스스로를 멈출 수가 없었다.

"어떻게 그 이름을 알았죠? 그가 말해주던가요?"

목련이 고개를 저었다. 뭐라고 말해야 할지 알 수 없었다.

"그냥요, 그에게 전해주세요. 약속을 지켜주신 대가로, 희란이 흑요를 기억하고 있었다고."

"내가 왜요? 난 신전지기인데. 그건 규칙위반이에요. 지금 무척 위험한 거 알아요? 당신의 혀가 흑요를 처형시킬 수도 있어요."

"퇴근했다면서요."

목련이 씨앗 주머니를 달랑거렸다. 둘은 공범이었다.

"그러고 싶지만 그럴 수 없군요."

서쪽 신전지기는 한숨 내쉬었다.

"왜요?"

"그는 죽었거든요."

신전지기의 목소리가 너무 덤덤해서 목련은 귀를 의심했다.

"네? 어째서?"

"글쎄요. 알 수 없죠. 그래서 당신의 씨앗이 걱정됐어요. 씨앗은 주인의 생명력에 영향받으니까."

아무 말도 하지 않았는데 서쪽 신전지기는 이미 모든 것을 꿰고 있었다.

"서둘러 가는 게 좋아요. 동쪽의 신전지기와 마주치고 싶지 않다면."

서쪽 신전지기는 떠났다. 목련은 신전지기의 등 뒤에 드리워진 그림자를 보았다. 시커먼 암흑은 점점 자라나더니 목련의 발밑을 삼켰다. 목련은 어둠 속에서 희미하게 흑요의 얼굴을 보았다. 마음이 고동쳤다. 등 뒤에서 밝아오는 여명처럼 자박자박한 동쪽 신전지기의 발소리가 어둠을 쫓았다. 목련은 얼른 숲 그늘에 숨었다. 두근거리는 심장 박동을 타고 홍반의 통증이 온몸으로 퍼졌다. 틀어막은 입에서 비명이 새어 나올 것 같았다.

— 그는 죽었어요.

홍반이 아니라 마음이 아팠다.

"안 돼. 목련, 정신 차려."

목련은 머리를 흔들었다. 감상에 빠질 시간이 없다. 지금 중요한 건 싹을 틔우느냐, 마느냐다. 사람들 눈에 띄지 않게 돌아온 목련은 화분에 새 씨앗을 심었다. 눈물 때문에 따로 물을 줄 필요는 없었다.

"어머, 목련! 축하해! 시험은 어땠어? 씨앗은 잘 크고 있어?"

목련이 오랜만에 신작로에 나가자 참새 떼가 몰려들었다. 목련은 적당히 대답했다.

"그렇지, 뭐."

목련은 이 패거리가 싫었다. 그들은 수다스럽고 감상적이며 안일했다. 특히 지금 떠들고 있는 오이가 특히 그랬다. 오이는 상대가 꺼리는지 아닌지 신경도 쓰지 않았다. 무뇌충들은 공통적으로 눈치 더듬이가 퇴화하는 모양이다.

"참, 들었어, 들었어?"

"뭘?"

"능금의 열매는 쌍둥이래."

목련은 질투와 모욕감을 삼켰다.

"그래? 축하해야겠네."

"마침 저쪽에 있으니까 같이 축하해주러 가자. 굉장하지 뭐야? 동갑내기 중에 두 사람이나 최연소로 시험에 들었는데, 하나는 쌍둥이라니! 우리 연배는 다들 굉장해! 분명히 다들 성공할 거야!"

목련은 '두 사람'의 성과가 어떻게 '또래 전체'의 성공으로 확

대되는지 과정을 이해할 수 없었다.

"개화가 늦었다며? 실격하지 않아서 다행이다. 날씨가 너무 좋지? 분명 멋진 열매를 맺을 거야. 축하해."

능금은 분홍색 통통한 뺨을 빛내며 소녀들 가운데 여왕님처럼 앉아 있었다. 능금은 열매를 화분이 아니라 배에서 키운 듯 허리 둘레가 엄청났다. 금줄 기간 동안 집 안에서 아무 걱정도 없이 희희낙락 먹고 뒹굴기만 했을 게 뻔했다. 목련은 뱃속이 꿈틀댔다.

"쌍둥이라며, 축하해."

"고마워. 네 열매도 분명 크고 멋질 거야. 넌 나보다 훨씬 똑똑하잖니."

능금은 웃으며 화답했다. 목련은 그 미소가 너무나 가식적으로 느껴졌다. '흥, 똑똑한 체하더니, 봐라, 내가 훨씬 성공했다'고 말하는 것 같았다.

"시장 보고 오는 길이야? 무거워 보인다. 좀 앉지그래? 같이 가는 데까지 들어다줄게."

오이가 권했다. 목련은 수다쟁이들 사이에 끼고 싶은 맘이 조금도 없었지만 이미 참새 떼가 빙 둘러싸서 빠져나갈 틈이 없었다. 그들은 시험에 관한 이야기를 듣고 싶다는 단순한 욕망만으로 무척 효율적으로 움직였다. 목련은 다른 때도 좀 그래보라고 말하고 싶은 걸 꾹 참았다.

"고마워."

결국 목련은 능금과 나란히 앉았다.

"정말로 끔찍한 괴물이야? 너도 잡아먹힐 뻔했어?"

목련은 영문을 몰라 어리둥절하자 오이가 눈을 동그랗게 떴다.

"능금은 잡아먹힐 뻔했다는데?"

"뭐?"

목련이 능금을 돌아보았다. 능금이 가볍게 헛기침했다. 하긴 평범한 애가 참새 떼의 여왕이 되려면 다른 수가 없었겠지. 목련이 말이 없자 능금은 한시름 놓은 얼굴이 되었다.

"그나저나 소문 들었어?"

오이가 말을 꺼냈다.

"무슨 소문?"

"이번에 뽑힌 '서쪽' 신전지기 말이야. 우리랑 동갑이래."

"뭐어?"

소녀들은 깜짝 놀랐다.

"거짓말! 신전지기는 노친네들만 하는 거 아냐? 어떻게 그럴 수 있어?"

"몰라. 신의 은총을 받았다나 뭐라나? 게다가……."

오이는 목소리를 낮췄다.

"굉장히 근사하게 생겼대. 털북숭이도 아니고."

소녀들은 나직이 환호했다. 목련은 누구를 얘기하는지 금방 알았다.

"와아, 내 상대도 그런 사람이었으면 좋겠다."

"어머, 무슨 소리야. 낙오되면 어쩌려고."

"그건 싫지만, 그래도 기왕이면 다홍치마라고 예쁜 게 좋잖아? 그리고 낙오자랑 예쁜 거랑은 관련 없대. 알아?"

오이가 목소리를 낮췄다.

"뭘?"

"이번에 죽은 팬지 말야."

"팬지? 옆 마을의 팬지?"

"그래, 낙오된 거래."

화기애애한 공기가 순식간에 빠져나갔다.

"게다가 상대였던 '그자'는 대머리에 뚱보였대."

"어쩜! 말도 안 돼! 낙오자가 되는 것도 모자라 그런 엉터리와? 믿을 수 없어! 바보 아냐?"

"그러니까, 낙오자가 되는 건 병이야. 그렇지 않고서야 어떻게 '그자들' 때문에 미래의 행복을 차버리고 끔찍하게 말라 죽겠어? 안 그래, 목련?"

오이가 물었다. 목련은 흑요와 독서가를 생각하느라 제대로 듣고 있지 않았다.

"아, 뭐라고?"

"얘는 정신을 어디다 두고 있어? 아무튼 서쪽 신전지기가 말이야……."

소녀들의 화제는 서쪽 신전지기로 모아졌다.

"무슨 얘기 중이야?"

한발 늦게 나타난 비름이 소녀들 사이로 얼굴을 내밀었다.

"아, 서쪽 신전지기 얘기. 털도 없고 꽤 근사하게 생겼대."

오이가 냉큼 말했다.

"아, 그거 진짜야. 나, 직접 봤어."

비름의 대답에 소녀들이 환호했다.

"오오오! 정말? 어땠어? 정말로 예뻐?"

"응, 어리더라. '그자들'을 안 닮고 우리를 닮았어. 예쁘다고 말하긴 그렇고. 독특하던데."

"어떻게 봤어?"

목련이 물었다. 괜히 으스대고 싶은 거짓말일 수도 있었다. 비름이라면 그러고도 남았다.

"자정 미사에서. 우리 신전지기가 아팠나봐. 대신 나왔는데 나를 보더니 웃더라."

순간, 목련은 가슴이 부서지는 소리를 들은 것 같았다. 오이도 샘이 났는지 볼을 잔뜩 부풀렸다.

"거짓말! 신전지기가 왜 너를 보고 웃냐?"

"미사 때 나 빼고 다 어른이었거든."

"조심해, 비름. 그러다 낙오되는 거 아냐?"

능금이 말했다. 비름은 고개를 저으며 손사래 쳤다.

"무슨 바보 같은 소리야. 신전지기한테? 말도 안 되지. 안 그래, 목련?"

"아, 미안. 못 들었어. 딴 생각 하느라."

실은 정확히 듣고 있었다.

"목련, 아까부터 왜 그리 맹해?"

오이가 추궁했다.

"씨앗이 걱정되나보지. 나도 그랬는걸."

능금이 너그럽게 웃었다. 목련은 아무 말도 하지 않았다.

"비름, 그 얘기 좀 더 해봐. 서쪽 신전지기가 또 미사에 나올까? 우리 다 같이 보러 가자!"

오이가 신나서 말했다.

"자정미사였는데? 나도 할머니 모시고 가느라 간 거였어."

비름이 말했다.

"허락받으면 되지. 혼자 가는 것도 아니고. 신앙심이 늘었다고 좋아하실걸?"

"그래볼까? 그럼 갈 사람?"

"나!"

"앗, 난 갈래."

"나도 궁금해."

여기저기서 손바닥이 보였다. 손을 들지 않은 건 능금과 목련 뿐이었다. 능금은 열매 두 개를 돌보느라 바빠서 당연했고, 목련 도 같은 핑계를 댔다.

"그만 갈게."

"나도 같이 가."

능금도 따라 일어섰다.

한적한 오솔길을 걸으며 능금이 말했다.

"목련. 너 창백한데 괜찮아?"

"응?"

"아까부터 계속 굳은 얼굴이더라. 네가 그 애들 별로 안 좋아하 는 거 알지만 그렇게 티 낼 필요는 없잖아? 오이는 계속 네 눈치만 보면서 말하던걸. 원래 걔가 말이 많지만, 네가 그렇게 조용히 있으니까 어색해서 더 그러더라."

"그래?"

목련은 관심 없었다.

"뭐랄까. 너는 어땠는지 모르지만, 난 시험 덕분에 좀 편해졌어. 엄마가 무척 걱정하셨거든. 나 같은 애가 '그자들'의 마수에 걸리기 딱 좋다고. 그런데 막상 대해보니 그렇지도 않던걸. 각오를 단단히 해서일까? 아무튼 결과가 좋으니 다 좋은 거겠지만."

목련은 묻지도 않은 얘길 조잘대는 능금이 짜증스러웠다. 게다가 아까부터 홍반이 욱신대서 신경이 온통 그쪽에 쏠려 있었다.

"서쪽 신전지기, 실은 나도 봤어. 금줄 기간에 외출하면 야단맞으니까 숨기고 있었는데 너무 답답했거든. 새벽 산책 삼아 신전 쪽으로 갔는데, 서쪽 신전지기가 있더라고. 한눈에 알겠던걸. 이건 비밀인데, 무척 친절한 사람이더라."

순간 목련의 얼굴에서 핏기가 가셨다. 설마 능금이 '그날' 신전에 왔을까? 목련은 곁눈질로 능금의 안색을 살폈다. 능금은 평소처럼 태평했다. 하지만 저 계집애는 꿍꿍이를 숨기고도 멍청한 얼굴을 할지도 모른다. 목련은 숨이 막혔다.

"뭘 봤는지 모르겠지만, 나랑은 아무 상관없으니까 그만 좀 떠들래?"

"무슨 소리야? 목련, 너 이상해. 왜 그렇게 곤두서 있어? 씨앗 때문이야?"

"다 알면서!"

목련은 휙 쏘아버리고 후회했다.

"뭘 말이야?"

능금은 정말로 아무것도 모르는 얼굴이었다.

"아니야, 괜찮아. 피곤해서 그래. 내버려둬."

목련은 시장바구니를 빼앗듯이 돌려받고 집으로 달려갔다.

집에 돌아와 문고리를 걸자마자 벽에 기대 주저앉은 목련은 머리를 싸쥐었다. 능금은 아무것도 모른다. 목련은 성공적으로 열매를 얻을 것이다. 그런데 뭔가 석연치 않다. 죄책감 때문이 아니다. 성공을 위해서라면 그런 것쯤은 얼마든지 눈감을 수 있다.

― 그이에게 전해줘요.

― 흑요는 죽었어요.

목련은 욱신거리는 가슴을 누르며 눈을 감았다. 늪 같은 피로가 몰려왔다.

"목련, 안에 있니? 엄마다."

그냥 자버리고 싶었는데 공교롭게도 엄마가 왔다. 목련은 무거운 몸을 간신히 일으켜 문을 열었다.

"어쩐 일이세요?"

"잠깐 들어가마."

목련은 내키지 않았지만 엄마의 표정이 심상찮아서 뒤로 물러났다. 엄마는 집 안에 들어와 등 뒤의 문을 닫았다.

"'그 집' 열쇠, 갖고 있지?"

목련은 엄마가 무엇을 말하는지 깨닫고 조금 놀랐다. 엄마의 입에서는 절대로 나오지 않을 얘기였다.

"왜요?"

목련은 기분이 좋지 않았다. 어찌 됐든 독서가의 집은 목련이 물려받았으니 마음대로 들락거려도 되지만 엄마와 그 얘길 하는 건 여전히 싫었다.

"서쪽 신전지기가 찾아오셨다. 네가 없을 때. 그 집에 용건이 있다셨어. 주인이 없으니 내가 대신 안내했지. 잠겨 있을 줄 알았는데, 열려 있더라. 걱정했는데 별거 아닌 모양이구나."

그 집 열쇠가 계단 밑에 있다는 건 엄마도 알았다.

"신전지기가 그 집에 왜요?"

"그야 나는 모르지. 그분들의 일이니까."

목련은 한참을 생각했다.

"그래서요?"

"그래서긴? 그게 다야."

목련은 더 묻고 싶은 게 많았지만 어쩐지 입을 뗄 수가 없었다.

"아무튼, 별일 없는 거면 됐다. 그 집은 잠가둬라. 아무리 네 거라지만, 그 집 자식들이 보면 좋아하지 않을 테니까."

"네."

엄마는 떠났다. 엄마의 뒷모습을 보다가 문을 닫는데 좁은 문틈을 비집고 시커먼 그림자가 집 안으로 뛰어들었다. 목련은 깜짝 놀랐다.

"신전지기?"

믿을 수 없지만 정말로 서쪽 신전지기였다.

"그 책, 당신이 갖고 있죠?"

목련은 어리둥절했다.

"책이라뇨?"

"흑요가 희란에게 준 빨간 책이오. 그 집에 있어야 하는데 없었어요."

"전 그 집에서 아무것도 갖고 나오지 않았어요."

사실이다. 그때 너무 놀라서 잠그는 것도 잊고 나왔다.

"어쩐다."

서쪽 신전지기는 바짓부리에 손을 비볐다. 등잔 불빛이 밝지 않은데도 바지 천에 밴 땀 얼룩이 똑똑히 보였다.

"어떤 책인데요?"

목련은 그가 약간 불쌍해졌다.

"흑요가 직접 쓴 책이에요. 빨간 양장본인데 굉장히 오래된 거라 낡아서 너덜너덜하죠. 그의 유품이에요."

신전지기의 목소리는 너무 침착해서 오히려 이상했다. 흑요의 죽음을 전할 때도 그런 목소리였다. 목련은 그가 너무나 슬프기 때문에 그렇게 말한다는 걸 알았다.

"부엌에서 본 것 같아요."

목련이 미간을 문질렀다.

"경황없이 나와서 어디에 뒀는지는 확실하지 않지만, 그 집에 있을 거예요. 가져오지 않았으니까."

신전지기는 발길을 돌렸다.

"잠깐만요."

목련은 등잔을 챙겼다.

"밖이 어두워요."

"고마워요."

신전지기가 등잔을 받으러 손을 내밀자 목련은 등을 펴고 앞장섰다.

"같이 가요."

그들은 어둠을 되짚어서 독서가의 집에 다다랐다. 집 안에 들어간 목련은 빛이 새 나가지 않도록 창문과 커튼을 꼭꼭 닫고 부엌을 뒤지기 시작했다.

"화덕 근처에서 봤어요."

그러나 아무리 뒤져도 책 같은 건 없었다. 시간이 지날수록 박동이 거세지는 신전지기의 심장만큼 목련도 애가 탔다. 분명히 거기에 있었다. 그런데 아무리 뒤져도 찾을 수 없었다. 달리 옮겨둔 기억도 없다.

그때 목련의 소매 끝에 주전자 주둥이가 걸려 엎어졌다. 땡그랑 하는 큰 소리와 함께 바싹 마른 찻잎이 우수수 쏟아졌다. 목련은 흠칫했다. 기억이 났다.

"미안해요."

"뭐가요?"

"그 책, 제가 아궁이에 넣었어요. 일부러 그런 건 아니고 놀라서 그만."

신전지기는 다 듣지도 않고 비좁은 아궁이 속으로 기어 들어갔다. 잠시 뒤적이는 소리와 풀풀 날리는 재가 화덕 틈새로 삐져

나왔다. 그리고 한참 동안 조용했다. 목련은 신전지기의 등이 나직이 들먹이는 걸 보고 말없이 복도로 나갔다. 좀 있다가 얼굴의 재를 대강 닦아낸 신전지기가 나왔다.

"찾았어요?"

"아뇨."

둘은 말없이 서 있었다. 먼저 침묵을 깬 건 신전지기였다.

"그만 가죠."

"미안해요."

"아녜요."

신전지기는 고개저었다.

"제가 괜한 욕심을 부렸던 거죠. 그건 흑요가 희란한테 선물한 거였어요. 이제 영원히 그이 것이 됐군요."

둘은 집을 나왔다. 목련은 주전자 옆에 놓여 있던 열쇠로 현관문을 잠갔다.

"저를 동쪽 숲에 데려가줄 수 있어요?"

불쑥 신전지기가 말했다. 목련은 가슴이 뛰었다. 침착해. 이 사람은 신전지기다.

"혼자 가셔도 되잖아요? 당신은 신전지기니까."

"희란의 무덤을 아는 건 당신이잖아요."

목련은 거절하지 못했다. 거절하고 싶지 않았다.

둘은 동쪽으로 동쪽으로 걸었다. 숲에 들어서자 어둠이 등 뒤를 바싹 뒤쫓았다. 앞선 신전지기의 어깨와 흰 옷자락만이 보이는 전부여서 목련은 마치 사자의 나락으로 안내받는 기분이었다.

그러나 엷게 풍겨오는 땀 냄새와 침착한 발소리가 현실을 일깨웠다. 목련은 그 냄새가 싫지 않았다.

"어디쯤이죠?"

숲 한가운데 들어서자 신전지기는 긴 소매로 가렸던 등잔을 꺼냈다. 불빛에 반사된 나무 기둥과 가지들이 붉게 빛나며 숲 전체가 거대한 등불처럼 타올랐다. 목련은 숨을 죽였다. 서로 가지를 얽은 나무들의 모습이 경이로우면서도 소름 끼쳤다.

"이쪽이에요."

목련은 독서가의 나무 앞으로 신전지기를 안내했다. 신전지기는 나무 옆에 작은 구덩이를 파더니 뭔가를 심었다.

"그게 뭐예요?"

"흑요의 재예요. 그는 먼지가 되어 죽었죠."

목련은 '그자들'이 어떻게 죽는지 몰랐기에 재가 된다는 것이 어떤 의미인지 알지 못했다.

"오랫동안 서로 그리워했으니까 같이 있는 게 좋겠죠."

"그 말, 신전지기답지 않아요."

"알아요."

신전지기가 웃었다. 목련은 불쑥 가슴이 저렸다.

"가죠."

신전지기가 앞장섰다. 둘은 마을 어귀에서 헤어졌다. 목련은 서쪽으로 사라지는 신전지기의 뒷모습을 오래, 아주 오래 지켜보았다.

집에 돌아온 목련은 갑갑한 가슴받이를 풀다가 소스라치게 놀랐다. 홍반에서 나온 피가 흥건히 배어 있었다. 목련은 와락 겁이 났다.

"약 바를 시기가 지나서일 거야."

목련은 스스로를 위로했다. 두 번째 씨앗의 떡잎이 떨어지길 기다리느라 약 바르는 게 늦어진 탓이다. 목련은 서둘러 화단에 떨어진 떡잎을 개어 약을 만들었다. 그리고 홍반 주위에 넓게 발랐다. 흐르던 피는 딱딱하게 굳었다. 목련은 안도했다. 내일 아침이면 모든 것이 괜찮아질 것이다. 짓이겨진 풀잎에서 나는 시원한 향기가 통증을 가라앉혔다. 목련은 오랜만에 편히 잤다.

꿈속에서 목련은 두 그루의 나무를 보았다. 한 그루는 동쪽 끝, 다른 한 그루는 서쪽 끝으로 서로 아주 멀리 떨어져 있었지만 땅속 깊이 뿌리가 맞닿아 있었다. 두 나무가 이야기를 나누고 싶으면 바람이 목소리를 전했다. 가끔은 시냇물이, 가끔은 나비가, 새가, 동에서 서로, 서에서 동으로 둘의 대화를 전했다. 나무들은 꿈의 방에 있는 책을 얘기하고 있었다. 서쪽 나무는 그 방을 꼭 구경하고 싶다고 했고, 동쪽 나무는 언젠가는 볼 수 있으리라고 말했다.

— 언젠가 다시 만날 수 있을 거예요.

연인들이 속삭인다.

— 안 돼요, 희란! 흑요를 만나면 안 돼. 당신은 낙오될 거야!

목련이 외쳤다. 희란은 이미 낙오자였지만 목련은 깨닫지 못했다.

— 그자에게서 떨어져요! 제발요.

희란은 고개를 저었다. 잎이 나지 않는 나뭇가지들이 부스럭댔다.

— 괜찮아, 목련. 난 어느 때보다도 지금이 최고로 행복하단다. 너도 행복해지렴.

— 희란!

흑요와 희란은 사라졌다. 주변은 발 디딜 곳도 찾을 수 없는 칠흑 같은 어둠이었다. 목련은 무서워서 눈물이 났다. 그때 포근한 손이 어깨를 감쌌다. 서쪽 신전지기가 웃고 있었다.

"목련, 일어났어?"

목련은 능금이 문 두드리는 소리에 눈을 떴다. 창은 새벽의 푸른 기운으로 가득했다. 무슨 꿈을 꿨는지는 기억나지 않지만 따스하고 편안했던 느낌만은 그대로 남아 있었다. 목련은 기분 좋게 몸을 일으키다가 맨살에 닿는 질척한 느낌에 흠칫했다. 손이 피투성이였다.

"으악!"

"목련! 괜찮니?"

비명 소리를 들은 능금이 쿵쾅대며 집 안으로 들어왔다. 목련은 바닥을 기어서 간신히 침실 문을 걸어 잠갔다.

"괜찮아. 쥐가 나왔어."

"저런! 잡아줄까?"

"벌써 도망갔어."

목련이 말했다.

"뭐 좀 도와줘? 내가 물이라도 갖다 줄까?"

능금이 물었다.

"괜찮아. 그리고 나 아직 옷도 못 입었어."

목련의 말에 문 너머의 능금은 한동안 말이 없었다.

"내가 방해했니?"

"응."

"미안해. 다음에 다시 올게."

멀어지는 발소리가 들렸다. 목련은 문고리에 매달려 훌쩍였다. 실은 하나도 괜찮지 않다. 침대부터 마룻바닥까지 질척한 핏자국 길이 생겼다. 피는 바닥에서 다리로, 무릎으로, 납작한 배로, 그리고 가슴으로 이어져 있었다. 홍반에서 흘러나온 피였다. 목련은 낙오자가 되었다는 걸 깨닫고 소리 죽여 울었다. 이런 때 어째서 '그자들'의 얼굴이 떠오르는 걸까? 서쪽 신전지기가 병을 고칠 수 있어서일 거야. 목련은 변명했다. 하지만 낙오는 신전지기도 고칠 수 없다는 걸 목련도 알고 있었다.

목련은 눈을 감았다. 조롱과 비난 속에서 끌려 나가는 붉은 몸뚱이가 보였다. 목련은 독서가처럼은 할 수 없었다. 우스꽝스러운 오이나 능금의 동정을 받을 순 없다.

목련은 바닥을 더듬었다. 약을 만들 때 쓴 도구 상자가 근처에 있었다. 안에 든 작고 날카로운 가위를 쥐자 피에 젖어 미끌미끌한 손에 선뜩한 한기가 들었다. 목련은 심호흡했다.

"난 낙오자 따윈 되지 않아."

목련은 가위로 목을 찔렀다. 독서가의 웃음이 떠올랐다. 목련
도 웃고 있었다.

목련의 집을 나서면서 능금은 몇 번이고 뒤돌아보았다. 불길한
기분에 발이 떨어지질 않았다. 능금은 얼마쯤 걷다가 뒤돌아 집
안으로 다시 들어갔다. 인기척이 없었다. 능금은 바깥문을 걸어
잠그고 열쇠통에서 열쇠를 찾아 목련의 침실 문을 열었다. 피에
젖은 작은 몸뚱이가 소리 없이 문 안쪽에서 미끄러져 나왔다. 이
미 숨은 없었다.

능금은 목련의 피가 묻지 않게 옷을 모두 벗고, 부엌에서 물을
떠다가 문과 바닥의 핏자국을 말끔히 씻어냈다. 목련을 씻기고
옷을 갈아입히는 것도 잊지 않았다.

씻고 깨끗한 침대에 누운 목련은 잠자는 듯했다. 목에 난 상처
는 깊지만 작아서 머리카락으로 감추자 보이지 않았다. 피 묻은
옷과 이불을 허브와 함께 태워 집 안의 피 냄새까지 말끔히 없앤
능금은 다시 옷을 입었다. 새벽이 스러지고 해가 뜨고 있었다. 능
금은 창가의 화단에서 갓 꽃피기 시작한 연두색 나무를 보았다.
뾰족하게 부푼 꽃잎은 신전지기의 눈처럼 파란 하늘색이었다. 능
금은 화분에 물을 주고 떠났다.

어느 순간 나 자신이 모든 일에 너무나 무능하다고 느꼈던 순간이 있었다. 그때 이 이야길 엮었다. 세상은 연애를 하지 못하거나 결혼을 안 하거나 공부를 못하거나 돈을 벌지 못하면 모두 낙오자 취급을 한다. 성공한 사람이라도 이 중 어떤 조건이건 하나라도 완수하지 못하면 구설수에 오른다. 징그럽다.

막연하게 매체와 선전으로만 사랑과 연애를 구경하고 진짜는 본 적도 알 기회도 없는 채로 학생시절 내내 남녀교제에 대해 나쁜 인식을 갖도록 정신적으로 거세당한 성교육을 받으며 자라다가 갑자기 스무 살이 넘어서 연애와 결혼 시장으로 순식간에 떠밀릴 때의 황당함과 공포를 아직도 기억한다.(우리 부모님은 빨리 딸이라는 짐을 덜고 싶었고 내가 못생겨서 안 팔릴까봐 더 그토록 서둘렀던 거 같기도 하다.) 게다가 사랑이라는 헌신적 감정과 결혼이라는 계산적 제도 사이의 괴리도 이해할 수가 없었다. 그건 지금도 그렇다.

올바른, 혹은 사회적으로 권장되는 남녀 관계란 여전히 너무 복잡하다. 오랜 세월과 권력과 돈과 애증이 뒤얽힌 얘기들을 소화하기가 너무 어려워서 단순하고 공평하고 올바른 다른 세상을 만들어보았다. 그러나 거기서도 여전히 진정한 사랑은 받아들여지지 않고 오직 사회적·금전적인 척도로만 성공을 재고 있는 것에 내심 한숨이 났다.

이 글은 『한국 환상문학 단편선 2』(시작. 2009)에 수록되었다. 그때만 해도 서양식과 중세풍 외엔 다른 표현법을 익히지 못해서 외래어 이름이었는데 그간 수련도 쌓았고 새 지면도 얻은 김에 걸맞게 새로 지었다. 흡족하다. 자기 작품에 박한 작가가 있고 후한 작가가 있는데 나는 후자 쪽인 거 같다. 옛말에 깨물어 아프지 않은 손가락이 있으랴 하지만, 분명히 더 아픈 손가락과 덜 아픈 손가락과 징글징글하면서도 떼어낼 수 없는 손가락들이 존재한다. 때론 흡족히 반지로 치장하는 손가락도 있다. 「할머니 나무」는 못 박힌 엄지손가락이고 「낙오자」는 아주 가느다란 은색 실반지로 장식해주고 싶은 새끼손가락 같다. 「환상진화가」는 열심히 공부하는 검지손가락, 「엄마꽃」은 애처로운 약지손가락, 「노래하는 숲」은 열 손가락을 활짝 펼치고, 「만냥금」은 손으로 한 그림자놀이다.

그리고 이제 꿈꾸며 기다리는 건 기묘하고도 아름다운 여섯 번째 손가락이다. (육손에 대한 이질적이고 흉측한 동시에 탐미적이며 불가해한, 낯설고도 복잡 미묘하며 현실에 존재하는 동시에 지독히 비현실적이고 아름다운 이미지에 대한 환상은 분명히 정도경 작가님의 작품 「잃어버린 시간의 연대기」 중 7장 여섯 번째 손가락에서 얻었다. 결함이란 것, 비정상적인 것을 추악하다고 생각해왔는데 그토록 아름다울 수도 있다는 것을 정도경 작가님께 배웠다. 작가님의 원초적이고 자극적이며 초현실적으로 아름다운 이야기들을 더 어떻게 설명할 도리가 없는 내 한계가 아쉬울 뿐이다.)

「낙오자」는 연애와 성공에 관한 이야기이다. 하지만 나는 연애보다도 더 긴밀한 사람들 간의 감정 교류를 구체적으로 묘사하고 싶었다. 여기와는 다른 모양과 규칙과 흐름을 가진 세상이지만 거기서도 사람들은 여전히 울고 웃고 숨 쉬고 사랑하고, 우리와 다른 가치관으로 서로 소통할 수도 있음을.

온우주
단편선

환 상 진 화 가　幻 想 進 化 歌

환상진화가 幻想進化歌

정신을 차려보니 온몸에 '플랜plant'의 뿌리 덩굴이 감겨 있었다. 시꺼멓고 축축한 게 끈끈하기까지 해서 그냥도 떼어내기가 번거로운데 하나를 떼면 두 개가 얽혀 들어서 어설피 건드렸다간 숨도 쉴 수 없게 될 것이다.

명색이 플랜헌터Plant hunter인데 이런 꼴이라니 어이가 없다.

미지근한 수액이 흐르는 보드라운 플랜의 팔이 등에 느껴졌다. 예쁘고 희고 작은 발은 벌거벗은 채로 내 허벅지에 감겨 있다. 쓸모없는, 근육도 없이 모양뿐인 발이지만 효과는 탁월했다. 헌터를 속여 넘겼으니 말이다. 놈들은 원래 발이 없다. 외양적으로 인간의 어린아이와 놈들을 구분하는 방법은 그것뿐이다.

대체 왜 이렇게 된 걸까?

활짝 핀 꽃잎에서 피어오르는 몽환향 때문에 정신을 차리기가 힘들다. 뇌를 꺼내 버터에 버무리고 싸구려 술에 푹 절여 되는대로 쑤셔 넣은 것처럼 머릿속이 엉망진창이다. 그래도 생각해야만 했다.

안개처럼 부연 밤을 청명하게 흐트리는 웃음소리가 귓전을 때렸다. 소름 끼치게 듣기 좋은 플랜의 웃음소리였다. 덕분에 불 위의 설탕처럼 녹아내리던 머릿속에서 뒤엉켜 있던 기억이 풀려나갔다.

놈들이 처음 나타난 건 유성우가 쏟아지던 밤이었다. 별들이 축제라도 벌인 양 밤하늘이 야단스럽던 날 돔 외곽 숲에서 처음 싹을 틔운 놈들은 갓 태어난 어린애 모양을 하고 작고 말갛고 투명하게 빛났다. 땅에 떨어진 별처럼.

온화하고 요상스러운 광채와 무력한 모습은 유성우를 구경 나온 사람들의 주의를 끌기에 충분했다. 상상력이 풍부한 사람은 요정이 버린 아기라고 생각했을 테고, 신실한 종교인은 아기 예수의 재림이 아닐까 가슴을 울렁였을 것이며, 이성적인 사람이라면 왜 숲에 갓난애가 버려져 있는가에 두려움과 동정심을 느꼈을 것이다. 공통적인 건 그들 모두 예외 없이 아기를 안아 들었고, 여지없이 플랜의 첫 먹이가 되었다는 거다.

그 뒤로 숲에서는 가끔 기이하고 아름다운 웃음소리가 들렸다. 돔을 떠난 여행자들과 새로운 소식에 느린 외곽 거주자들이 플랜의 주 사냥감이었다. 나뭇잎이 부딪는 것처럼 청명하고 흔들리는 수면처럼 잘강대는 소리에 "거기 누구요? 누가 있소? 도움이 필요하오?" 하며 전등을 들고 나선 사람들은 수풀 속에 숨은 두어 살짜리 어린애를 마주하고 놀랐다. 한밤중에 혼자 숲에 있는 아이는 조금도 두렵거나 슬픈 기색 없이 오랫동안 계획한 나쁜 장난이 성공한 것처럼 웃음을 터트렸다. 사람들은 천진하게 웃는 아이가 내미는 손을 무심결에 마주 잡았다. 그러면 수풀 아래 숨어 있던 덩굴손이 순식간에 사냥감을 옭아매 난폭하게 먹어 치웠다. 식충 식물처럼. 그게 지금 내가 빠진 상황이다.

거미줄처럼 얼킨 덩굴 틈으로 간신히 손가락을 움직여 벨트를 더듬었다. 제자리에 있어야 할 광선총은 아무 데도 없었다. 그제야 흐릿한 기억이 돌아왔다. 휴가 기간이라 무기는 반납 상태였지, 제길.

플랜에게 사로잡히면 어떻게 해야 한다는 행동요령이 있었던가. 머릿속을 뒤져봤지만 아무것도 떠오르지 않았다. 나는 지푸라기 하나 없는 늪에 빠진 듯한 절망에 헐떡였다. 놈은 내 몸부림에 아랑곳없이 부드러운 뺨을 내 뺨에 마주 대며 내 귀에 키스하고 천천히 물어뜯었다.

"또 그렇게 지독히 재미없는 얼굴을 하고 있군."

나는 강江의 온실에 서 있었다. 플랜헌터의 초대 멤버이자 창

시자인 강은 이제 은퇴해서 늙은이처럼 온실이나 가꾸며 지내는 중이다.

"강이야말로 뭐가 그렇게 즐거워요?"

나는 수분과 이온을 조작해 온실 안에 저절로 비가 내리게 하는 전자동 스프링클러 대신 손수 물뿌리개를 쥔 강을 바라보았다. 박물관에나 있을 법한 물건이다. 내가 불편하지 않냐고 묻자 강은 어떤 편리한 것보다 익숙한 게 가장 편하다고 대꾸했다.

"나야 이 빌어먹을 미친 세상이 언제나 즐겁지."

강의 입술에 매끄러운 웃음이 떠오른다. 크림치즈에 얹힌 체리 셔벗처럼 부드럽고 산뜻한 입술이다. 저 입술에 정신을 빼앗겼던 때가 있었다. 나는 진심으로 강이 내 짝짓기 상대가 되어주길 바랐다.

— 기분 좋은 말이지만, 사양할게. 난 이미 번식 의무를 마쳤어.

나는 깜짝 놀랐다.

— 말도 안 돼요. 이렇게 젊어 뵈는데?

— 난 아홉 번째 재생체야.

첫 성장체였던 나에겐 큰 충격이었다. 재생이 보편화되어 서너 번쯤이야 보통이지만 아홉 번째 재생이라니. 나는 우리 사이에 놓인 까마득한 시간의 간극에 눈이 핑핑 돌았다.

— 정말로, 아홉 번이나 재생했어요? 저를 거절하려는 핑계가 아니구요?

강은 귀 뒤에 미세하게 박힌 재생증명칩을 보여주었다. 반짝이는 나선형 장식 안쪽에 아홉 개의 홈이 있었다.

— 이제 됐어?

강은 내게서 몸을 뗐다. 나는 아쉽게 내 귀를 더듬었다. 아직 보송보송한 솜털뿐이다.

— 어떻게 아홉 번이나 재생했어요? 초기만 해도 진짜 불안정 했다던데.

— 글쎄. 어쩌다보니.

그 말은 내가 강에게서 가장 많이 들은 말 중 하나가 되었다. 어쩌다보니. 세기를 넘나드는 동안 벌어진 수많은 사건들을 덤덤 히 기억하기에 그보다 더 적절한 말은 없으리라.

— 아무튼 희귀하디 희귀한 첫 성장체의 짝짓기 신청이라니 영광이야. 하지만 난 짝짓기 행위도, 새로운 오리지널 창조에도 관심 없어.

— 의외네요.

나는 어깨를 으쓱하고 아쉬운 손바닥을 부볐다. 모르는 새 긴 장했는지 축축했다. 물론 지금 강과 마주한 내 손은 바싹 말라 있 다.

— 뭐가?

— 여자들은 모두 오리지널을 만들고 싶어 하는 줄 알았는 데⋯⋯.

나를 만든 여자는 언제나 짝짓기만 생각했다. 그녀의 입에서 나오는 건 늘 수태와 번식과 그것의 신성함에 대한 이야기뿐이었 다. 그래서 강은 내게 더욱 신선한 사람이었고 맺어지지 못한 게 아쉬웠다.

"그런데 왜 그렇게 씁쓸하게 웃는거죠?"

"내가? 그래 보여? 설마. 그냥 자네 기분이 씁쓸해서 그래 뵈는 거 아냐? 난 이 녀석을 만난 뒤로 세상이 즐거운걸."

나는 강이 가리킨 존재를 의식적으로 외면했다. 강의 발 앞에 웅크린 채 떨어지는 물방울을 기분 좋게 맞고 있는 여자는 인간이 아니라 플랜이었다. 나는 '놈'의 흠뻑 젖은 옷 위로 드러나는 관능적인 곡선들이 무척 낯설고 보기 불편했다. 놈에겐 과거 수컷을 유혹하기 위해 처음으로 육체를 활용했던 암컷의 농밀함이 고스란히 남아 있었다. 신선하고 달콤하고 톡 쏘는 듯한 향내와 획을 꺾을 곳을 찾기 곤란한 섬세한 곡선들, 현대의 여자들과는 확연히 다른 모습이다. 지금 여자들은 바싹 마른 몸처럼 메마른 자궁과 불안한 난자, 활동성을 보장하는 필수 근육과 그걸 보호하기 위해 살짝 덮인 최소한의 지방만 갖고 있었다. 발달된 인공 자궁 시스템 덕분에 힘들여 임신과 출산을 감당할 필요가 없어졌기 때문이다.

짝짓기로 수정에 성공한 수정체는 나팔관에서 자궁까지의 사치스러운 여행을 즐길 틈도 없이 사출되어 즉시 돔의 인공자궁으로 옮겨졌다. 23세기 말에 세계적으로 불어닥친 극심한 다이어트 열풍 때문에 가슴과 엉덩이의 지방층이 사라져 임신기능이 저하된 탓도 있고, 여성의 사회적 활동이 증진함에 따라 과도한 스트레스가 수태 확률을 떨어뜨렸기 때문도 있고, 출산과 육아의 노예가 되어 독립된 존재로 성립될 수 없었던 여성들이 진정한 독립을 위해 수태 파업을 한 탓도 있고, 인공자궁이라는 혁신적인 발명 때문에 임신의 필요성이 사라진 탓도 있는, 닭인지 달걀인지 알 수 없는 모든 사건이 한꺼번에 폭발적으로 일어난 이후 여자는 결국 외양만으론 비쩍 마른 남자와 별반 다르지 않게 변했다.

"뭐야, 자네. 설마 만디가 마음에 들었어? 이건 플랜이야, 인간이 아니라고."

알고 있다. 허벅지부터 뻗어 나가는 어지러운 덩굴은 분명 플랜의 것이다. 약간 몽롱하면서도 천진한 웃음과 유성우 떨어지는 밤이 그대로 각인된 오색 눈동자도 플랜 그대로다.

"가만 보면 자네 취향 참 고루해. 난 가끔 자네가 나와 동시대 사람이 아닌가 착각한다니까. 나야 녀석을 보면 옛 생각이 나서 즐겁지만 자네 사는 데는 별로 안 즐거울 거 같은데, 다음 재생 때는 취향이 바뀌도록 옵션을 달지그래? 그럼 살기 좀 편할 텐데."

나는 빙긋 웃고 고개 저었다.

"아무리 재생이 발달해도 그런 옵션은 절대 무리죠."

재생 옵션은 병이나 바이러스, 정신병적 호르몬 이상 수치에만 관여하도록 규정되어 있다. 과학의 발달은 정신 조작이나 두뇌 활용에도 간섭할 수 있었지만, 너무나 세심한 작업이었고, 잘 조율된 뇌일수록 더 빨리 마모되거나 미쳐버릴 확률이 높아졌다. 게다가 그런 뇌는 두 번 다시 재생할 수 없었다.

"가능하면 더 곤란하지. 우리는 모두 초인이 될 테고, 그럼 세상에 아무도 필요 없어질 테니까."

강의 목소리엔 웃음이 섞여 있었지만 난 따라 웃지 않았다. 강은 머쓱하게 턱을 문질렀다.

"자네는 이상해. 나야 23세기에 난 사람이니까 그렇다 치지만 자네는 천 년은 더 뒤에 태어난 주제에 나랑 비슷한 냄새가 난단 말이야? 여자 취향도 그렇고. 이런 구식 스타일이 어디가 좋다고 꼬셨던 건지."

강은 스스럼없이 자신의 불룩한 가슴과 처지기 시작한 뱃살을 주욱 당겨 보였다. 나는 얼굴을 붉히며 웃었다. 누가 그랬더라, "사람은 태어난 때와는 관계없이 제각각의 시대에 살고 있다."라고. 몸은 두고 머릿속만 타임머신을 탄 것처럼, 30세기에 태어나 살고 있는 사람이라도 관념이나 행동 패턴 등은 20세기나 르네상스 시대 사람과 같을 수도 있고, 그 반대도 가능하다는 뜻이리라. 그가 정확히 어떤 걸 말하고자 했는지는 잘 모르겠지만 막연한 느낌으로 내가, 지금, 여기서 느끼는 부적합함과 비슷하지 않을까 하는 생각이 들었다.

"놈한테 이름까지 지어준 거예요? 만디?"

하늘거리는 플랜을 가리키자 강은 고개를 끄덕였다.

"응. 만드레이크mandrake. 흰독말풀. 전설 속에선 기적의 만병통치약이자 비명 소리로 사람을 죽이는 걸로 유명해. 뭐, 실제의 흰독말풀은 진통제 수준이지만. 어딘지 닮았잖아? 몽환을 유도하는 점이나 웃음'소리'로 사람을 살해하는 점이나."

"지금 식인귀를 미화하고 있단 거 알아요?"

"뭐 이름쯤이야 아무려면 어때? 그나저나, 자네처럼 어수룩한 사람이 플랜헌터라니 아무리 생각해도 신기하단 말씀이야. 난 자네가 살아 돌아오지 못할 줄 알았어. 처음 헌터들과 내보냈을 때 내가 뒤에서 저장 세포랑 재생허가서를 쥐고 얼마나 쫄았는지 모르지?"

강은 과장되게 가슴을 쓸어내렸다. 손바닥 아래 불룩한 곡선이 기분 좋게 달라붙었다. 그때 기억 저장소에도 등록해두지 않았다는 건 말하지 않았다. 기억 저장 없이 재생하면 어차피 아무것도 기억하지 못할 테니까 강이 아는 나는 아니었을 것이다. 게다가 나중에 알려진 사실이지만, 만약에 모든 게 준비되었다 해도 플랜에게 당했다면 '나'는 여기 있을 수 없었다. 플랜에게 살해된 자들은 재생되지 않는다. 영혼 끝까지 잡아먹혀 양분이 된 양 아무리 육체를 배양해도 유기수조 속에서 썩어버리거나, 세포 활성화에 성공하는 드문 경우에도 동공이 움직이지 않았다. 마치, 번개 맞기 직전인 프랑켄슈타인의 괴물처럼.

처음에는 재생 세포나 기억 저장 장치의 결함으로 치부되었는데, 플랜이 원인일 수 있다는 가설이 제기되어 사람들을 공포에 빠트렸다. 그 뒤로 플랜의 별명은 '밤의 웃음소리'에서 '영혼까지 먹어 치우는 탐식자'로 바뀌었다.

"달리 할 일이 없잖습니까. 요즘 같은 세상에 일자리 얻기가 어디 쉬워야죠. 저를 만든 교미쌍이나 제 퍼스트나 별반 모아놓은 게 없어서 이번 재생 비용을 갚으려면 아직 까마득합니다."

아무리 출생률이 저조해도 새로 태어난 자들이 할 일은 없었다. 일자리는 한정되어 있고 아무도 자기가 가지고 있는 생계 수단을 나누려 하지 않았기 때문이다. 돈은 곧 재생이고 죽어도 죽지 않는 힘이었다. 그래서 우리 같은 첫 성장체들은 서둘러 재생 비용을 모으기 위해 가장 위험하고 어려운 일을 선택했다.

기이하게도 재생 기술이 비약적으로 발전한 이후부터 세상은 전혀 변화하지 않았다. 사람이 바뀌지 않으니 세상도 달라지지 않는 것일까? 이건 과학 분야도 예외가 아니어서 있던 것을 계속 더 탐구해가는 수직 발전 외로, 전혀 아무도 생각지 못한 새로운 것을 연구하고 발견하는 수평 발전은 퇴화하다시피 했다. 100년만 더 살았으면 굉장한 발전과 번영을 가져왔을 것이라 짐작되었던 위대한 사람들도 어쩐지 오리지널이 이룩한 것 이상은 해내지 못했다. 물론 그들은 끊임없이 연구하고 결과물들을 선보였지만 오리지널의 변형이나 패러디에 불과할 뿐 완벽하게 새로운 것은 아무것도 없었다. 세상은 고인 물이 되었고 아무것도 어디로도 흐르지 않았다.

돔에서는 정체된 사회에 새로운 활력을 불어넣으려고 노력했지만 돈은 너무 많이 들고 효과는 적었다. 결국 1000일에 걸친 치밀한 계산하에 현 체제를 유지하는 것이 최상이라는 판정이 나왔고 돔은 받아들였다. 덕분에 새로 태어난 오리지널들은 사회에서 자리를 잡지 못하고 돔 주변을 기름처럼 떠돌다가 틈새를 뒤져 간신히 일거리를 얻거나 돔에 육체를 팔아버렸다. 그건 가장 손쉽게 목돈을 쥘 기회였지만 가장 꺼려지는 방법이기도 했다. 지금은 32세기고, 재생이 횡행하고 있어 육체의 희소성이 하락했다 하더라도 첫 성장체를 판다는 건 얘기가 다르다. 그 몸의 가능성은 아직 확인되지 않았고, 펼쳐진 기회는 무한했다. 하지만 그런 식으로 돔에 중간 거래된 몸은 재생된 다음 생에도 첫 성장 체가 이룩한 이상을 넘기가 어려웠다. 마치 첫 성장체의 기록이 그 육체가 가진 가능성의 전부인 것처럼.

"돈이 없어? 어째서? 자네는 최고의 헌터잖아? 올해 최고 기록 갱신자 명단에서 자넬 봤어. 작년에도, 재작년에도 그랬던 거 같은데? 자네 오리지널도 플랜헌터였잖아? 상금만 해도 어마어마 할 텐데. 플랜헌터의 위험수당은 또 어떻고? 그 많은 돈을 대체 다 어디다 썼는데?"

나는 어깨를 으쓱했다.

"글쎄요, 어쩐지 쓰자고 보니 없던데요. 돈이란 게 원래 그런 거잖아요."

강은 한숨을 푹 쉬었다.

"내 아들 같으면 엉덩이를 펑펑 때려주고 뱅크 메모리 칩을 거 머쥐겠건만."

강이 그랬을 리가 없다. 내가 안다.

"강의 자식이었다면 교미 신청에서 그렇게 매정하게 거절당하 지도 않고 최우선 교미 후보에 올랐겠죠."

나는 웃었다. 근친교배가 열성 유전자를 생산한다는 건 옛말 이다. 아들이란 단어도 지금은 개념조차 사라졌다. 재생이 거듭 되다보니 자식, 부모, 가족의 개념이 희미해졌고, 개인은 개인으 로서만 완전했다. 굳이 가족을 얽자면 누구의 부모의 몇 번째 재 생체와 그 자식의 몇 번째 재생체인데, 대개 직접적인 관계를 가졌던 개체에서 두세 번씩 재생한 상태라서 연관성은 이미 사라졌고, 세계 각지에 흩어져 사는 터라 일부러 교류를 갖지 않는 한 얼굴 한 번 마주칠 일이 없었다. 게다가 아무리 이동수단이 발달해도 사람들은 서로를 방문하기엔 너무나 바빴다. 재생에 재생을 걸쳐 지독히 긴 시간을 가지게 됐는데도 사람들에겐 필요한 일들을 뒷전으로 미루는 지루한 여유만 늘어났을 뿐, 오히려 정말로 중요한 일들을 하기엔 시간이 지나치게 길었다. 더운 여름날, 도저히 어찌할 수 없이 늘어진 엿가락처럼.

"또, 또, 엄한 소리 한다. 요즘 좀 여유가 생겼나보지?"

강은 질색했다.

"다른 건 몰라도 생식에 관해선 강이 살던 세기의 도덕관념은 이미 통용되지 않아요."

나는 등 뒤의 나뭇등걸에 느슨하게 몸을 기대며 최대한 뻔뻔한 표정을 지었다.

"돔에서는 건강한 오리지널만 얻을 수 있다면 어떤 짝과 교미하든 상관치 않죠. 어차피 퍼스트도 아니고 대부분 재생체의 재생체니까 같은 사람이지만, 이미 전혀 다른 사람인 거죠. 설사 강이 저를 만들었대도 상관없을걸요? 직접 자궁에서 키워낸 것도 아니니까요. 게다가 워낙에 수정 성공률도 낮은데 거기에 더해 건강한 태아를 출산하는 것도 관건이니까, 선대가 건강하게 성장했다는 건 다음 대도 조건이 갖춰졌다는 뜻이고 그런 짝들이 만난다면 확률은 두 배로 높아질 테니 적극 권장할 만하죠."

두 배는 약간 과장이다. 유전적 돌연변이가 나올 '만약'을 배제

할 수 없으니까.

아내가 있고 남편이 있는 혼인제도는 벌써 10세기 전에 사라져버렸다. 20세기 이후로 현저하게 떨어지기 시작한 생식력이 불완전한 혼인제도 안에서 더욱 희박해졌기 때문이다. 결국 지구연합정부인 돔은 '혼인제도'를 폐지하고 '짝짓기 정책'을 폈다. 남녀 한 쌍이 다음 세대를 만드는 목적만으로 만나는 것이다. 정해진 기간 내에 서로에게서 다음 세대를 얻지 못하면 교미짝이 바뀌었다. 같은 행위는 '번식의무 : 각각 오리지널을 최소한 넷 이상 만들 의무'가 완료될 때까지 전 재생체에 걸쳐 계속됐다.

"그거 참 편리하네. 마치 어제 죄를 지은 나와 오늘 회개한 나는 전혀 다르다는 과거 모 종교의 회유책 같잖아? 피 묻은 옷을 갈아입었으니 저지른 살인 없던 게 된다? 가증스러워라. 아무리 새 옷을 갈아입는대도 인간의 어리석음은 결코 정화되지 않아. 난 그럴 수 없어."

나는 이럴 때 새삼 강이 구시대 사람이란 걸 깨닫는다.

"강은 너무 많은 걸 기억하는군요. 설마 태어날 때부터 지금까지 있었던 일을 전부 기억하는 건 아니겠지요?"

"왜 아니야?"

강은 눈을 똥그랗게 떴다. 나는 '역시'라는 표정으로 고개를 끄덕끄덕했다.

"그래요, 설마 강이 기억을 지우거나 했을 리 없죠. 보통은 해마다 기념처럼 기억 사출소에 가서 쓸데없는 기억을 처리하거나 재생 때마다 자동 기억 삭제를 옵션으로 하는데, 강만은 절대 그럴 리가 없는 사람이었죠."

"눈을 뜨면 당신 앞에 새로운 세상이 펼쳐집니다. 당신은 순백의 어린애처럼 깨끗하고 세상은 흥미와 호기심으로 넘칠 것입니다."라는 광고 카피를 내세운 '자동 기억 삭제'는 출시 당시 선풍적인 인기를 끌었다. 이미 몇 번의 재생으로 반복된 일상에 물린 사람들에겐 그야말로 획기적이었고, 만약의 경우에는 기억 저장소에서 이전 기억을 다시 다운받으면 되니까 안정성도 있었다. 언젠가는 "완전한 기억력, 치매도 실수도 없다. 생체컴퓨터 없이 당신의 일과를 좀 더 손쉽게!"라는 기억 강화 옵션이 유행이더니만. 재미있는 사실은 기억을 지운다고 해서 딱히 다른 사람이 되진 않는다는 거였다. 사람들은 기억이 아니라 본능이 반영된 취향으로 좋아하는 음식과, 노래와, 직업과 인생 전반에 걸친 모든 중요한 것들을 결정했다. 기억을 갖고 있건 지웠건, 한 사람이 같은 상황에 처했을 때 하는 선택은 대부분 크게 차이가 없었다. 하지만 기억 삭제라는 아이디어가 가진 효용성에 대해서는 충분히 반추되어서 지금은 좀더 세밀화된 '부분 선택 기억 삭제'가 보편화되었다. 누구나 상처나 실수 같은, 남들은 기억하지도 않지만 자기는 죽고 싶은 일들이 있는 법이니까. '부분 선택 기억 삭제'는 상처받은 자신뿐 아니라 가까운 사이에서는 상대를 위한 선물처럼 사용되기도 했고, 사회적 거래나 기업적 기밀을 지키는 용도로 사용되기도 했다.

"나는 그냥 자연스러운 게 좋아."

이미 조금도 자연스럽지 않은 세상인데 새삼 뭐가 더 자연스럽고 덜 자연스럽다는 걸까.

"이번 재생휴가 때 뭐 계획해두신 거 있습니까?"

나는 화제를 바꿨다.

"글쎄, 별로."

강의 목소리는 평이했지만 왠지 기분이 좋지 않았다. 강은 뭔가 다른 생각을 하고 있는 게 틀림없다. 나는 강이 꽤 오래 재생휴가를 미뤄왔다는 걸 상기했다. 그녀는 어쩌면 다시는 재생하지 않을 생각인지도 모른다.

"강?"

강이 갑자기 꺼져가는 촛불처럼 위태로워 보여서 난 몸을 내밀어 그녀를 잡았다. 오리지널 때의 두근거림이, 아니 그때의 향수가 잠깐 내 심장을 두드렸다.

"왜 그래, 갑자기? 잠 덜 깬 사람처럼."

강은 웃으면서 몸을 뺐다. 나는 멋쩍게 손을 놓았다.

강이 물뿌리개를 치우자 플랜은 아쉬운 듯 눈을 감고 하늘거리기 시작했다. 과거에서 온 여인이 낮잠을 자는 것 같다. 물론 정말로 자는 게 아니라 단순한 의태 반응이다.

"흠. 강, 저 플랜 말입니다. 돔의 연구실에 있던 거죠? 어쩌다 떠맡게 된 겁니까?"

나는 플랜의 난반사亂反射 되는 눈이 감긴 것에 안도했다. 놈의 눈은 지나치게 매혹적이어서 영혼에 치명적인 상처를 남긴다. 아무리 단련되어 있더라도 보호경 없이 계속 보다보면 홀리는 것을 피할 수 없었다. 다행히 녀석은 나를 잡아먹으려는 의도가 없었기 때문에 시선은 미미한 호기심에서 그쳤지만 작정하고 들면 아무리 헌터라도 무사하지 못할 터였다.

돔의 연구실에 사는 플랜은 산 채로 사로잡힌 최초의 플랜으로 유명하고 연구자들을 족족 잡아먹은 걸로도 유명했다. 한 달 이상 놈과 지내고도 잡아먹히지 않은 인간은 강뿐이었다. 그래서 강에게로 오게 된 것이다.

놈이 강에게 손대지 않는 이유로는 가장 처음 조우한 것이 강이기 때문에 알에서 깬 오리처럼 따른다는 설이 있었고, 놈이 강의 첫 교미짝의 무덤에서 자랐기 때문에 강과 막역한 관계라는 말도 있었다. 식물에게 각인효과는 뭐고, 교미짝의 시체를 먹은 막역한 관계란 건 또 뭔지.

"운석에서 나왔다던데, 어디서 온 건진 알아냈어요?"

이렇게 안심하고 가까이에서 살아 있는 플랜을 관찰할 기회는 많지 않았기 때문에 나는 놈의 하늘거리는 은빛 이파리나 끈적이는 가시가 촘촘히 박힌 촉수를 천천히 살펴보았다. 마취독을 듬뿍 품은 보라색 가시 촉수는 아주 얌전히 큰 이파리 밑에 말려 있었다. 플랜을 사냥하고 여러 가지 훈련을 받기는 했지만, 플랜에 대한 전문적인 지식은 거의 없었다. 공부를 안 한 게 아니라 아직 제대로 밝혀진 게 없다. 간신히 손에 넣은 자료도 대개 전설이나 풍문에 빗댄 쓸모없는 가십뿐이고 이제 막 강이 만디를 실험체로 데이터를 축적하는 중이었다

"자네는 운석발현설을 지지하는군. 그건 그냥 학계에서 발표한 추론일 뿐이야."

강의 눈꼬리가 둥글게 휘었다.

"그럼 강의 생각은 달라요?"

강은 대답 대신 딴소리했다.

"그거 알아? 식물도 지성과 감정을 가지고 있어. 생각하고 느끼고 소통하지. 소리도 질러. 다만 우리가 듣지 못할 뿐이야. 플랜은 소통을 위한 식물종의 일부 발현이 아닐까? 어리석은 인간들을 위해서 식물이 직접 커뮤니케이션에 나서준 거지."

나는 강의 가설을 비웃었다.

"또 상상병이 도졌군요. 잡아먹을 먹이와 무슨 얘길 하려구요. 무슨 맛이냐고 물어보게요?"

강은 콧방귀 뀌었다.

"좋아. 비약이 심하단 건 인정해. 하지만 플랜은 우리가 지금껏 발견하지 못한 지상의 생물일 가능성도 충분해. 유성우와 함께 갑작스레 출현한, 아니 그때 출현하리라고 예정되어 있던 생물인 건 아닐까? 우리 인류가 그랬듯이. 외우주에서 왔다기에는 녀석들은 우리를 지나치게 의태했어. 이건 카멜레온이 색깔을 바꾸는 것처럼 단순한 문제가 아니야. 놈들은 우리를 잡아먹기 위해 불현듯 둔갑한 게 아니라 이 모습이 되도록 오랜 시간에 걸쳐 진화해온 거라고."

나는 순간 오싹함을 느꼈다.

"무슨 말씀인지 잘 모르겠는데요."

"간단히 말하면, 인간에게 드디어 절대적인 포식자가 출현했다는 말이지. 사실 그렇잖아. 게다가 한 끼로 사람 하나를 삼키는 대단한 대식가지."

눈앞에 미생물-식물-곤충-조류와 포유류-인간 순으로 그려진 먹이 피라미드가 떠올랐다. 그 위에 우주에서 떨어진 씨앗 하나가 하늘거리며 꽃을 피운다. 파급효과를 계산하지 않은 단순한 상상에 불과한데도 나는 그 씨앗이 너무나 불길하게 느껴졌다. 이건 단순히 먹고 먹히는 것에 관한 문제가 아니다.

"기껏 인간 하나 먹자고 지나치게 복잡한 진화를 감수한 거 같은데요. 환경 호르몬이나 유전조작이나 그런 상황은 다 고려한 거죠?"

내가 투덜대자 강은 웃었다.

"물론이지. 일시적 변화라면 지역 한정적이고 불규칙적이어야 하는데 플랜은 돔 외곽의 전 구역에서 동시다발적으로 출현했어. 형태도 일정했고. 게다가 자연계에서 유혹보다 간편하고 효율적인 사냥법은 별로 없지. 나름 현명한 선택이라고 생각하는데? 어쩌면 꼭 그것만이 목적은 아닐 수도 있고."

"그럼 뭐가 또 있단 겁니까?"

강은 신중하게 고개 저었다.

"나도 몰라. 자네 말처럼 목적이 인간을 잡아먹기 위한 것뿐이라기엔 지나치게 복잡한 진화였다고 생각 중일 뿐이야. 그나저나 자네 짝짓기 때가 되지 않았나? 선은 봤어?"

강이 화제를 바꿨다.

"율 가家의 여자라고 들었습니다. 그 유명한 가수 집안요. 아직 못 만나봤습니다."

나는 가끔 이런 강의 질문이 불편했다. 아직도 강은 내게 '그런' 느낌이니까.

"율 가의 처녀라면 연희聯喜겠군. 착하고 순한 처녀지. 그 집안 여자들이 대개 다 그래. 짝짓기 상대로도 더할 나위 없이 건강하고. 근데 아쉽게도 한 번도 오리지널을 못 만들었어. 아직 제 짝을 못 만난 거지. 성공하길 빌어. 자네의 첫 오리지널이라면 어떨지 무척 기대되는걸."

강이 어떻게 내 짝짓기 상대에 대해 그렇게 자세히 알고 있는지 의아했지만 미처 묻지 못했다.

"창怠? 왜 그래? 창백한데?"

강이 말을 건 순간, 나는 짝짓기 때와 비슷한 냄새를 맡았다. 열대의 환각 같은 기묘한 열기와 땀냄새와 쏘는 듯이 역겨운 생식기 냄새, 플랜의 향기였다. 속이 꿀럭 뒤집혔다.

"아…… 음…… 강, 거기 계세요?"

때마침 온실 문에서 불어온 찬바람이 머리를 환기시켰다. 강의 네 번째 번식체인 미완未完이 강을 찾고 있었다. 나는 아직 성장기가 채 끝나지 않은 낭랑하고 불안정한 목소리에 기묘한 이질감을 느끼며 차고 건조한 공기를 깊게 들이쉬었다. 해는 아직 밝고 온실 밖에는 열락의 어지러운 기억 따윈 단박에 날려버릴 날카롭고 빡빡한 현실이 악어처럼 어슬렁대고 있었다.

"여기다, 미완. 창이 왔어. 전에 인사했지?"

"에…… 아, 안녕하세요, 창. 유명세는 여전하시던데요."

강이 혼자 있을 것이라 예상했던지 나를 대하는 미완의 낯빛이 불편해 보였다.

"뜸 들이지 말고 용건이나 말해."

강이 말했다.

"아, 저…… 그게…… 손님 앞인데요. 나중에…… 음…… 다시 하죠."

"언제는 창이 손님이었나, 뭐. 그냥 해."

강은 미완이 입을 열기도 전에 그의 용건을 알고 있었다. 그리고 나도 알았다. 강이 부르지 않는 한 미완이 이렇게 급하게 강을 찾는 용건은 하나다.

"저…… 그럼, 음…… 돈이 좀 필요해서요."

역시.

"월급은 열흘 전에 이미 가져간 걸로 아는데? 보너스도 어김없이 지급되었고. 내가 더 이상 네게 돈을 지불할 의무는 없어."

번식체라고는 하지만 엄연한 성인이고, 서로 재생을 거친 이상 유전적 공유점 외엔 다른 연관성을 강조하기란 어려웠다. 그러나 미완은 몇 번을 재생해도 강의 곁을 떠나지 않고 그 밑에서 자잘한 일을 도왔다. 그건 그가 강에게 애정이 많아서라기보단 사회적 구조상 오리지널이 자리잡기 힘든 것에 덧붙여, 그가 무능력하다는 이유도 있었다. 미완은 피터팬이었다. 재생시 원하는 나이에서 멈추는 옵션을 달면 다음 재생 전까지는 쭈욱 그 나이대의 외모를 유지할 수 있는데 보통 이십대에서 사십대를 선호하지만 미완은 언제나 너무 크지도, 너무 작지도 않은 열네 살이었다.

"다음 달 월급과 이번 연구실 관리비용을 미리 지급해주지. 그

쯤이면 돼?"

"에…… 그게…… 음…… 석 달치 정도, 어떻게 안 될까요?"

장난감 매대의 값비싼 로봇이 갖고 싶어 죽겠던 걸까?

"알았어."

강은 이동식 테이블 컴퓨터로 계좌를 불러내 성문으로 지급했다. 그녀는 생체컴퓨터를 사용하지 않았다.

"고마워요, 강."

진행 내내 옆에서 초조하게 기다리던 미완은 손등에 달린 얇은 금속판 같은 생체컴퓨터에 입금액이 확인되자 희희낙락하며 잽싸게 온실을 떠났다. 모든 게 너무 잠깐 사이에 일어나서 내 쪽이 어리둥절할 정도였다.

"아무리 그래도 석 달치는 심하지 않습니까? 어디다 쓴다는 말도 없는데."

"외모만 그렇지 그도 성인이니까. 게다가 나름 성실해."

"성실이 사고랑 같은 말인 줄 지금 처음 알았습니다."

내가 알기만도 미완은 이번 생에서만 벌써 세 번이나 사고를 쳤다. 한 번은 재생증명칩을 잘 관리하지 않은 탓에 사생아로 오인받아 유전자 돔에 끌려가는 걸 직전에 빼냈고, 한 번은 항성계에서 발견된 신물질 다단계 유통에서 끌어냈었다. 인간의 발전도에 따라 교묘하게 변형, 발전했지만 그럼에도 다단계는 과거나 지금이나 골치 아프긴 마찬가지였다. 빠른 승진과 이익을 약속하지만 사실은 최하층인 신입의 골수를 나눠 먹기 위한 시스템인 것이다. 바보가 아닌 이상에야 접근하지 않는 게 맞지만 여전히 걸려드는 인간들이 있고, 덕분에 인간은 어떻게 발전하건 간에 과오를 되풀이하는 어리석은 생물이라는 걸 영원히 부정할 수 없게 되었다. 나머지 한 번은 짝짓기 상대를 죽게 해서 3년간 구금된 사건이었다. 어찌된 사정인지 모르지만 그 상대는 아직까지도 재생하지 않았다.

"미완이 좀 순진하잖아. 그리고 돈으로 수습할 수 있는 사고는 별거 아냐."

그 정도면 순진함을 넘어서 모자란 수준이다. 강이 미완을 두둔하는 건 마지막 번식체이기 때문일까, 오랫동안 곁에서 함께 지냈기 때문일까. 설마 둘이 열애 중인 건 아니겠지. 오만 가지 상상이 떠오르는데 생체컴퓨터의 스케줄러가 빨간 경고등을 깜박였다. 아무리 미뤄도 오늘까지는 반드시 해야 하는 일정이 기다리고 있었다. 나는 내키지 않는 얼굴로 강에게 인사했다.

"아쉽지만 가봐야겠습니다."

"그래. 바쁜 사람 오래 붙잡은 거 같아 미안하네, 종종 놀러 와."

그녀가 내 뺨에 키스해주었다. 그것만으로 오늘 해야 할 일의 우울함이 좀 덜어졌다.

연구소에 딸린 강의 별채를 나오자 정문 앞에 택시가 대기해 있었다. 부른 적 없는데 지시표에 선명하게 재생체 식별번호와 내 이름이 깜박였다. 두말할 거 없이 나를 마중 나온 허니문 카다. 나는 경망스럽고 거치적대는 리본과 꽃장식에 아연실색하며 뒷자리에 털썩 올라탔다. 허니문이란 말도 혼인 제도가 사라진 뒤부터는 죽은 말이 되었지만, 과거에 향수를 느끼는 노땅들의 악취미란 어떻게 말릴래도 말릴 수가 없는 모양이다.

인식코드 다뷰1216열4밤 창. 귀하께서는 짝이 있는 ㅅ구역의 ㅂ시로 이동하시게 됩니다. 예상 소요 시간은 03 : 23 : 48이며 도착 시간은 17 : 48 : 23입니다. 쾌적한 컨디션을 위한 캡슐 샤워와 수면 및 식사 서비스가 제공됩니다.

나는 냉장고의 메뉴를 확인하고 달걀처럼 생긴 캡슐 욕조에 앉아 안개처럼 분무되는 차가운 물로 샤워를 했다. 짝짓기를 위한 목적이라는 것만 빼면 억만장자 부럽지 않을 만큼 나무랄 데 없는 서비스다. 짝짓기 성공률은 지나치게 낮은데, 사람들은 직업이나 상황 때문에 지역과 도시를 넘나들어야 했으므로 서로 만나는 것만으로 지나치게 많은 시간과 돈이 들었다. 결국 돔에서는 짝짓기를 장려하기 위해 여러 가지 서비스를 만들어냈고 허니문 카도 그중 하나였다.

나는 준비된 턱시도는 거들떠보지 않고 분자 분리 방식을 사용하는 초소형 즉석 세탁기에 옷을 넣으며 툴툴댔다.

"이런 구식 옷을 입고 작업을 걸라고? 될 일도 안 되겠다."

분자 분리 방식 세탁기는 옷마다 달려 있는 형태와 구성 분석표를 기준으로 옷을 일시적으로 분해해 성분 외의 불순물들을 제거하고 다시 재구성하여 내보냈다. 세제도 물도 필요 없고 복구할 수도 없이 마모된 부분을 제외하곤 늘 새 옷 같아서 대단히 경제적이고 효율적이지만 나처럼 편하게 낡는 느낌을 좋아하는 사람들에겐 무용지물이었다. 아마 강도 이 물건을 쓰지 않으리라.

샤워 캡슐 옆 선반엔 남성용 화장품은 물론 향수도 여러 가지 구비되어 있었다. 연희라는 여자의 취향이라고 일부러 추천된 것도 있다. 나는 아무것도 뿌리지 않았다.

— 전화가 왔습니다. 받아보시겠습니까?

나는 생체 단말기에서 식별코드를 확인하고 차체에 무선연결을 허가했다. 얌전한 중년 여자의 옷을 입은 정情의 홀로그램이 내 옆에 살풋 내려앉았다.

— 안녕, 창? 잘 있었니?

삼십대의 세련된 직장 여성의 우아함과 지성미를 고루 갖춘 그녀는 나를 만든 교미쌍의 네 번째 재생체다. 나는 그녀가 왜 전화를 했는지 알고 있었다.

— 오늘 중요한 날이지? 좋은 시간 보내라고 자그마한 선물을 준비했단다.

갑자기 차가 중앙에서 우회로로 빠지더니 좁은 골목 앞에서 멈춰 섰다. 시키지도 않았는데 창이 열리고 작은 상자와 수령증이 문틈으로 디밀어졌다. 상자 안에는 탐욕스럽도록 빨간 케이크가 들어 있었다. 이게 그녀의 '친절방식'이었다. 제멋대로 줘놓고, 요구하지도 않은 친절에 대한 대가를 받아 간다.

— 그럼 잘 부탁해. 귀여운, 아주 귀여운 노래꾼을 부탁한다.

말만으로 구역질이 치밀었다.

"누구 맘대로."

그녀는 이미 자기 이야기에 푹 빠져 내 말은 듣지도 않았다. 나는 지리멸렬한 잔소리가 이어지건 말건 간에 시트를 당겨 다리를 쭉 펴고 누웠다. 한결 나았다.

정은 이미 오래전에 난자가 고갈됐다. 그녀가 수태한 여덟 번째 번식체는 재생부적격체로 성장체까지만 간신히 버티고 폐기되었다. 정에겐 그게 마지막 수태였다. 그러나 번식에 관한 그녀의 야심은 끝이 없어서 자신이 불가능해지자 번식체들의 수태에 집착하기 시작했다.

그녀는 왜 그토록 번식에 연연하는 걸까. 죽음은 사라졌다. 영원한 소멸도, 이별도 없다. 굳이 불안정한 다음 개체에 자신의 일부를 저장하지 않아도 훨씬 더 완벽하고 효율적으로 자신을 존속할 수 있다. 사람들은 넘치는 인생을 즐기는 것만으로도 바빴고 목숨을 걸었던 모든 위험한 일들은 최고의 스릴 이상 아무 의미도 갖지 않게 되었다. 헌터를 제외하고는. 그게 32세기다.

— 뭐라고?

정의 안색이 굳어졌다. 머릿속에서 뛰어다니던 질문이 결국 내입 밖으로 튀어나갔다.

"왜 그렇게 번식에 집착하지. 당신이 우리를 만들었지만 우리가 당신 소유물은 아니잖아."

— 창, 나는 그저 네가 잘됐으면 하는 바람에서…….

"그게 아니겠지. 유명한 의학자, 교수, 사법관, 과학자, 플랜헌터, 그래, 거기에 딱 하나만 더 넣으면 완벽하지. 유명 연예인. 남들한테 핏줄 자랑할 때 주워섬길 멋진 수식어로군. 그거 알아? 그들이 없으면, 당신은 아무것도 아니야. 당신 자신은 아무것도 아닌 그냥 평범한 여자의 재생체일 뿐이니까."

갑자기 정의 홀로그램이 쑥 사라졌다. 나는 내가 휘두른 칼에 정이 받아쳐야 할 말을 알고 있었다. 그러나 정은 몰랐다. 말해줄 생각은 조금도 없었다. 백 번 재생하더라도 정은 결코 그 답을 알아내지 못할 것이다. 가서 내게 받은 상처를 핥으며 부분 기억 제거나 하겠지. 그녀는 그런 부류의 사람이니까.

— 도착했습니다.

너무나 완벽해서 껄끄러운 목소리가 깜박 잠든 나를 깨웠다.

— 원하신 대로 뒷문입니다. 직선거리로 108미터 앞이 율연희 씨의 자택입니다.

택시에서 내리자 컴컴한 숲과 습윤한 공기가 나를 맞았다. 쾌적한 공기를 위해 조성된 인공 숲이다. 이 정도 규모면 플랜이 숨어 있을지도 모르겠다. 인공 숲이 없으면 돔이 죽고, 인공 숲이 있으면 플랜이 산다. 이게 딜레마다.

스캐너와 광선총을 가져왔으면 좋았을걸. 나는 경계심을 곤두세웠다가 피식 웃었다. 한 손에 쬐그만 케이크 상자를 들고 어정쩡하게 서 있는 헌터라니, 맛있게 잡아먹혀도 웃어야 할 판이다. 그러나 곧 웃음이 싹 가셨다.

어이없게도 멍청한 기계 뇌는 숲의 둘레를 계산에 넣지 않고 직선 측정만으로 나를 내려준 것이다. 길도 없는 숲을 통과하려면 108미터는커녕 전체 면적만큼 걸어야 할지도 몰랐다.

"뒷문에 내려달란 게 잘못이지."

하지만 유명인의 집에 짝짓기하러 들어가는데 대놓고 앞문으로 가는 건 아무래도 껄끄럽다. 억지로 정문으로 가야 했다면 굉장히 불쾌했겠지.

주변엔 희미한 미등만이 밝혀져 있을 뿐, 지나가는 사람은커녕 아무 건물도 없었다. 집이 지척이니 비상 전화박스 같은 게 있을 리도 만무했다. 택시는 이미 부유 도로를 타버렸고, 생체컴퓨터로 계속 이동수단에 접속을 시도했지만 어차피 숲을 가로지르려면 두 발로 걸어가는 수밖에 없었다. 숲 안에 무빙로를 설치했을 리는 만무할 테니까. 나는 할 수 있는 욕은 다 하면서 숲길을 헤치고 들어갔다. 가뜩이나 싫은 일을 하러 가는데 이렇게 수고로워야 하다니, 짝짓기가 끝나면 돔에 대고 화끈하게 풀어줄 테다. 아니, 넷으로 운송 회사를 걸고넘어지면 회사 측에서 알아서 돔을 물고 늘어져주겠지. 개인이 상대하는 것보다 그 편이 낫겠다. 그리고 또…….

뭔가가 내 손에서 케이크 상자를 낚아채 갔다. 나는 깜짝 놀라 펄쩍 뛰었다.

"누구냐?"

히힛 하는 웃음소리와 함께 사사삭 풀 꺾이는 소리가 들렸다. 미안하지만 이쪽은 헌터라고.

"거기 못 서!"

손끝에 잡힐 듯하던 조그만 것이 나무 위로 훌쩍 뛰어올랐다. 그리고 뭔가 툭 머리 위로 떨어졌다. 빈 케이크 상자였다. 위를 올려다보자 하얗게 흔들리는 작은 발이 보였다. 은색 단발머리를 한 조그만 계집애가 손과 입가에 온통 벌건 칠을 한 채로 나를 보며 웃고 있었다. 그 해맑은 미소에 갑자기 힘이 쭉 빠졌다.

"뭐냐, 너? 율 가의 꼬마냐?"

계집애는 대꾸 없이 원숭이처럼 뛰어내려 온몸으로 내 뺨에 처덕 달라붙었다가 또 잽싸게 어디론가 사라져버렸다. 모습은 보이지 않았지만 향기처럼 흥얼대는 허밍 소리가 오랫동안 귓전에 남았다.

"쳇. 대대로 가수 집안이라더니."

주머니에서 수건을 꺼냈다가 도로 집어넣었다. 거울이 없이도 내 꼴이 얼마나 엉망인지 알 수 있었고, 수건 하나로는 수복이 불가능했다.

"창……이세요? 안녕하시냐고 묻고 싶지만, 별로 그래 보이지 않네요."

천신만고 끝에 숲을 가로질러 율 가의 뒷문에 다다른 나를 본 연희의 첫 인사는 이랬다.

"오다가 말썽이 좀 있었습니다."

나는 케이크 시럽으로 끈적한 얼굴을 쓸어내렸다.

"그 정도론 어림도 없겠어요. 욕실을 안내해줄게요."

연희가 걸걸하게 웃자 큰 몸이 웃음을 따라 출렁였다. 그녀는 남자보다 더 남자 같은 여자였다. 유일하게 여자다운 점이라면 구슬처럼 크고 까만 눈이었는데, 흰자위가 거의 보이지 않아서 무척 독특하고 순해 보였다.

"이쪽이에요."

나는 널따란 욕조가 놓인 호사스러운 목욕탕을 보고 살짝 충격받았다. 대리석으로 만든 욕조는 12세기에나 유행했을 법한 물건이었다. 나는 그 욕조가 아주 마음에 들어서 특별히 욕조 목욕까지 했다. 따끈해진 몸으로 욕실을 나오니 새 셔츠와 바지가 준비되어 있었다.

"창 건 아직 세탁 중이에요. 얼룩이 잘 지지 않더라구요. 못 입게 될지도 모르겠어요."

"괜찮습니다."

새 옷에선 희미하게 연꽃 같은 향기가 났다. 좋아한다는 게 이런 종류가? 취향이 나쁘진 않군.

연희는 나에게 편안한 자리와 술을 권했다. 모든 게 순조로웠다. 거슬리는 건 아무것도 없었다. 그녀는 내게 키스해왔고 둔중한 다리가 내 허리에 감겨들었다. 나는 눈을 감고 이성의 자리를 본능에게 양보했다. 그러나 도저히 행위에 집중할 수가 없었다. 결국 나는 반쯤 벌거벗은 상태에서 연희를 밀어내고 말았다.

"미안합니다, 난······ 난 못하겠어요."

"내가, 너무 서둘렀나요?"

"그런 게 아닙니다."

연희는 몸을 떼고 어깨를 으쓱했다.

"역시 내가 좀 별로죠? 괜찮아요, 솔직히 말해도. 자주 있는 일이니까요."

"그렇지 않습니다. 이건 내 문제예요."

강 때문이라고는 말할 수 없다. 연희에게 실례이거니와 너무나 낡고 시대착오적인 감정이란 걸 누구보다도 내가 잘 알고 있기 때문이다.

"상황에 안 맞는 거 알지만⋯⋯."

나는 솔직하게 말했다.

"짝짓기는 마치 내가 나 자신이 아닌 외부의, 인간이라는 종의 씨를 뿌리기 위한 단말기 같다는 생각이 들게 해요. 왜 이런 비이성적이고 번거로운 방법을 써야만 하는 걸까요? 정자와 난자를 척출해서 인공수정을 하는 편이 훨씬 편리하고 깔끔할 텐데."

연희는 옷을 추스리고 침대 머리에 몸을 기댔다.

"그러고 보니 이상하네요. 세균이 묻을까봐 악수를 할 때도 항균 장갑을 끼면서 생판 모르는 사람들끼리 살을 맞대라니. 그래도 직접 짝짓기하는 게 인공수정보다 수태율이 열다섯 배가 높대요. 기형아도 방지할 수 있구요. 인공수정의 미세한 충격과 온도변화만으로도 수정체는 심각한 손상을 입으니까요."

그건 돔에서 공식적으로 발표한 연구 수치였다.

"아닙니다, 연희 씨. 내가 납득할 수 없는 건 그런 게 아니라⋯⋯."

나는 신중하게 말을 골랐다.

"아무도 죽지 않는데 왜 새로운 인간이 필요한 겁니까?"

연희는 한숨 쉬었다.

"다행이네요, 적어도 내가 싫었던 건 아니군요. 솔직히 유명세를 빼면 별 매력 없다는 거 알거든요. 아, 자기 비하는 아녜요. 난

나로서 충분하니까. 단지, 매력적인 짝짓기 상대가 아니라는 걸 객관적으로 알고 있을 뿐이에요. 왜 외모를 옵션으로 안 했느냐는 얼굴이네요. 직업적인 이유죠. 가수는 눈에 띄어야 하는데 지나치게 보편적인 미모만 좇다가 몰개성해질 수도 있거든요. 뚱뚱한 것보다 그게 더 나빠요. 아무튼, 당신이 말한 문제는 난 생각해본 적이 없어요."

연희가 말했다.

"하지만 정말 이상하긴 하네요. 아무도 죽지 않고 일자리도 많지 않은데 왜 새로운 인간이 필요할까요."

강 외에 나의 정리되지 않은 생각에 진지하게 대꾸해주는 사람은 정말 오랜만이다.

"생각해보는 동안 여기 좀 있을래요? 관리인이 휴가를 냈거든요. 어차피 짝짓기 기간이 끝날 때까지는 돔이 눈에 불을 켜고 감시할 테고 난 주말 동안은 공연 때문에 집에 없으니까. 지내기 불편하지는 않을 거예요."

"좋습니다."

연희는 필요한 걸 주문할 수 있도록 하드 컴퓨터를 빌려주었다. 이쪽이 생체컴퓨터보다 화면이 커서 쇼핑에 용이했다. 나는 간단한 옷 몇 벌과 세면도구, 기호품을 주문하고 별로 급하지 않은 메일함을 어슬렁거렸다. 그때 디링 소리와 함께 화상통화 연결창이 떠올랐다. 본의 아니게 사생활을 침해하게 된 나는 약간 당혹스러운 기분을 느끼며 연희를 불렀다.

"연희 씨 전환데요."

막 욕실에서 나오던 연희는 느긋하게 머리를 말아 올렸다.

"내비뒤요. 별로 중요한 건 아닐 테니까. 필요한 건 다했어요?"

"예. 산책 좀 다녀올까 하는데, 괜찮습니까?"

"물론이죠. 아, 정원석 너머로는 가지 마세요. 돌본 지가 한참이라 엉망이거든요."

나는 이미 한 번 거쳤다고 대구해주었다.

"아참, 당신 직업이 헌터랬죠? 김에 순찰이라도 돌아줄래요?"

통화 버튼을 누르면서 연희가 말했다. 난 씩 웃었다.

"그럼 내게 노래해줄 겁니까?"

눈이 마주치자 우리는 동시에 웃음을 터뜨렸다. 좋은 여자였다. 짝짓기를 빼고 생각하면 더없이 즐거울 인연이다. 물론 짝짓기가 아니라면 절대 스칠 일도 없는 별천지의 사람이지만.

"생각해보죠."

나는 문을 닫았다. 문틈으로 스친 화상통화 화면이 어쩐지 낯익다는 생각이 잠깐 들었지만 오래 생각하지 않았다. 몇백 년을 살았는데 한 번도 보지 못한 얼굴이 몇이나 있을까.

케이크 시럽을 닦아낸 뺨에 닿는 숲의 공기는 상쾌했다. 나는 발밑에 버석이는 흙을 킁킁대고 약간 맛보았다. 플랜이 사는 흔적은 없었다. 놈들은 사람을 주양분으로 하기 때문에 주변의 토양에 독특한 성분들이 결핍되거나 과밀해졌다. 노련한 헌터들은 플랜이 사는 흙이 늙은 사과처럼 달고 퍼석퍼석하다는 걸 안다. 이 흙은 촉촉하고 짙고 썼다.

흙을 털고 허리를 펴자 눈앞에 작고 흰 조각들이 떨어졌다. 나는 눈을 껌벅였다. 8월에 눈이라니, 아무리 세기말에 기후 대격변이 일어났었다 해도 이건 좀 심한데. 나는 손으로 이마를 가리고 하늘을 올려다보았다. 무리진 달은 휘영청 밝고 하늘은 바닷속처럼 깊고 파랬다. 눈은 마치 물속에 뿜어진 산호알처럼 허공에서 반짝였다. 입에 달라붙은 눈을 손바닥으로 쓸어내자 잘게 찢은 종잇조각으로 변했다. 나는 굵은 조각 하나에서 내가 잃어버린 케이크 상자의 상표 일부를 발견했다. 얼굴을 들자 그 애가 보였다.

나뭇등걸에 걸터앉은 그 애는 달처럼 동그란 얼굴로 무심하게 나를 내려다보다가 또 휙 사라져버렸다. 장난기가 동한 나는 그 애를 쫓아 어두운 숲을 신나게 내달렸다. 어둠을 볼 수 있도록 미세하게 조작된 시신경 채널을 살짝 바꾸자 밤은 우물 속처럼 어두운 초록색으로 바뀌고 사물은 암갈색, 나무와 생명을 가진 것들은 황금빛으로 타올랐다. 나무 새로 금색 공이 통통 튀어다녔다. 그 애는 날다람쥐처럼 나무에서 나무로 건너뛰며 이동했는데 어찌나 몸이 가볍고 재빠르던지 포대자루 같은 상의 끝자락만 간신히 쫓을 수 있었다. 그래도 이번 나무에서 다음 나무까지는 뛰기에는 무리가 있다. 저기쯤이겠군.

"얍!"

'여기다'라고 예상했던 곳에서 막 그 애의 옷자락을 잡으려는 찰나 발이 미끄러져버렸다. 쿠당 하는 느낌과 함께 황금 먼지가 사방에 피어올랐고 눈앞에서 빛과 어둠이 춤췄다.

정교한 사슴 목걸이가 스치는 것처럼 잘강거리는 웃음소리와 작은 숨결이 뺨에 닿았다. 그 애는 땀냄새와 숲향기가 뒤엉킨, 묘하게 자극적이면서도 싱그러운 냄새를 풍겼다. 난 정신이 있었지만 그냥 눈을 감고 가만히 있었다. 조그맣고 새털처럼 부드러운 손가락이 나를 만졌다. 이마에서 뺨으로, 코를 한 번 비틀어 쥐었다가 놓고 삐죽 튀어나온 턱 언저리를 지나 목젖에서 또 잠시 그릉대는가 싶더니 마침내 쇄골과 가슴팍 사이에 다다라 한참 동안 떠나지 않았다. 마치 내 가슴이 거칠게 오르내리는 진동을 즐기는 것처럼.

나는 와락 그 애를 끌어안았다. 그 애는 깜짝 놀라는 듯했지만 금방 조용해졌다. 너무 조용해서 이상한 기분이 들 정도였다. 그 애는 내 절반도 숨 가빠 하지 않았다.

어색한 기분에 슬그머니 팔에서 힘을 빼자 그 애는 물거품처럼 순식간에 내 품을 빠져나갔다. 그러나 멀리 가진 않았다. 나는 몸을 일으키며 멋쩍게 웃었다. 그 애는 말없이 나를 보다가 손을 흔들며 자기 입과 배를 가리키고 나를 가리켰다. 입 주변엔 아직 케이크 시럽이 묻어 있었다.

말을 못하나? 이런 시대에 선택하지 않은 장애를 가지고 있다면, 사생아인가? 정식 등록되지 않은 짝짓기는 난소가 검열되지 않기 때문에 장애를 가진 수정체가 그대로 체내에 남게 되는 일이 있는데, 그럴 경우 신고도 곤란하고 사출도 어려워서 미숙한 자궁에서 그냥 자라게 되었다. 대부분이 적은 돈으로 뒷골목에서 제거되지만 간혹 성공적으로 삶을 얻기도 하는데, 그런 식으로 돔 밖에 버려져 자란 기형체의 자극적인 기사들이 넷에 떠돌기도 했다. 나는 기사를 보면서 외설스러움에 혐오를 느끼기보다, 어림할 수도 없는 그들의 숫자가 플랜의 확산에 얼마나 기여를 하고 있을지가 더 두려웠다. 다행히 이 애는 지나치게 가벼워서 사라져버릴 것 같은 느낌 외엔 외관상으로 큰 문제는 없어 보였다. 근처에 수용시설이 있는 걸까? 아니면 율 가의 비밀?

"알았어."

말하지 못하면 듣지도 못한다고 어디선가 들은 기억이 나서 나는 목을 크게 끄덕이는 동작도 해 보였다. 그 애는 안심한 얼굴로 숲 속으로 미끄러져 들어갔다.

"숲 너머에 누가 사는지 혹시 압니까? 멀리서 골조가 보이던데."

샤워 후 뜨거운 밀크티를 홀짝이자 온몸이 노골노골했다. 연희는 무심한 표정으로 고개 저었다.

"난 몰라요. 검색해보든지요."

검색한다고 나올 것 같지는 않던데.

"뭔가 있더라도 아무도 살지 않을 거예요. 거긴 이미 오래전에 버려진 구시가지인걸요. 왜요?"

"아무것도 아닙니다."

얼마나 담대한 꼬맹이길래 혼자 숲을 쏘다니는 걸까? 플랜의 위험에 대해 아무도 말해주지 않은 걸까?

"직업 정신 발휘 중인 거예요? 근방에서 플랜이 발견된 적은 한 번도 없어요. 집중 분포 지역과도 꽤 떨어져 있구요. 여기 숲은 별로 깊지가 않아서 자생할 수도 없을걸요?"

어깨 너머로 화면에 뜬 지도를 보고 연희가 말했다. 그녀는 최근에 정원석 너머로 가본 적이 없는 모양이다. 그곳은 이상 기후로 인해 밀림이라고 해도 어울릴 정도로 울창해져 있었다. 작년 연말 데이터만 해도 숲의 너비는 무척 미미했다. 여기에 기준했다면 택시는 나를 잘못 내려줄 수밖에 없었을 것이다. 정부에 대고 시비를 걸기는 힘들겠군.

"창 전화예요. 회선 전환해줄게요!"

연희는 어제 바로 택배로 도착한 내 하드 컴퓨터로 회선을 전환했다. 어지간한 용건이라면 휴대전화를 걸 텐데 누구지 하며 귓바퀴에 이어셸을 장착하자 3차원 모니터에서 강의 초췌한 얼굴이 불쑥 튀어나왔다.

— 창! 대단한 걸 알아냈어!

그녀의 형형한 눈을 보고 나는 튀어나오던 걱정의 말을 접어넣었다.

— 아직 발표하진 않았지만 네게 가장 먼저 알려주고 싶었어. 연구실에 있는 녀석의 조직과 일반 식물 조직의 대조 작업이 이제 막 끝났는데, 플랜은 식물이 아니라 곰팡이었어. 정확히 말하면 진짜 곰팡이는 아니고 지의류인데, 외피의 인간 의태 부분은 곰팡이라 피부 솜털이나 머리카락 촉감을 흉내 낼 수 있는 거였어. 엽록소를 포함하고 있는 내피의 근육이, 그걸 근육이라고 부를 수 있다면 말이야, 영양 공급을 맡고 서로 공생하는 거지. 큰 뿌리 때문에 식물인 줄 알고 너무 오래 헤맸지 뭐야, 이렇게 큰

곰팡이를 누가 상상했겠어? 엊그제 지하도로 공기오염 문제 기사에서 인간이 살기 좋은 습도는 곰팡이도 살기 좋다는 말에 퍼뜩 생각이 난 거야! 이제 외계 생물 운운했던 과학자들 콧대를 콱 꺾어줘야지. 아참, 그리고 지금까지 사냥하면서 혹시 플랜의 수컷형을 본 적 있어?

나는 물처럼 쏟아지는 강의 말에 어안이 벙벙한 채로 더듬더듬 답했다.

"글쎄요……. 사냥이 끝나면 남는 건 광선총의 탄화 흔적뿐이거든요. 워낙에 생명력이 강해서 잿더미 속에서도 일부라도 남아있으면 재생하기 때문에 짓밟느라 바쁘지, 그런 걸 살필 틈은 없어요."

나는 확신 없이 말했다.

"그런데, 그렇게 들으니까 생각났는데, 수컷형은 본 적이 없는 것 같아요. 성징 기준이 만다라면."

— 응, 역시……. 아, 이건 아직 가설을 세우는 중이니까 다음에 다시 말해줄게.

강이 말했다. 나는 복잡해진 미간 주름을 주물렀다.

"그나저나, 좀 실망인데요."

강은 빙긋 웃었다.

— 뭐가? 아, 외계 생물이 아닌 거? 그쪽으로 미는 것 같더라니. 실망했어? 하지만 난 지상의 생물인 게 오히려 마음이 놓이는걸. 팔은 안으로 굽는다고, 정체 모를 외계의 것에게 세상의 권력을 이양하는 것보다 기왕이면 같은 별에서 케케묵은 대기를 함께 마

서온 쪽이 낫잖겠어.

"그건 또 무슨 엉뚱한 소리죠?"

— 아, 그냥 그런 게 있어. 쉬는 기간인데 복잡한 소리 해서 미안해. 좋은 시간 보내라구.

"잠깐만요, 강."

회선은 이미 끊겨 있었다.

"일이에요?"

연희가 의자 등받이에 달라붙었다.

"아뇨. 그냥 친굽니다."

"꽤 어려운 얘길 하는 거 같던데요?"

"연희 씨 분야가 아니니까요. 저도 당신이 노래 얘기하면서 하는 통화는 전혀 못 알아듣겠던걸요. 중간에 말없이 노래만 할 때는 더 그렇구요."

연희는 흐응 하고 콧소리를 냈다. 나는 그게 복잡하지만 별로 중요치 않은 설명을 피할 때의 버릇이라는 걸 알게 되었다.

"그 플랜이라는 거, 정말 그렇게 위험한가요? 사진을 봤는데 꽤 매혹적으로 보이던데요? 마치 과거의 환영을 현실로 불러들인 것 같았어요. 까마득한 전설 속 괴물이 부활한 거 같기도 하고, 화석에 살을 붙여놓은 것처럼 원시적이면서도 직관적이고."

그녀의 말은 과학자들의 현란한 이론보다 핵심에 가까웠다. 흙에서 태어난, 사람을 빼닮은 생물. 그들이 먹는 건 현세 인간이고 그들을 키운 건 까마득한 과거를 묻어온 퇴적층, 이 대지다.

"직접 만나면 그런 생각 안 들걸요. 동영상 없이 사진만 떠다니는 건 다 그럴 만한 이유가 있는 거죠. 유혹할 때야 근사하지만 잡아먹으려 들 때는 악몽이 따로 없거든요. 매번 내가 왜 이 짓에 나섰나 후회한다니까요. 인간을 주식으로 한다는 점만으로도 플랜은 인간에게 충분히 위험한 존잽니다. 거기다 플랜에게 먹힌 사람은 재생되지도 않아요. 그게 진짜 치명적이죠."

먹이 피라미드 위에 떨어진 플랜의 이파리가 하늘하늘 춤춘다. 그건 단순히 생각하면 생물 간의 먹이 관계를 그린 도표에 불과하지만 거시적 관점으로는 種種 간의 권력 관계를 반영하고 있었다. 그래, 강이 말하려던 게 이거구나. 그들이 지구의 새로운 지배종일 수도 있다는 가설. 역사적으로 가장 결정적인 진화는 언제나 전 세대에 치명적인 충격을 수반했다. 공룡에서 네안데르탈인, 그리고 호모 사피엔스 사피엔스와 신인류 모두.

아니, 망상이 지나치다. 나는 억지로 머리를 흔들었다.

연희는 잠자코 내 이야기를 듣고 나서 말했다.

"창, 과연 플랜만 사람을 먹을까요?"

"그게 무슨 소립니까?"

연희는 마치 미스터리 영화의 주인공처럼 말에 뜸을 들였다.

"글쎄요, 나도 방금 생각난 거라서, 제대로 말하려면 좀 정리해야 할 거 같아요."

"그래서요?"

"에? 정리가 필요하다니까요?"

"아직 안 됐습니까?"

연희는 웃음을 터트렸다.

"창, 보기보다 급하네요. 난 과학자가 아녜요. 이렇게 금방은 안 돼요. 시간이 필요하다구요. 오늘 밤은 자야겠어요. 내일 일찍 K 시로 떠야 하니까. 먼저 잘게요."

"잘 자요."

나는 아쉽게 인사했다. 연희는 수면 시간이 정확했다. 자기 관리도 있겠지만 노화에 접어드는 중이라 체력 소모가 심한 듯했다. 물론 외모엔 조금도 티가 나지 않았다. 재생체는 육체의 연령을 정해놓아서 성장하지도 노화하지도 않으니까. 그녀 정도의 부와 명성이라면 다음 재생 따위는 걱정할 필요도 없겠지. 아쉽다면 이번 생에서 번식체를 하나도 만들지 못했다는 것 정도일까? 나는 그녀가 몇 번째 재생체인지 모르기 때문에 오리지널 창조에 얼마나 부담을 갖고 있는지 몰랐다.

오늘 낮엔 케이크를 갖고 그 애와 헤어진 장소에 갔었다. 낮의 숲은 얌전하고 어딘지 모르게 허전했다. 밤의 흥분과 위협, 광란에 찬 포효는 나무껍질 밑이나 덤불 속에 던져놓고 멍청하게 졸고 있는 맹수처럼.

나는 바싹 마른 바위에 앉아 휴대용 종이 아이스박스의 케이크가 녹아버릴 때까지 그 애를 기다렸다. 케이크는 끝까지 녹지 않았다. 저녁엔 연희와 있어야 하므로 저택으로 되돌아와야 했다. 우리의 생체반응 거리가 50센티미터 이하가 아니라면 돔의 잔소리 로봇이 객쩍은 소리를 하러 올 테니. 연희와 나는 그 이후로는 짝짓기를 시도하지 않았다. 대신 한 침대에서 자는 것으로 의무 기간을 때웠다.

"자요?"

간신히 잠에 들려는데 어둠 속에서 연희의 목소리가 들렸다. 나는 낮게 끙 소리를 내고 스탠드를 켰다.

"깼어요. 얘기해요."

연희는 잘강거리는 술잔을 들고 침대 옆에 걸터앉았다. 내 잔도 있었다. 내가 이미 마셨다고 하자 연희는 흐음 하는 특유의 모호한 콧소리를 내고 가까운 탁자에 잔을 내려놓았다.

"저번에 그 얘기 말예요. 아무도 죽지 않는데 왜 새로운 인간이 필요하냐는 거…….."

나는 고개를 끄덕였다.

"그거 역으로 생각하니까 무척 간단해지던데요? 물론, 당신이 바란 게 이런 종류의 대답인지는 모르겠지만…….."

연희는 계속 말했다.

"오리지널을 가장 필요로 하는 곳이 어디인지 생각해봐요."

"사회죠."

내가 말했다.

"당신 바보예요? 물론 오리지널의 필요성을 강조하고 선전하는 건 사회죠. 각 분야에 새로운 혁신이 필요하다면서요. 하지만 그게 아니란 건 당신도 나도 알죠. 우리 사회는 이미 오래전에 그걸 포기했어요. 그런 척만 하고 있을 뿐이죠. 드러내면 사람들이 지독히 혼란스러워 할 테니까. 아무도 그런 건 원하지 않죠."

"그럼 대체…….."

"유전자 돔이에요."

갑자기 세게 얻어맞은 듯 머리가 떵했다. 당연히 알고 있는 줄 알았는데 실은 가장 중요한 걸 놓치고 있었다.

"새로운 오리지널은 새로운 외부 자극에 저항하는 자연 항체를 갖고 있죠. 재생체랑 다른 점은 그거 하나예요. 우리는 재생할 때마다 그걸 옵션으로 첨부하죠. 그런데, 과연 그 옵션은 어디서 오는 걸까요?"

나는 침묵했다. 깊은 새벽의 고요처럼 깊고 섬뜩한 한기가 입 안에 고였다.

"이건 아까 낮에 말하던 건데요. 플랜만이 인간의 포식자는 아네요. 우리도 인간을 먹죠. 오리지널은 우리의 먹이가 되기 위해 만들어지는 거예요."

"너무, 극단적인 생각 아닙니까?"

목구멍을 통과한 내 목소리가 뻑뻑하게 느껴졌다.

"글쎄요."

연희는 두툼한 어깨를 으쓱했다. 그녀는 자신이 한 말의 무게를 제대로 모르는 거 같았다. 하지만 나는 알았다. 손바닥이 축축해졌다. 아주 오래전, 내 입에 들어간 군침 도는 고기가 도살당한 소의 피 흘리는 붉은 살점이란 걸 처음 알았을 때도 이런 기분이었다. 지금 내 몸과 유전자의 일부는 타인의 살점에서 도륙해 온 것이고 나는 오리지널을 먹이로 계속 재생체의 삶을 유지해온 것이다. 플랜이 식인귀라고? 그럼 나는?

"창? 괜찮아요?"

"연희 씨는 괜찮습니까?"

"뭐가요?"

"그런 생각을 하고도 기분 안 나빠집니까?"

"어쩔 수 없잖아요. 난 살아 있고, 계속 살 생각이니까. 그 정도
의 희생은 감수해야죠. 그리고 어차피 아무도 정말로 죽지는 않
잖아요. 좋은 게 좋은 거죠."

연희의 말은 옳았다. 하지만 나는 견딜 수가 없었다.

"왜, 그렇게까지 해서 살아야 하는 겁니까?"

연희는 코웃음쳤다.

"그럼 죽을래요? 당신도 죽고 싶지 않으니까, 재생할 돈이 필요
하니까 그렇게 위험한 직업을 선택한 거잖아요."

나는 연희에게 플랜헌터를 택한 모순을 설명할 수 없었다.

"곤란해 할 거 없어요, 창. 누구나 살고 싶어요. 지금 가진 걸 하
나도 잃지 않고 더더욱 많은 부와 명성과 육체적 쾌락과 정신적
인 환희를 맛보며. 어떤 시대에도 이런 일이 가능했던 적은 없어
요. 우린 지금 산 채로 신의 영역으로 가고 있는 거예요."

연희의 얼굴은 빛나고 있었다. 그건 깨달음에 다다른 사람에게
서 나는 빛이었다. 그게 어떤 종류건 간에.

"말 나온 김에 오리지널을 만들지 않을래요? 정부에선 내가 번
식 의무를 하나도 해내지 못하면 활동 범위를 제한하겠대요. 굶
어 죽으란 소리죠. 그거 알아요? 최근 오십 년간 한 명도 태어나
지 않았다는 거. 당신이랑 나랑 오리지널을 만들면 돔에서 꽤나
반길 거예요. 나도 당신도 다른 때보다 더 많은 특혜를 받을 거라

구요."

그녀의 혀는 뜨거웠고, 부벼오는 가슴은 천근처럼 무거웠다. 나는 아랫도리를 움켜쥐는 손길에 숨을 삼켰다.

"아니야, 이건 아닙니다……."

"잘난 척하지 마요. 당신도 공범이니까."

그녀가 속삭였다. 나는 연희를 뿌리쳤다. 연희는 붙잡지 않았다.

"깨끗한 척하고 싶다면 죽어서 절대로 재생하지 마요. 그러면 결코 더러워지지 않을 테니까."

벼려진 말이 내 속을 너무 깊게 찔러서 피를 흘릴 틈도 없었다. 나는 연희의 집에서 달아나 공중전화에 매달려 강에게 전화를 걸었다.

— 창?

잠에서 덜 깬 강의 모습이 전화 박스 창에 비쳤다.

"깨워서 미안합니다, 강. 하지만……."

나는 입을 막고 어깨를 들썩였다.

— 왜 그래? 무슨 일이야?

"강, 우리는 왜 사는 겁니까? 미래를 잡아먹어가면서까지 여기 살아 있는 이유가 뭐죠?"

— 창, 진정해. 자넨 너무 진지하다니까. 잠깐만, 내가 물 한 잔 마실 틈은 주겠지?

내가 고개를 끄덕이자 잠시 화면이 어두워졌다가 다시 밝아졌다. 잠깐 사이에 강은 한결 산뜻해진 얼굴이었다.

— 무슨 생각이 든 거야, 이 밤중에?

나는 연희와 나눈 이야기를 간략하게 들려주었다. 강은 가끔 고개를 끄덕이고, 가끔은 가로젓고, 중간중간 한숨을 쉬며 끝까지 들었다.

— 옳은 말이야. 플랜은 현재를 먹고 있지만 우리는 미래를 먹고 있어. 현재의 욕망을 위해 미래를 집어삼킨다! 인류는 정말 대단한 탐식가지. 결과는 자명해.

"어떻게 그렇게 냉정하게 말할 수 있는 겁니까? 죄책감이나 두려움 같은 거 안 듭니까?"

— 창. 자네, 왜 인간이 살고 싶어 하는지 생각해봤나?

"욕망이죠. 더 많은 돈, 명예, 쾌락…… 그런 끔찍한 탐욕들, 그리고 죽음에 관한 공포. 더 뭐 있습니까? 희생, 박애? 얼어 죽으라고 하십쇼."

강은 쓰게 웃었다.

— 그래, 모두 옳아. 하지만 내 생각에 그런 욕망들은 모두 빌미가 아닌가 싶어. 그런 것들은 인간이 사는 목적이 아니야. 단지 우리가 삶을 이어가도록 만드는 유도체에 불과해. 우리가 죽지 않고 삶을 지속하도록.

"그건, 누군가 우리가 계속 삶을 갈구하기를 원하고 있다는 겁니까?"

입안이 바싹 말랐다.

— 내 생각은 그래. 미완이 들으면 노인성 정신착란 증상이라고 하겠지만, 끝까지 말하자면, 창, 아마 우린 각자 따로 떼어놓으

면 별로 효용이 없을 거야. 그러니까 너무 많지도 적지도 않게 늘 일정한 수준의 개체수를 유지하도록 삶에 관한 욕망들이 가미되어 있던 거지. 그런데, 어느 순간을 기점으로 인구는 계속 하락세를 면치 못하고 있어. 아무도 죽지 않는다고 해서 모두가 살아 있는 건 아니거든. 발전할 수 없다면 퇴보뿐, 그 가운데는 없다고. 그리고 플랜이 등장했지.

나는 강이 하는 말을 도무지 이해할 수가 없었다. 나에겐 너무 복잡했다.

"강, 난 총이나 쏘고 플랜이나 때려잡으면서 사는 사람입니다."

강은 혀를 찼다.

— 아니, 자네는 그냥 문제에서 도피하고 싶을 뿐이야. 생각해봐. 웬일인지 정자는 점점 허약해졌고 난자도 약해졌지. 자궁은 너무나 불안정해. 세계 각지에 불임이 팽배하지. 사람이 줄어드니 상대적으로 환경은 낙후되기 시작했어. 쓸모 있는 땅이나 경작시설이 아무리 잘되어 있어도 관리할 사람이 없으니까. 벌써 오래전 일이지. 돔은 지독히 세련됐지만 그건 지극히 일부일 뿐이야. 전 세계가 퇴보하고 있다구.

인구가 줄면 없어지리라 예상했던 기아도 여전히 강력해. 먹을 사람도 줄었지만 일할 사람도 똑같이 줄었기 때문이야. 돔 안에선 일거리가 없다고 난리지만 돔만 나가면 그런 일투성이라고. 인류는 그렇게 종의 마지막을 향해 걷고 있어. 지금 오리지널 어쩌고 하는 건 내 눈엔 어리석은 발악으로 보여.

"왜…… 왜 그렇게 된 겁니까?"

나는 덜덜 떨리는 손을 입으로 막았다. 아니, 입을 손으로 막았다. 어느 쪽이든 상관없었다.

— 잘 들어봐, 창. 우리는 갯뻘 같은 거야. 우주에서 보면, 우리는 모래알만큼 작다고 하지 않던가? 아마 그게 잔뜩 있으면 다양한 생물이 살도록, 순환의 한 고리로서의 역할을 담당하고 있었을 테지. 그런데 개체 수가 점점 줄어들어 효용성이 떨어지니까 낡은 고리 대신에 새로운 대체물이 등장한 거야. 그렇게 되는 거지. 과거부터 그래왔듯이.

"대체 누가 우리를 개체로 정의하며 효용성을 따지는 겁니까? 신? 우주? 그런 게 존재하는 거였습니까?"

— 그건 나도 장담할 수 없어. 하지만 모든 것들이 연결 고리를 갖고 있다는 사실은 분명하지. 순환 그 자체가 우주인 거야.

그때 나는 낮은 허밍 소리를 들었다. 극도로 곤두선 내 신경을 부드럽게 다독이는 투명하고 엷은 음색이다. 나는 수화기를 떨어트리고 그리로 달려갔다.

— 창? 창? 듣고 있어? 어딜 가는 거야, 창?

강의 목소리가 내 발목을 붙들다가 힘없이 스러졌다. 나는 그게 강과의 마지막 통화가 되리란 걸 몰랐다. 그때 내 머릿속엔 온통 그 애 생각뿐이었다. 작고 투명한, 사랑스러운 손가락, 아직 세상 어떤 더러움도 모르는 순결한 미소, 웃음소리, 지친 마음을 위로하는 나직한 노래……. 사생아라도 좋다. 그 애가 무엇이라도 좋았다. 그 작은 몸을 내 몸으로 품을 수 있다면.

나는 엿가락처럼 늘어진 시간의 선로에서 머뭇거리던 열차가

가속 페달을 밟기 시작한 걸 느꼈다. 내 심장이 놈의 엔진이다. 열차는 그 애를 찾아 달렸고, 창밖으로 스쳐 가는 풍경을 가늠할 틈도 없이 목적지에 다다라 있었다.

"안녕?"

나는 어색한 인사를 머쓱해 할 틈도 없이 작은 팔 안에 안겼다. 그 애는 내 어깨에 달라붙어 조그만 손으로 내 머리를 감쌌다. 숲의, 태고의, 그 오래고 신비로운 향이 가슴으로 스며들어 날뛰는 숨을 안정시켰다. 어떻게 그 애가 있는 곳을 찾아냈는지 모른다. 어떻게 그 애가 나를 찾아냈는지도 모른다. 그러나 그 애의 포옹만으로 천국에 다다른 기분이었다.

그 애는 천천히 나에게 입을 맞췄다. 그 애의 입술은 체리 셔벗보다도 달고 부드럽고 시원했다. 내 몸을 더듬어 확인하는 손가락들도 싫지 않았다. 이미 단단히 발기된 내 성기는 아무 거리낌도 죄책감도 없이 그 애를 원하고 있었다. 그 애는 내 몸에 달라붙은 채로 천천히 너무나 자연스럽게 나를, 내 모든 것을 원자 뿌리까지 받아들였다. 나는 나른한 충족감에 휩싸여 눈을 감았다.

❊⋆❦⋆❊

그리고 정신을 차리자 온몸에 플랜의 덩굴이 엉겨 있었다. 술이 깬 후 감각이 더 날카로워지는 것처럼 몽환향에서 깨자 모골

이 송연했다. 시야가 뭔가에 붙들려 움직일 수 없었지만 주변에
울리는 처덕 소리와 기이하게 움직이는 덩굴의 사각거림이 내가
어떤 상황에 처해 있는지를 깨우쳐주었다. 나는 플랜의 손아귀
안에 놓여 있었다. 꼼짝할 수도 없이.

"이런."

내 눈앞의 천진한 얼굴은 그대로였다. 나는 녀석의 낮은 허밍
소리를 들었다. 플랜이 노래한다는 건 본 적도 들은 적도 없다. 놈
들의 성대는 그만큼 발달되어 있지 않았다. 웃음소리도 인간으로
설명하자면 목과 머리의 연결점인 연수부분의 개공구에서 간신
히 나오는 거였다. 게다가 분명히 녀석에겐 다리가 있었다.

안녕. 창. 당신이. 내게. 준다고. 했어요.

그 애의 뺨이 내 뺨에 닿았다. 몽환향이 덜 깬 걸까? 나는 마치
노래가 사람 말소리처럼 들렸다. 발음도 부정확하고, 어떤 말을
사용하는지도 구분할 수 없지만 전달하고자 하는 내용만은 뚜렷
했다.

안녕. 창. 당신이. 내게. 준다고. 했어요.

"무슨 소리야?"

안녕. 창. 당신이. 내게. 준다고. 했어요.

그 애는 내 귀에 키스하고 천천히 물어뜯었다. 나는 그제야 알
았다. 그 애는 제 입과 배를 가리키고 나를 가리켰었다. 그건 케이
크를 달라는 게 아니었다.

"아니……야……."

나는 그 애의 얼굴이 천천히 아주 낯익은 형태로 변하는 것을

보았다. 죽기 직전의 환영처럼 강이 나를 보며 미소 지었다. 푸근한 입매와 밤샘 덕에 까칠어진 피부, 왼쪽으로 고개를 살짝 기울이는 버릇까지, 모든 것이 강 그대로였다. 그러나 어딘가 어색하다. 무지갯빛으로 난반사되는 눈동자, 그건 강의 연구실에 있는 플랜의 눈이었다. 순간 환영은 최고의 악몽으로 탈바꿈했다. 강의 얼굴과 플랜의 눈을 한 그 애의 빨간 입안에서 내 귀였던 고깃덩이가 쩍쩍 씹히고 있었다.

"안 돼……!"

몽환향 속에 갇혔던 충격과 공포가 비명으로 터지며 날카로운 소음이 심장을 꿰뚫었다. 나는 까마득한 심연, 검은 무의식의 바다가 물결치는 속으로 떨어져 내렸다. 나는 내가 죽었다는 걸 알았다.

믿을 수 없게도 내가 다시 눈을 뜬 곳은 강의 연구소였다. 내 곁에는 미완이 서 있었다. 연희도 함께였다.

"어떻게 된 거지? 나 플랜한테 먹히지 않았나?"

내 심장은 아직 생생한 죽음의 충격으로 떨고 있었다.

"아, 음……. 다행히 맛보기 시작할 때 뺏었어요. 방법이 좀 거칠었지만."

미완은 빈 손가락으로 총 쏘는 흉내를 낸 다음 어색하게 어깨를 으쓱해 보였다.

"에…… 저…… 플랜이 전부 먹어 치우기 전에 둘 다 쏠 수밖에 없었어요. 이해하세요. 도저히 떼어낼 수가 없었거든요."

나는 미완의 목소리가 묘하게 엇나가는 걸 느꼈다. 미완 탓이 아니라 내 귀 탓이었다. 오른쪽 귀가 없었다.

"음…… 그러니까…… 녀석이 당신의 귀를 물어뜯더군요. 그쪽엔 이미 플랜의 독이 퍼져서 재생하더라도 몸이랑 따로 놀 거라서……. 아…… 음…… 그래서 지금 인공형의 본을 뜨고 있어요. 곧 평소랑 똑같아질 거예요."

"어떻게 된 건지 누가 설명 좀 해봐."

그런 설명에는 강이 제격인데 보이지 않았다. 대신 미완이 답했다.

"에…… 그게…… 어디서부터 말씀드려야 할지 모르겠는데, 일단 제가 당신을 구했어요. 어떻게 제가 거기 있었냐면…… 음…… 연희의 전 짝짓기 상대가 저였거든요. 저는 그전부터 연희의 열렬한 팬이었기 때문에 정말 기뻤는데, 실패로 끝나자 또 만날 길이 막막해졌죠. 흠…… 제 월급으론 연희가 있는 곳까지의 편도 요금밖에 안 됐어요. 그래도 있는 돈을 다 끌어 모아서 모든 공연과 스케줄을 따라다닐 수밖에 없었죠. 에…… 저는 정말로 연희를 사랑하니까……."

나는 사랑이란 건 믿지 않지만 적어도 미완이 어떤 기분으로 그 일들을 했을지는 짐작할 수 있었다. 그래서 그날 강의 온실에서 그렇게 나를 노려본 거였군.

"음…… 아무튼…… 당신은 운이 좋았어요. 당신이 숲으로 사라져버렸을 때 마침 강이 근처에 있는 저를 불렀어요. 진짜…… 타이밍이 좋았어요."

나는 그때 이야기는 듣고 싶지 않았다.

"강은 어딨지?"

"그게……."

미완은 선뜻 답하지 못했다. 나는 속으로 차분히 최악의 일들을 상상했다. 이렇게 하면 어떤 일이 닥치건 완충제가 될 것이다.

"에…… 창이 일어날 수 있게 되면 녹화 칩을 보여드릴 생각이에요. 저도 제 눈을 믿기 어렵지만……."

나는 연희를 넘겨다보았다.

"당신은 봤어요?"

연희는 고개 저었다.

"전 일반인인걸요."

나는 끙 소리를 내며 몸을 일으켰다.

"지금 보지."

"잠깐, 창은 좀 더 쉬셔야……."

"괜찮아."

지금의 내 신경으로서는 이 불안한 긴장을 버텨내는 것만으로 녹초가 될 지경이다. 피할 수 없는 매라면 먼저 맞는 편이 나았다.

미완은 나를 부축해 영상실로 인도했다. 영상실은 곤충 눈을 뒤집어놓은 것처럼 한 번에 마흔여덟 가지 각도에서 자료를 살펴

볼 수 있도록 설계되어 있었다.

"저…… 미리 말씀드리지만…… 녹화 상태가 조악해요. 전파 장애라도 있었는지 중간에 사십 초 정도 노이즈만 나올 거예요. 다른 카메라를 확인해봤는데 연구동 전부, 아니 돔 전체가 시스템 다운을 일으켰더군요."

나는 미완의 설명을 제대로 들으려 노력했지만, 미간에 땀만 맺힐 뿐이었다.

"흠…… 혼자 있게 해드릴게요."

그는 컴퓨터에 필름 칩을 투입하고 문을 닫고 나갔다. 잠시 후 나는 온실에 서 있는 강의 모습을 볼 수 있었다. 잠옷인지 작업복인지 구분 불가능한 구깃한 흰 옷은 분명 내가 통신기를 집어 던지고 숲으로 달려간 그날 밤 강이 입고 있던 것이었다. 나는 화면 하단에 뜨는 녹화 시간으로 그게 강이 나와의 통화를 끊은 직후라는 걸 알았다.

— 무슨 소리를 하는 거니, 너?

혼자 있는 강은, 마치 사람에게 하는 듯이 플랜에게 말을 걸었다. 눈을 감고 하늘거리던 플랜은 물 밖에 나온 붕어처럼 입을 뻐끔댔다. 성대가 없어서 입을 움직인다는 건 별 의미가 없었지만 놈들은 인간 흉내를 포기하지 않았다. 나는 묘한 동정심과 함께 찜찜한 기분을 느꼈다. 그렇게까지 해서 놈들이 얻고자 하는 게 무얼까? 그들은 왜 우리와 소통하려 하는 걸까? 강의 말처럼 놈들이 우리를 닮은 건 단순한 사냥의 미끼 차원이 아니라, 그러지 않으면 안 될 어떤 이유가 있는 거였을까? 네안데르탈인과 호모 사피엔스 사피엔스가 원숭이와 고릴라만큼 유전적 구조가 다름에도 비슷한 형태를 가지고 어느 한 접점에서 서로 소통했던 것처럼. 그게 대립이건 친화건 간에.

나는 숨을 죽였다. 만약에 그렇다면 대체 왜, 어떤 이유인지 설명해줄 수 있는 것은 이 화면밖에 남지 않았다.

화면 속 강은 홀린 듯이 플랜을 응시하고 있었다. 어느 순간부터 이명 같은 것이 들렸다. 나는 스피커 볼륨을 높였다. 노이즈가 심했지만 이명이 아니라 분명 노랫소리였다. 놈이, 플랜이 노래하고 있었다. 나는 그 음조의 의미를 알고 있었다.

— 너 지금…….

강은 플랜에게 가까이, 위험할 정도로 가까이 다가갔다. 놈은 강을 현혹하고 있었다. 분명했다.

"들으면 안 돼요, 강. 들으면 녀석이 당신을……."

나는 숨을 삼켰다. 놈이 강을 잡아먹을 거라는 예상은 빗나갔다. 강은 홀린 듯한 걸음으로 뒤로 물러났다가 잠시 생각하더니 다시 플랜에게 다가갔다.

— 그래. 좋아. 나쁘지 않네.

강은 팔을 펼쳤고, 플랜은 그녀를 허공으로 안아 올렸다. 거기서부터는 카메라 밖이라서 보이지 않지만 희미하게 쥐어뜯기는 소리와 화면 안으로 툭툭 떨어지는 강이었던 조각 일부를 볼 수 있었다. 나는 눈을 감았다. 강을 먹으면서도 플랜은 노래하고 있었다. 그건 입에서 나는 소리가 아니라 놈의 몸 전체, 연구실, 건물 외관, 돔, 그 주변을 둘러싼 모든 숲, 지저 아래 원시 대지가 부르는 노래였다.

내가 놈에게 귀를 깨물리던 순간에 강은 놈에게 먹히고 있었고 온 세상이 플랜의 노랫소리로 가득 차 있었다. 다른 어떤 소리도 그걸 꿰뚫고 들어올 순 없었다. 다른 어떤 소리도 그보다 더 강력하게 세상을 지배할 수는 없었다. 화면이 꺼졌다. 미완이 말한 사십 초간의 공백 부분이었다. 화면은 없지만 나는 그 안에서 벌어진 일들을 알고 있었다. 이제 강은 어디에도 없다. 마취에서 덜 깬 심장에 뻐근한 상실감이 전해져왔다.

"그게…… 흠…… 우리가 너무 방심했던 거예요. 우린 우습게도 저놈이 강을 좋아하고 있다고 착각하고 있었어요. 강도 그랬죠. 그녀는 플랜과 소통한다는 착란에 빠져 있었어요."

어느새 미완이 곁에 서 있었다. 나는 콧물을 훔쳤다.

"놈은…… 어떻게 됐지?"

"우리가 발견했을 때, 저 플랜은 말라 죽어 있었어요. 미이라처럼 바싹. 내부엔 식물과 똑같은 물관만 즐비하더군요. 그건 약간 예상 외였지요. 창이 궁금하시다면 나중에 연구실에서 보실 수 있도록 조처해둘게요. 먼저 이걸 좀 보세요."

나는 그가 내미는 사진을 보았다.

"굉장한 걸 발견했어요. 소름 끼치게도 놈들은 땅 밑에 거미줄처럼 얽힌 균사로 그들만의 소통 수단을 갖고 있었어요. 우리가 과거에 가졌던 유선 전화망처럼요. 아니, 유기적인 형태와 정교함에선 놈들이 앞설지도 몰라요. 균사망을 통해 놈들이 서로 양분을 교환한 흔적도 있었어요."

나는 미완의 말이 별로 놀랍지 않았다.

"우리는 당신이 재생하는 동안 균사망의 행방을 쫓았어요. 연구실 벽에는 거대한 유기체 지도가 펼쳐졌죠. 그게 어디까지 닿아 있는지 아세요?"

듣지 않아도 알 수 있었다.

"그 숲?"

"바로 맞아요. 연희 씨 댁이었죠."

미완과 연희는 서로 마주 보았다.

"우리는 놈들이 미리 눈치채고 숨지 못하게 신중하게 헌터를 배치하고 균사망마다에 동시다발적으로 산성액을 부었어요. 그야말로 전면전이었죠. 창이 그 광경을 보지 못해 무척 아쉬워요. 땅을 온통 파헤친 덕분에 송전관까지 건드려서 반 나절간 돔의 기능이 정지했지만, 완벽한 안전에 비한다면 작은 대가죠."

"과연, 완벽할까?"

나는 한숨을 내쉬었다. 제발 맞지 않기를 빌었지만 뇌가 지끈지끈한 이런 종류의 예감은 절대 빗나가지 않는다.

"놈들은, 양분 말고 다른 것도 이동시킬 수 있었어."

"무슨 말씀이신지……."

"놈들은 영양분뿐 아니라 몸 전체를 이동했어. 식물 주제에 어떻게 그렇게 신출귀몰할 수 있었는지 이제 알았어. 연구실의 플랜은 말라 죽은 게 아니라 여길 떠난 거야. 놈들은 분명히 사람을 씹어서 양분화하지? 그러니 기타 소화기관이 있어야 마땅한데 그냥 물관뿐이란 건 말이 안 돼."

미완은 소스라쳤다.

"그럼 놈이 일부러 여기에 잡혀 있었다는 거예요? 언제든 나갈 수 있는데?"

나는 어깨를 으쓱했다.

"강이 옳았어. 놈들에겐 상식보다는 상상력을 적용시키는 편이 낫겠어. 낡은 껍질은 버려두고 중요한 알맹이만 분리해서 균사망을 통해 이동 후 재조합한다면 발이 없어도 무척 안전하고 효율적이었겠지. 게다가 내가 최근에 만난 놈은 본체와 분리도 가능했어. 물론 장시간은 아니지만."

그 애가 나무 사이를 건너뛸 때에는 분명히 식물 부분이 없었다. 그러나 놈이 나를 먹을 땐 분명히 플랜이었다.

"나를 쏜 전자총 지금 여기 있어?"

미완은 주저하며 총을 내주었다. 나는 총신에 저장된 최근 사용기록을 불러내고 녹음 칩의 나머지 부분을 재생했다. 강을 잡아먹고 무거운 연기처럼 바닥으로 살포시 내려앉은 플랜은 차근차근 말라가고 있었다. 나는 화면 아래의 시간을 확인하고 총신의 사용기록과 대조했다. 역시 녀석이 나를 잡아먹던 시간과 겹쳤다. 나는 강으로 변하는 녀석의 얼굴과 난반사되는 눈동자를 똑똑히 기억했다.

"믿기 어렵겠지만 나를 잡아먹는 순간 놈의 모습이 변했어. 천천히 여기 연구실에 있던 플랜의 모습으로."

나는 놈의 외관이 강을 빼다 박았다는 말은 하지 않았다.

"정말로 무슨 일이 일어났는지는 직접 거기 가서 보면 알게 되겠지."

나는 끙 하고 몸을 일으켰다. 미완은 그제야 정신을 차렸다.

"안 됩니다. 창은 아직 몸이……."

"괜찮아."

나는 어깨를 으쓱하고 환자복을 갈아입었다. 새 육체는 새 옷처럼 뻣뻣했지만 활력이 넘쳤다.

숲은 초토화 상태였다. 곳곳에 플랜을 사냥하느라 태운 자국이 역력했지만 주변에 흩어진 흙더미로 보아 진짜 플랜을 잡은 게 아니라 균사를 처리하고 남은 흔적이라는 걸 알 수 있었다. 나는 그 애, 아니 그것을 만난 자리를 찾았다. 얼마 떨어지지 않은 곳에서 주변에 격자무늬로 난사된 광선총의 흔적을 찾아낼 수 있었다.

"뒤처리는 제가 했어요. 방법은 대강 알고 있으니까요."

뒤쫓아온 미완이 말했다. 그는 나름 해냈다는 것에 뿌듯한 얼굴이었다.

나는 허리를 굽혀 흙을 움켜쥐었다. 버석하고 달큰한 냄새가 났다. 플랜이 사는 냄새다.

"놈을 잡은 즉시 불태웠나?"

"예? 물론이죠. 아, 잠깐…… 태우기 전에 당신 뇌부터 척출했어요."

어쩐 재생 시간이 지나치게 짧더라니. 미완은 내게 감사의 인사를 원하는 듯 했지만 난 전혀 고맙지 않았다.

"미숙한 플랜헌터가 어떻게 당하는지 알아?"

"네?"

"사냥이 끝났다고 잠깐 방심한 틈에 남은 찌꺼기에서 재생한 놈에게 당해. 놈들의 생명력은 그만큼 강력하지."

나는 신발 끝으로 주변의 흙을 헤쳤다. 놈은 분명히 남아 있었다. 헌터도 아닌 비전문가가 놈들을 뿌리 끝까지 제대로 처리했을 리 만무하다. 그럼 놈은 미완이 내 뇌를 꺼내는 틈에 재생해 우리를 공격했어야 옳았다. 그러나 놈은 그러지 않았다. 뭔가 다른 일에 정신이 팔려 있었던 거다. 모든 생물에게 위기 상황이 닥쳤을 때 최우선시 하는 일. 아마도 번식이겠지. 젠장. 범죄 현장으로 돌아온 범죄자가 이런 기분일까?

"역시."

발 앞에 설치류가 저장해둔 도토리 같은 것들이 잔뜩 드러났다. 완벽한 원은 아니지만 거의 원에 가깝고 뾰족한 돌기 때문에 씨앗처럼 보이는 그것들은 은색으로 보얗게 반짝였다. 그 애의 머리 색과 닮았다.

미완이 허리를 굽혔다.

"이게 뭐죠? 알? 씨앗?"

"뭐든 간에 적어도 지금까지 우리가 알던 어떤 것과도 달라. 놈들은 지금 이 순간도 진화하고 있으니까. 갓난애 모습에서 순식간에 성체로 진화했듯이."

나는 견본으로 하나를 굴려내 파삭 밟았다. 끽 소리와 함께 끈적한 진액과 옅은 초록빛 물풀 같은 것이 터져 나왔다.

"뭐든 간에, 냄새 한번 지독하네요."

따라온 연희가 코를 싸쥐고 물러섰다. 미완과 내 눈이 마주쳤다. 그건 정액 냄새였다.

"그럼 이게 플랜의 종자란 말입니까?"

뒤늦게 도착한 연구진은 씨앗을 보자 뛰지도 않고 숨을 헐떡였다. 나는 그들을 내버려두고 땅을 헤쳐 플랜의 씨앗을 모두 파냈다. 그리고 출력을 높인 광선 총을 그 위에 난사했다. 하얀 연기와 붉은 섬광이 지면에 넘실댔다.

"지금까지 놈들의 번식 방법을 알아내지 못한 건 우리가 멍청했던 게 아니라 놈들에게 '번식법'이 아직 존재하지 않았기 때문입니다. 그리고 이제는 존재하죠."

"어떻게 이런……."

미완은 믿을 수 없다는 듯 몇 번이나 고개 저었다. 밤잠을 설쳐가며 강 옆에서 함께 플랜의 생식을 관찰하던 게 그였으니 그럴 만도 했다.

"잠깐, 견본을 좀 놔두지 그랬소. 연구소에 가져가면……."

연구진의 멍청한 소리에 나는 턱을 꽉 물고 무뚝뚝하게 답했다.

"두 번 다시 위험한 장난질은 안 됩니다. 이미 그쪽도 피를 볼 만큼 봤잖습니까?"

"당신은 일개 헌터요. 우리가 당신 말을 꼭 따라야 할 필요는 없소."

연구원이 말했다.

"저도 그쪽 말에 따라야 할 필요 없습니다. 제 임무는 플랜 말살이니까요."

하얗게 타버린 씨앗 더미 앞에서 망연자실한 미완과 연구진을
두고 헌터 회선 전체를 열어서 동료 플랜헌터들에게 씨앗에 관한
새로운 정보를 전했다. 플랜 말살이라는 위대한 성과에 실직을
우려하고 있던 동료들은 예상한 만큼의 경악과 환호로 나에게 답
했다.

"이 숲은 우리가 처리하도록 하죠. 아직 수백 개는 더 있을 겁
니다."

정액에 들어 있는 정충의 수는 최소한 몇만 마리다. 분명 씨앗
은 그만큼 존재할 테고, 지금 태운 씨앗은 고작 100여 개에 불과
했다. 나머지 씨앗은 균사망의 유기통로가 태워지기 전에 사방으
로 퍼져 나갔으리라.

"창, 어째서……?"

미완의 얼굴에 의문이 떠올랐다. 어떻게 그렇게 잘 아느냐는
듯 불안하면서도 의아한 표정이었다. 나는 입을 꾹 다물었다.

지시 사항을 나눈 삼십 분 뒤, 원래도 무너진 철골 구조물처럼
흉측하던 숲은 참혹하게 유린되었다. '숲이 없으면 돔이 죽고 숲
이 있으면 플랜이 산다.' 나는 헌터들 사이의 농담을 떠올리고 착
잡해졌다. 스스로의 숨통을 조이는 어리석은 싸움인 걸 알지만
기권할 수가 없다.

새벽녘에 지친 몸으로 다시 연구실로 돌아온 나는 병상으로
가야 한다는 미완의 만류를 뿌리치고 영상실에 주저앉았다. 그리

고 전날에 보았던 녹음 칩을 재생했다. 낮은 노랫소리, 노이즈, 찌걱찌걱 씹는 소리와 피가 사방에 홍건하고…….

"어?"

나는 잠깐 재생을 멈추고 이삼 초간을 되돌렸다.

— 그래. 좋아. 나쁘지 않네.

강은 팔을 펼쳤고, 플랜은 그녀를 허공으로 안아 올렸다. 강이 플랜에게 안기기 직전 카메라 쪽을 보았다. 나는 소리 없는 그녀의 입술을 읽었다.

— 창, 또 만나.

갑자기 우주 밖으로 튕겨진 듯 무시무시한 막막함이 온몸을 휩쓸었다. 노이즈처럼 미세하게 시작된 플랜의 노래가 거대한 합창이 되어 사방에 울리고 있었다. 나는 지구 한구석에서 작은 씨앗이 싹을 틔우고 줄기를 뻗고 잎을 살랑이며 사람처럼 춤추는 것을 보았다. 놈들의 출현으로 인류가 공들여 다진 문명은 부서진 지표 포장처럼 속절없이 뒤집히고, 타르 찌꺼기 밑에서 창백하게 썩어가던 대지는 발가벗고 햇살과 입 맞추었다. 댐에 가로막혀 있던 강은 유쾌하게 바다를 향해 내달리고 멸종했던 열대나비가 날아올랐다. 창 너머 세상은 플랜의 눈처럼 어지럽도록 오색 찬란한 빛으로 가득했다. 아직 미완성이었지만 나는 그게 다음에 올 새로운 지구라는 것을 알았다. 그리고 거기 핀, 지상 전체를 뒤덮은 새로운 지배종은 인간이 아니라 사람의 상체와 식물의 하체를 가진 꽃들이었다.

뚜—

재생이 끝나고 태고의 밤처럼 새카만 어둠이 화면을 물들였다. 나는 어느새 연구실 구석에서 땀으로 흠뻑 젖은 몸을 웅크린 채 귀를 막고 있었다. 강이 필요했다. 이런 이야기쯤은 "상상력이 빈약하다"며 가볍게 비웃어 넘겨줄 그녀의 유쾌한 목소리가 필요했다. 하지만 강은 이제 없다.

— 창. 또 만나.

강, 그건 대체 무슨 뜻이지?

결코 알고 싶지 않은 두려운 현실이 살금살금 내 등을 덮쳐 오는 것만 같다. 생체컴퓨터의 저장 메시지 신호가 새빨갛게 번뜩였다. 나는 흠칫 놀랐다. 동료 헌터였다.

— 창, 내일부터 현장 복귀지? 잘해보자구.

어지러웠다. 내일의 나는 무엇과 싸우게 되는 걸까.

■ 환 상 진 화 가 幻 想 進 化 歌 는 ……

　다큐멘터리 프로그램을 보면서 우리가 종의 발달로 받아들이고 외워왔던 현생 인류의 계보는 절대적 진실이 아니며, 우리가 알아온 중에 가장 명명백백한 진실에 가까운 과학조차도 연구자들의 여러 가지 실수와 오류를 거쳐 추론된 과정이고 계속 변하게 될 것이라는 사실을 알게 되었을 때, 내 좁은 세상이 변하기 시작했다. 교과서로 배우고 암기했던 모든 절대적인 사실과 진실들이 무너져서 조각조각 날카롭게 빛났다. 나는 그 이음매를 마음 내키는 곳에서 결정하고 그 사이에 이야기를 쏟아부어 빈틈을 메울 수 있었다. 멋졌다.

　우리는 고작 인간일 뿐이고, 세상에는 우리가 이해할 수 없는 것들이 저희끼리 모여 우리와 어울려 산다. 언젠가 그들과 소통할 수 있을까? 외계인을 만나는 게 먼절까, 우리 옆에 살고 있는 벌레와 꽃과 이야기 나누고 노래하고 춤추고 지식을 전달할 기회를 얻는 게 먼저일까. 그 틈새에서 이 이야길 썼다.

노 래 하 는 숲

걷고 노래하고 살아 있다고 소리치는

모든 꽃들을 위해

노래하는 숲

1. 봄

바람이 살랑인다. 선선하고 물 내 가득한 늦봄바람이다. 토란은 흙 위에 얕게 내밀고 있던 싹을 힘차게 밀어 올렸다. 달빛이 부드럽게 떡잎에 닿으며 사방에서 어둠이 속살댔다. 소리가 아니면서 소리인 것들이 토란의 작은 이파리를 부드럽게 흔든다. 토란은 떡잎 끝에 맺힌 이슬을 살짝 핥았다. 보얀 안개가 공기 중에 녹아서 포근하고 촉촉하니 기분 좋았다. 토란은 가느다란 줄기를 이리저리 흔들어보았다. 부드러운 줄기는 여린 미역처럼 질기고 갓 쪄낸 달걀처럼 탱탱했다. 토란은 바람이 없어도 스스로 살랑이며 잠시 놀았다. 반듯하니 이어진 화분 줄에 토란 그림자 하나만 올록볼록 춤췄다. 토란의 양옆으로 끝도 보이지 않게 늘어선 화분 속의 다른 꽃들은 모두 잠들어 있었다.

끙차.

살랑이기에 싫증난 토란은 흙 속에 누워 있던 뿌리를 뽑아냈다. 먼지처럼 가벼운 흙으로 덮여 있던 가느다란 뿌리가 쏙 빠져나왔다.

너무 멀리 가지 마. 토란.

꼬물대는 기척에 설핏 깬 옆 화분의 엉겅퀴가 굽이진 가시 줄기를 흔들었다.

뿌리가 마르면 오도가도 못 하게 돼. 그럼 말라 죽는다.

토란은 그러겠다고 작은 이파리를 흔들어 대답하고 냉큼 화분 아래로 뛰어내렸다. 그리고 위를 올려다보았다.

엉겅퀴도 같이 가요. 재미있을 거야.

난 안 돼.

왜요?

내 뿌리는 너처럼 튼튼하지 않아.

엉겅퀴는 마르고 딱딱한 땅 위에 꼿꼿이 서 있는 토란을 보면서 감탄했다.

나도 싹일 때는 그런 뿌리가 있었지. 너처럼 튼튼했는진 모르겠지만. 하지만 지금은 너무 가늘고 줄기는 너무 무겁구나.

엉겅퀴는 화분에 심긴 다른 꽃들과 다를 바 없는 가느다랗고 창백한 뿌리를 내보이며 한숨처럼 이파리를 흔들었다.

왜 그렇게 됐어요?

글쎄다. 다들 이렇게 되니까, 원래 그런 건가보다 하는데.

에이. 난 그렇게 안 될래. 그럼 아무 데나 놀러갈 수 없잖아요.

토란은 뾰족한 떡잎을 저었다. 엉겅퀴는 웃었다.

부디 그러렴.

토란은 엉겅퀴를 뒤로하고 도로록 화분 줄 끝까지 달렸다. 줄 사이사이 그늘엔 토란처럼 어린 싹들이 삼삼오오 모여 있었다. 싹들은 밤새 그림자 틈새에서 뛰놀다가 마지막 달빛이 지기 전에 자기 자리를 찾아 되돌아갔다.

왜 가야 하는데?

토란은 친구들과 헤어지기 싫었고 한참 더 놀고 싶었다.

밤에 놀러 다니는 거 아베한테 들키면 야단맞아.

장미 싹이 여린 줄기를 흔들었다. 아베는 정원을 관리하고 꽃들을 보살피는 관리자로, 크고 둥글고 딱딱한 열매에 싹도 트지 않은 채 세 쌍의 뿌리로 걸어 다녔다.

왜.

몰라. 아무튼 저번에 미나리가 혼나는 걸 봤어.

토란도 미나리를 알았다. 미나리는 언젠가부터 밤놀이 때 나타나지 않았다. 화분에서 자나 싶어 줄로 몇 번 찾아갔지만 보이지 않았다. 토란은 스산한 기분에 줄기를 떨었다.

내일 밤에 보자.

밤에 봐.

토란은 홀로 화분들 사이를 걸었다. 꿈에 젖은 꽃들이 잠든 밤은 다른 밤보다 훨씬 더 깊고 농밀했다. 아름다운 돌기들을 가진 화분 무늬가 희미한 달빛 속에 음영 져서 웅크린 작은 괴물처럼 보였다. 토란은 괴물에게로 다가갔다. 그림자 괴물은 모양이 변하면서 조금씩 뒤로 달아날 뿐 잡히지 않다가 가시 울타리 근처에서 사라져버렸다. 토란은 위를 쳐다보았다. 달이 마지막 힘을 모아 비추는 정원의 울타리는 하얗고 날카롭고 견고했다. 토란은 화끈대는 뿌리를 문지르며 잠시 울타리에 기댔다. 세상에서 가장 강하고 날카로워 보이던 가시 울타리는 의외로 성기고 푸근했다. 아래쪽의 늙은 가시들은 날카로운 위쪽과는 달리 공격적이기보단 까칠까칠할 뿐이다. 토란은 오래되어 말라 도드라진 울타리 껍질을 들여다보았다.

이 안에도 누군가 있을까?

울타리는 그냥 울타리고 돌멩이나 화분처럼 아무것도 아니다. 하지만 토란은 울타리도 꽃들이랑 같을지도 모른다는 상상을 했다. 소통할 수 없고 다른 방식으로 존재하니까 알 수 없을 뿐, 사실은 울타리도 울타리들끼리는 뭔가를 하고 있는지도 모른다. 그리고 꽃들은 대체 왜 저기 있는지, 뭘 하는지 이상히 여기고 있겠지. 토란은 황당한 생각에 피식 웃었다. 뒤울타리에서 희미한 진동이 느껴졌다. 딱딱한 가시 아래 흐르는 수분이 토란의 마음을 읽고 화답하는 것 같았다. 토란은 울타리 틈을 비집고 나갔다. 순간 온 줄기를 뒤흔드는 청쾌한 '소리'가 쏟아졌다.

맴맴 싸르르르.

토란은 벼락을 맞은 것처럼 놀랐다. 그때까지 토란은 소리가 뭔지 몰랐다. 아베의 정원엔 바람 소리와 꽃들이 대화하기 위해

줄기를 움직이는 사각임 외에 다른 '소리'란 존재하지 않았다. 그래서 토란은 그게 올해 첫 매미 소리라는 걸 알지 못했고 매미는 밤에 울지 않는다는 것도 몰랐다. 하지만 그 매미는 밤에 울었고 아마도 그게 매미의 마지막 순간이었겠지만 토란은 아무것도 모르고 그저 흘려서 듣기만 했다.

날카롭고 시원하고 애처롭다.

매미 소리가 그치자 토란은 세상이 변했다는 걸 느꼈다. 밤의 침묵이 공허하다. 친숙하고 안전한 고요는 더 이상 만족스럽지 않았다. 토란은 알 수 없는 허전함에 잎줄기를 그러모았다. 왜 이런 기분이 드는지 왜 이렇게 마음이 먹먹한지 제대로 알 틈도 없이 모든 것이 그렇게 갑자기 달라졌다.

토란은 소리의 잔영을 좇아 울타리 너머로 뿌리돋움 해보았다. 아직 키가 너무 작았다. 게다가 아래쪽과는 달리 위쪽 가시들은 크고 날카로워서 여린 줄기에 아프게 파고들었다. 토란은 물이 말라 버석대는 뿌리를 주물렀다. 이쯤에서 화분으로 돌아가지 않으면 가다가 넘어져서 일어날 수 없게 될 거다. 그리고 다음 날 아베가 발견할 때까지 꼼짝도 못한 채 누워 있거나, 아니면 그 전에 말라 죽겠지. 둘 중에 어느 게 더 나쁜지는 알 수 없지만 둘 다 싫다. 토란은 떡잎 마디를 늘어트리고 왔던 길을 되돌아갔다. 먼지보다 가벼운 뿌리 자국이 미련스레 거기 남았다.

늦었구나.

엉겅퀴는 일찌감치 깨어 파르스름한 새벽빛 아래 부숭부숭한 줄기와 꽃받침을 다듬고 있었다. 엉겅퀴의 꽃은 이제 막 피는 참이었는데 꽃잎이 작고 모양이 날카로워서 주변의 꽃들에 비하면 초라했다. 아베가 꽃잎을 다듬는 법이나 줄기 관리에 대해 충고해주었지만 타고난 꽃모양이 있는지라 엉겅퀴의 외양은 별로 나아지지 않았다. 하지만 엉겅퀴는 실망하지 않고 의연하게 자신을 받아들였다.

오늘 신기한 걸 보았어요.

토란은 엉겅퀴의 도움으로 높은 화분 위를 어렵잖게 기어올라 뿌리로 흙을 헤쳤다.

뭘 봤는데?

그게, 봤다고 해야 하나, 뭔가……. 아무튼 이런 거였어요.

토란은 싸르르한 소리의 느낌을 작은 가지랑 이파리를 율동적으로 부벼 흉내 냈다. 비슷하진 않지만 그래도 아주 다르지는 않은 어떤 느낌이 전해져왔다. 토란은 자기가 그런 걸 할 수 있다는 것에 놀랐고, 엉겅퀴도 신기해 했다.

다시 해볼래?

아, 잘 모르겠지만…… 아마 이렇게?

토란은 여러 가지로 움직여서 다른 소리도 내보았다. 간혹 들을 만했지만 대부분은 이상했다.

근데, 이건 아닌 거 같아요. 음, 어떻게 해야 하지?

토란이 꼬물대는데 엉겅퀴가 신호했다.

쉿, 아베가 온다.

대화는 거기서 끝났다. 토란과 엉겅퀴는 다른 꽃들이 그러하

듯이 얌전히 아베가 고무나무 포대로 뿌려대는 물세례를 받았다. 토란은 진득한 고무 냄새 나는 물보다 이슬이나 몇 번 맛보지 못한 빗물이 좋았지만 비는 바라는 대로 와주지 않기 때문에 마음대로 먹을 수 없었다. 엉겅퀴는 지금이 가물다고 했고 규칙적으로 물을 먹을 수 있는 것만으로도 다행이라고 했다.

그때는 모두가 힘들고 어려운 시기였다. 엉겅퀴와 토란이 있는 줄은 장미나 나리꽃이 있는 줄보다 물이 빨리 떨어져서 토란은 걷기는커녕 얄팍한 이파리를 보전하기도 어려웠다. 엉겅퀴는 토란에게 물을 줄기 안에 모으는 법을 가르쳐주었다. 밖에 나갈 수가 없으니 달리 할 수 있는 것이 없었다. 토란은 심심한 동안에 '소리' 연습을 했다. 다른 꽃들은 서로를 들여다보며 가물어 부스스한 꽃잎을 다듬었다. 엉겅퀴도 불안했는지 막 피어난 작은 꽃잎들이 타서 오그라드는 걸 막으려 애썼다. 그러면서도 틈틈이 토란에 대해 관심을 보였다.

우울한 저녁이면 엉겅퀴는 토란이 들려주는 소리를 위안 삼았고, 토란도 제법 듣기 좋은 소리를 낼 수 있게 되었다. 맑은 저녁이면 밤새가 날아와 울타리 근처에서 노랫소리에 화답하기도 했다. 토란은 밤새의 고오고오 소리에 맞추어 사르륵사르륵 노래했다. 덕분에 밤놀이를 못해도 지루하지 않았다.

가문 봄이 끝나자 여름비가 따갑게 꽃들을 때렸다. 소슬하게 시작한 빗방울은 금세 크고 날카로워져서 바싹 말라 있던 꽃들은 이파리가 부서질까봐 웅크리고 떨었다. 거센 빗줄기에 곱은 잎들이 떨어지기도 했지만 꽃들은 한층 더 생생해지고 줄기는 대리석 기둥처럼 견고해졌다.

대기는 습기를 머금어 투명하고 촉촉했다. 토란은 처음 숨을 쉬는 것처럼 가지 마디가 벅찼다. 상쾌하고 깨끗한 공기가 반질 반질한 줄기 안에 가득 차자 나비처럼 날 수도 있을 것 같았다.

오늘 밤에 나갈 거지?

엉겅퀴가 물었다. 토란은 잎자루를 끄덕였다. 밤에 나가는 건 진짜 오랜만이다. 뿌리에 물기가 있는 장미 싹들이 밤에 토란을 찾아왔지만 토란은 물관이 말라서 대답도 못했다. 하지만 오늘은 드디어 모두와 어울려 실컷 숨바꼭질을 하고 화분 사이를 뛰어다 닐 수 있을 것이다. 상상만으로 기분이 좋아져서 토란은 노래를 흥얼거렸다.

뭐냐, 토란?

토란은 가까이서 아베가 꿀을 따고 있었단 걸 뒤늦게 깨달 았다.

지금 뭘 한 거냐?

토란은 지레 겁먹고 화분 속으로 줄기를 오그렸다. 하지만 당 당하게 노래를 자랑하고 싶기도 했다. 지금까지 아베의 정원에서 노래하는 꽃은 없었다. 토란은 자신이 무척 특별한 존재라고 생 각했다.

노래요.

아베는 잠시 침묵했다. 토란의 체관이 긴장으로 두근거렸다.

노래? 노래라, 거참.

아베는 무시무시하게 겹눈을 부라린 것 치고는 조용하게 대꾸했다.

신기한 재주로구나.

토란은 날아갈 듯이 기뻤다.

다른 것도 할 수 있어요, 해볼까요?

그래, 해봐.

아베의 음성이 자상해서 토란은 안심하고 가장 즐겨 부르는 노래를 하나 불렀다. 부드러운 잎을 팔락이고, 두꺼운 잎을 서로 부딪고 날카로운 잎 모서리로 줄기를 긁어서 산뜻한 음률과 구성진 가락이 되었다.

나쁘진 않은데, 그걸 연습하는 데 시간이 많이 걸려?

아베가 물었다. 토란은 솔직하게 그렇다고 대답했다.

그럼 별론데.

아베가 앞다리를 흔들었다.

왜요?

남들과 다른 건 좋지 않아. 다른 꽃들을 봐라. 매혹적인 장미도 우아한 나리꽃도 노래 같은 건 안 해. 그 애들은 꽃잎을 가꾸고 더 향기로워지는 것만으로도 하루가 모자랄 지경이지. 게다가 제일 중요한 나비들이 그걸 좋아할지 모르겠다. 곱고 향기롭고 꿀이 많은 건 확실히 좋아하지만. 그건 그냥 변변찮은 노래잖니. 시간도 많이 들고. 넌 아직 이파리도 부스스하고 이렇다 할 꽃대 하나 올리지 못했지? 거기에 더 신경 쓰는 편이 좋겠다. 미래를 위해 주어진 시간은 짧거든.

아베는 화분 턱을 토닥이고 지나갔다. 토란은 침묵했다. 부풀었던 마음은 노래처럼 허공으로 사라졌다. 토란은 갑자기 너무 부끄러워져서 줄기 째로 흙 속으로 기어 들어갔다.

괜찮아, 토란.

엉겅퀴가 흙 위를 토닥였다. 하지만 토란은 나오지 않았다.

어둠 속에서 섬뜩하게 웅크린 침묵이 노려보는 듯한 밤이었다. 습윤한 공기가 대기에 가득 차고 달도 휘영청 늘어지게 밝은데 놀러 나온 꽃이 하나도 없었다. 토란은 울타리를 따라 정원을 한 바퀴 돌았다. 그때까지도 아무도 아무것도 만나지 못했다.

토란과 함께 노래하던 밤새가 울타리에 날아와 앉았다.

"뭘 하니? 오늘은 노래하지 않을 거니?"

토란은 이파리를 흔들었다.

친구들을 찾고 있어요.

"친구? 너랑 비슷한 걸어 다니는 작은 풀들?"

우린 풀이 아니라 꽃이에요.

"나한텐 다 같은 거란다. 먹을 수 있는 열매가 아니라면 다 비슷해. 아무튼 네가 찾는 친구가 내가 본 작은 풀들이라면, 그건 큰 검은 투구벌레들이 죄다 뽑아 갔어."

큰 검은 투구벌레?

"몰라? 이 근처에 잔뜩 살잖아. 크고 딱딱하고 검은색이지."

크고 딱딱하고 검은색?

"그래. 등껍질은 반짝반짝하고 다리가 바삭바삭하고 뱅뱅 소리를 내지."

토란은 밤새의 설명이 자세해질수록 혼란스러워져서 처음에 물었던 것을 다시 물었다.

그러니까, 제 친구들을 누가 데려갔다는 거예요?

"응, 걸어 다니는 작은 꽃들을 큰 검은 투구벌레들이 뽑아 갔다고. 그 애들이 좀 시끄럽게 뛰어다녔잖아. 큰 검은 투구벌레들은 꽃들이 뛰어다니는 걸 무척 싫어해."

토란은 뽑아 갔다 이후로는 제대로 듣지 못했다. 거기에서 이미 줄기가 차가워졌다. 누군가 걸어 다니는 꽃들을 죄다 뽑아 가 버렸다. 대체 누가? 검은 투구벌레라는 게 누구지?

투구벌레가 왜 우리가 걷는 걸 싫어하죠?

토란이 묻자 밤새가 대답했다.

"그럼 꽃들을 자기들 마음대로 할 수 없으니까."

토란은 이상하게 체관이 쿵쿵 뛰었다.

꽃들을 가지고 뭘 마음대로 한다는 거예요?

꽃은 아무것도 하지 않았고, 아무도 꽃들을 갖고 뭔가를 하지 않았다.

"글쎄. 아무튼 너도 조심해. 너도 작고 걸어 다니니까."

네. 밤새님.

토란은 언짢았다. 기분 나쁘고 이상한 일이 정원에서 벌어졌는데 토란이 알 수 있는 게 아무것도 없었다.

토란은 터벅터벅 가시 울타리를 따라 되돌아가다가 문득 멈춰섰다.

싹들이 어디로 갔을까?

토란은 가시 울타리를 비집고 반대편의 어둠을 응시했다. 거기엔 이쪽보다 더 검고 농밀한 어둠뿐, 아무도 아무것도 없었다.

다들 잡혀서 어디로 간 걸까?

토란은 두려움에 떨면서 한 발짝 어둠 속으로 뿌리를 디뎠다. 적막이 두려움으로 바뀌기 전에 토란 안에서 달콤하고 알싸한 진동이 울렸다. 매미 소리였다. 토란은 소리에 용기를 얻어 좀 더 나아갔다.

그날 토란은 친구들을 찾아내진 못했지만 울타리 밖으로 나가는 법을 찾았다.

정원 울타리는 틈이 보이지 않을 만큼 어지럽게 덩굴지고 뾰족한 가시까지 빽빽해서 부드러운 꽃들을 갈가리 찢어놓기에 충분했다. 하지만 토란은 키도 작고 아직 꽃대도 없다. 토란은 울타리의 성긴 틈을 골라 온 뿌리줄기로 비벼서 안으로 비집고 들어갔다. 생채기투성이가 되어 쓰라렸지만 참을 만했다. 울타리 안쪽은 보기보다 공간이 넓었다. 토란은 뒤에 남겨진 울타리 틈새를 흙으로 살짝 덮어 가린 다음 계속 앞으로 나아갔다.

울타리 밖에서 토란을 맞이한 건 차고 촉촉한 바람이었다. 아직 여름인데 울타리 하나 차이로 정원과 바깥은 공기의 밀도가 달랐다. 토란은 첫 몇 발짝은 막막한 어둠이 두려워서 울타리에 바짝 기댄 채 둘레만 훑다가 공기와 냄새가 익숙해지자 앞으로 나아갔다. 맨 먼저 도랑이 나타났다. 정원으로 물이 넘쳐드는 걸막기 위해 판 도랑 속엔 졸졸졸 물이 흘렀다. 토란은 뿌리를 살짝 담가 물을 맛보았다. 도랑의 물은 고무포대 물이나 빗물이나 이슬과도 맛이 달랐다. 길게 굽이치며 반짝이는 은뱀의 비늘 한 조각처럼 차고 비릿하고 흙내가 났다. 토란은 물을 조금 더 마신 다음 뿌리를 저어 도랑 턱 높이와 도랑의 깊이를 가늠했다. 다시 올 때는 수위가 달라져 있을 수도 있었다.

토란은 살아 있는 듯한 도랑의 물살을 느끼며 잠시 노닌 다음 반대편으로 올라갔다. 아베의 정원이 어둠 속에서 희미한 빛을 발하며 허공에 둥실 떠올라 있었다. 잡벌레가 접근하지 못하게 심어놓은 냄새나는 야광 이끼 때문이었다. 토란은 밤새가 들려준 신기루 얘기를 떠올렸다. 물에 반사되어 흐릿하게 아롱지는 아름다운 숲과 나무와 길들이 이런 모습일까?

토란은 계속 걷다가 길섶에 우거진 풀들을 보고 멈춰 섰다. 흙 먼지를 뒤집어쓴 채 저희들끼리 부대끼며 수런대는 풀들은 마르고 질겨 보였다. 토란은 풀들과 인사를 나누고 싶었지만 풀들이 아무 관심도 없어서 잠자코 그 옆을 스쳤다. 뿌리가 마르기 전에 돌아가려면 멀리 가면 안 된다고 생각했는데 의외로 여기저기서 물을 구할 수 있었다. 우묵해 보이는 곳이면 어디든 작은 빗물 웅덩이들이 있었고, 흙이 축축한 곳에 뿌리를 박으면 갈증이 덜어졌다. 낯선 흙은 달콤하고 향기로웠다. 토란은 지난 가뭄에 비틀렸던 이파리까지 부푸는 것 같았다.

밤은 모든 사물을 더욱 가까워 보이게 했다. 토란은 처음 목표로 삼았던 언덕이 좀처럼 가까워지지 않아서 근처 나무 둥치에 앉아 잠시 쉬었다. 야생의 밤은 높은 가지에서 검게 웅크려 고동

치다 살아 있는 짐승처럼 토란 주위를 어슬렁댔다. 토란은 갑자기 두려워졌다. 환영하듯 펼쳐졌던 모든 낯선 길들이 갑자기 매정해지며, 돌아가는 길이 너무 멀고 컴컴해 보였다. 두 번 다시 정원에 돌아가지 못할 것 같은 기분이 들어서 토란은 울었다.

2. 여름

따뜻한 아침 볕과 고무포대에서 나온 물줄기가 끄덕끄덕 졸고 있는 토란 위로 쏟아졌다. 토란은 날카로운 물방울에 줄기 마디를 떨었다. 아베였다.

이 늦잠꾸러기야.

미인은 잠꾸러기라면서요.

토란은 투덜댔다. 어젯밤 드디어 처음 울타리를 나설 때 보았던 먼 언덕 꼭대기 나무에 다다랐다. 도중에 쓰러지지 않은 건 드문드문 고인 진흙과 토란의 굵은 뿌리 덕분이었다.

아베는 홉 하고 웃었다. 공기가 날카롭게 한데 모였다가 흩어졌다.

미인? 토란 네가?

아베의 반문에 뒷줄의 함박꽃들이 같이 웃었다.

거참 더덕이 춤을 출 노릇이구나.

이제부터 미인이 되려고 많이 자는 거예요.

토란은 잎맥을 실룩였다.

제발 그래라. 그렇게 푸석한 꽃대를 창피해서 어디 내놓기나 하겠니?

내놓지 않아도 돼요.

이런, 그럼 안 되지. 네가 그렇게 보기 흉한 채로 자라서 아무도 데려가지 않고 시들어버리면 속상해서 어쩌냐.

토란은 미안한 한편으로 언짢았다.

전 제 마음이 내킬 때 제 뿌리로 어디로든 갈 거예요.

순간 아베의 겹눈에서 웃는 모양이 사라졌다.

그럴 수 있을까? 꽃들의 뿌리는 아름답지만 연약해. 멀리 갈 수 없지. 넌 이 줄 끝까지도 갈 수 없을걸? 게다가 저 울타리 너머엔 무서운 짐승들만 가득해. 그것들이 너처럼 약하고 맛있는 먹이를 가만히 둘 것 같아? 토란, 네가 맘대로 냥냥냥 지껄일 수 있는 것도 여기서뿐이야. 밖에서는 아무도 네 소리를 듣지 않고 틈만 보이면 널 잡아먹을 거다. 너희 꽃들에겐 이 정원이 가장 안전해.

토란은 아베에게 토 달지 않도록 줄기 안쪽의 힘을 그러모았다. 괜한 소리를 시작했다간 화분 속의 뿌리를 들킬 수도 있었다.

"투구벌레는 꽃들이 걸어 다니는 걸 싫어해."

밤새가 말했었다. 토란은 걸어 다니는 싹들이 말없이 사라진 걸 기억했다. 어디로 가버렸는지는 아직도 알아내지 못했다.

아무튼 토란.

아베가 앞발을 펼쳤다.

네 뜻은 충분히 알았으니 이제 내 뜻도 알아줘야 옳지 않겠니? 장미나 함박꽃처럼 예뻐지라고는 안 하겠다. 제발 네가 무슨 꽃인지는 알아보게 해라. 넌 꽃이고 활짝 핀 아름답고 근사한 미래가 펼쳐져 있어. 네가 조금만 노력한다면 모든 게 다 네 것인데 그냥 버리기엔 너무 아까운 노릇이잖니.

토란은 숨구멍을 막았다. 아름답고 근사한 인생 따위는 원치 않는다. 하지만 아베가 이해할까?

그래그래, 아베가 맞아. 너무 속상한 일이잖니, 그렇게 아름다운 나비들을 만날 수 없다니.

옆에서 다른 꽃들도 동조했다.

나비야 오든 말든.

토란은 꾸물대며 화분 턱 아래로 기어 들어갔다. 아침도 먹었고 잔소리도 들었으니 이제 좀 시간이다. 어젯밤에 토란은 너무 멀리 나갔고, 너무 많은 일들을 겪었기 때문에 몹시 피곤했다. 누군가와 이야기를 나누고 싶었지만, 엉겅퀴는 요새 잠이 많아져 새벽에 깨는 일이 드물었다. 다른 꽃들과는 거의 이야기를 나눈 적이 없었다. 토란은 그게 아쉽다고 생각한 적은 없었지만 오늘은 좀 아쉬워졌다.

어젯밤, 토란은 걸어 다니는 꽃을 만났다.

토란은 자기 외에 걷는 꽃은 처음 보았다. 그 꽃은 언덕 꼭대기 물푸레나무 옆에 쓰러져 있었다. 흙 위에 널브러진 뿌리가 유난히 커 보이지 않았다면 그냥 바람에 쓸린 들꽃이라고 생각했을 것이다. 꽃의 이파리는 시들시들했고 꽃대는 까맣게 타들어 가서 거의 죽은 것처럼 보였다. 머잖은 곳에 샘이 있었지만 끌고 가기엔 벅차서 토란은 잎맥을 오그려 물을 담뿍 담아다 꽃에 뿌려주기를 반복했다. 과연 살아날까 싶었지만 충분히 물을 마시자 꽃은 쪼그렸던 이파리를 활짝 폈다.

살았다, 고마워.

기다리고 있었다는 듯이 벌떡 일어나 토란을 놀랜 꽃은 떨어진 이파리가 없는지 꼼꼼히 확인하고 잎을 부볐다.

꼼짝없이 말라 죽는 줄 알았네. 난 도토리야.

난 토란이야. 언제부터 거기 있었어?

몰라, 기억 안 나. 마지막으로 본 달이 반쪽이었어.

그렇다면 꼬박 하루도 넘게 말라 있었단 거다. 그대로 죽지 않은 게 신기한 일이고 이렇게 쉽게 깨어난 건 더 이상한 일이었다. 토란은 뒤로 한 걸음 물러났다.

어떻게 그럴 수 있지? 넌 꽃이 아니야?

도토리는 줄기 맨끝의 가장 여린 잎사귀를 부벼 웃는 듯한 가르랑 소리를 냈다.

나도 꽃이야. 하지만 너랑 다르지. 난 물만 먹진 않아. 그래서 좀 더 오래 버텨.

뭘 먹는데?

비밀. 너 아베의 정원에서 왔지?

토란은 깜짝 놀랐다.

어떻게 알았어?

흐응, 딱 그렇게 생겼네. 척 보기에 곱잖아?

토란은 두근거렸다. 곱다니, 정원에선 한 번도 들어본 적 없는 칭찬이다.

　내가 예쁘게 생겼어?

도토리는 줄기가 끊어질 만큼 박장대소했다.

　그런 거짓 소리는 안 해. 멋모르게 생겼다는 거야.

토란은 기분이 상해서 돌아섰다.

　이봐, 아직 가지 마. 나 아직 잘 못 움직인다고. 네 도움이 필요해.

도토리는 진짜로 곤란해 했다. 지금까지 부리던 허세와 건방이 쏙 들어가고 잎 색이 창백해졌다.

　일어날 수 있으면 된 거 아냐?

　아니지. 나는 꽃인걸. 아무나 함부로 훔쳐가지 못하게 지켜 줘야지.

토란은 도토리에게서 조소를 느꼈다.

　나도 꽃이야.

　알아. 그러니까 우린 따로 있는 거보다 같이 있는 편이 나아.

도토리가 잎을 살랑였다. 토란은 대꾸하지 않았다. 어색한 침묵이 떠돌았다. 토란은 문득 바람결에 나무가 살랑대는 소리를 들었다. 도토리가 잎을 부벼 그 소리에 답했다. 토란은 다른 꽃도 노래를 한다는 것에 깜짝 놀랐다. 이제껏 노래는 자기만 할 수 있는 특별한 일이라고 생각했던 것이다.

　그건 어떤 노래야?

토란은 뭉게뭉게 피어오르는 시기심을 간신히 억누르며 물었다.

노래? 아냐, 난 나무랑 소통한 거야. 약간 복잡하지만 꽤 유용하지.

도토리는 토란의 도움을 받아 작은 웅덩이가 고인 습윤한 나무뿌리 근처에 줄기를 기댔다.

네가 그 노래하는 꽃이구나. 소문으로 들었지.

소문? 너 말고도 또 누가 있어?

토란은 다른 곳에도 꽃이 있다고는 생각해본 적도 없었다.

당연하지. 대부분은 화원에 살지만 나처럼 야생에서 사는 꽃도 있어. 아무튼 넌 어떻게 거길 나올 생각을 했어? 아베의 정원은 화원 중에서도 지독하기로 소문났던데. 거기 꽃들은 이미 걷는 법 따윈 다 잊었다며?

토란은 칭찬인지 욕인지 헷갈렸다.

나도 걷는 꽃은 나밖에 못 봤어. 하지만 옛날엔 많았어. 그런데 왜 우리 정원이 악명이 높다는 거야?

쪼그만 그릇에 하나씩 묶어놓고 꼼짝달싹 못하게 한다며? 덕분에 유충들에겐 인기 최고라지?

토란은 그릇이 아니고 아름다운 화분이며, 각자의 독립성을 존중하기 위한 거라고 설명했다. 그리고 유충이 뭐냐고 물었다.

맙소사! 아베가 아무리 악독하대도 그 얘기를 안 했어? 유충 몰라? 벌레 본 적 없어?

벌레가 뭔데? 그리고 아베는 나쁘지 않아. 좀 고집쟁이이긴 해도, 우리를 돌보고 먹여 살리잖아. 아무 대가도 없이. 난 무척 고맙다고 생각해.

토란은 진심이었다. 아베는 간섭이 심하지만 나쁘게 대한 적은 없었다.

흥, 그게 다 속임수야. 넌 아베 없으면 굶어 죽니? 그 안이 그렇게 안전하고 편했어? 진짜?

물론 아베의 정원이라고 완벽하게 안전할 수는 없다. 가끔 큰 짐승들이 뛰어들어 꽃을 짓밟기도 하고 가뭄이 들면 말라 죽기도 했다. 하지만 그건 아베가 일부러 한 것도 아니고 어쩔 수 없는 문제다.

물론이야. 완벽하진 않지만 충분한 곳이야.

토란은 입끝을 자신없이 오므렸다.

오, 제대로 길들여졌군!

도토리는 잎 방귀를 뀌었다.

고무포대에서 나오는 미적지근하고 오래된 물이 참 좋았겠구나. 너한테 샘물은 너무 냄새 났겠다? 그 고상한 입맛에는. 빗물은 또 어떻게 먹었니? 안 먹을 수도 없고.

비꼬지 마. 나도 샘물이 맛있다는 건 알아.

토란은 잎멘 소리를 냈다. 아베는 완벽하진 않지만 충분히 고마운 존재고, 배은망덕하고 싶지 않았다. 언짢아 하는 토란을 보며 도토리는 측은한 듯 줄기 마디를 휘었다.

저 어둠 구석구석엔 신선한 샘과 얕은 동굴들이 숨어 있지. 찾기는 좀 어렵지만. 여기까지 왔다면 너도 알 텐데? 아베가 가장 나쁜 점이 뭔지 알아? 보호라는 명목 아래 너희가 알 기회

마저 빼앗았다는 거야.

정원 바깥은 위험해.

토란은 잎에 새겨진 아베의 소리를 따라했다.

설마 지금도 그렇게 생각하는 건 아니지?

도토리는 비웃듯이 얇은 잎을 뒤틀었다. 토란은 멀리서 토끼나 사슴이 풀을 뜯는 걸 보고 바위 밑에 숨어서 아슬아슬하게 지나쳐 보낸 적이 있었다. 묘한 냄새가 나는 물을 먹었다가 탈이 난 적도 있다. 이제 토란은 짐승을 피하고 나쁜 물을 구분하는 법을 알았다. 하지만 처음 만난 꽃이 아베를 욕하는 건 싫었다.

네가 알 바 아니야.

그래. 내가 알 바 아니지. 그래도 구해준 답례로 알려줄게. 거기서 달아나.

왜?

곧 벌레들이 들이닥칠 테니까. 거기 있으면 벌레들에게 팔려가서 유충을 품는 씨받이가 될 거야.

토란은 어리둥절했다.

벌레가 대체 뭐야, 씨받이라니?

이런. 맞아, 거기부터지.

도토리는 이파리로 꽃대를 짚었다.

벌레는 날개가 있어. 간혹 없는 것도 있고, 모양이 둥근 것도 있고, 기는 것도 있지.

날개라는 단어에 토란은 문득 생각난 게 있었다.

나비?

토란은 아베의 정원 위로 나비 떼가 날아가는 걸 본 적이 있었다. 오색의 날개를 반짝이며 후드득 하는 굉음과 함께 날아가는 나비 떼는 아름답고 장엄했다. 나비 떼가 지나간 뒤에 꽃들은 한바탕 시끄러웠다. 커다란 금색 노랑나비가 자기한테 윙크했다느니, 빨간 점 부전나비가 더듬이로 신호했다느니, 그중에 단연 아름다운 푸른색 산제비나비가 다음에 자기를 데리러 오기로 했다느니, 어느 것이 사실이고 어느 것이 허풍인지 알 수 없는 이야기로 소란을 떨어서 토란은 아연실색했지만, 모든 꽃의 꿈은 나비와 맺어지는 거였고 토란도 별로 관심은 없지만 당연한 일이라고 알고 있었다.

도토리는 잎 끝을 도르륵 굴렸다.

나비? 하! 그렇군. 그렇게 된 거군.

그제야 알겠다는 듯이 도토리는 잎을 딱딱대며 웃었다.

나비! 그거 좋지! 하지만 세상엔 진짜 나비보다 벌레들이 훨씬 더 많다는 건 알려주지 않았나보구나.

도토리는 잎자루를 펼쳤다.

그래, 네 얘기처럼 처음 만난 꽃을 믿는 건 어리석은 일이지. 그 정원이 마음에 든다면 귀찮은 일을 굳이 사서 할 필요는 없어. 하지만 아베가 과연 무엇으로부터 너희를 보호하는지, 나라면 무척 궁금할 거야.

아베는 그냥 우리를 돌보는 것뿐이야.

토란은 이파리 끝을 자신 없게 오그렸다.

그가, 왜? 뭣 때문에 너희를 위해 그런 노력 봉사를 해야 하지?

우리는 꽃이잖아.

그래, 꽃이지. 그저 어여쁘기만 하면 되는 꽃.

도토리는 불쑥 꽃대를 디밀었다.

꽃이 뭔데? 그저 보기 좋아서 기른다고 생각하는 거야? 진짜? 너라면 그럴 수 있을 거 같아? 아무 대가도 없는데?

토란은 대답할 수 없었다. 도토리는 아래 잎을 버석거려 낮고 진지한 소리를 냈다.

아베는 내키는 곳에 좋은 물건을 팔고 싶은 거야. 그래서 너희를 키우는 거지. 벌레들에게 아주 잘 팔릴 꽃으로.

토란은 잘못 들었다고 생각했다.

뭐?

꽃을 판다고. 그가 왜 너희를 그렇게 애지중지하는데? 너희가 상품이기 때문이야, 물론 너희에게 애착이 없다는 건 아냐. 하지만 너희가 생각하는 것과는 다른 애착이지. 분명히 해두는데 애정이 아니라 애착이야. 너희는 물건이니까.

토란은 도토리가 쏟아내는 이야기들을 믿을 수가 없었다.

거짓 소리!

그래, 거짓이야.

도토리는 씩 웃었다. 토란은 숨이 막혔다.

그렇게 생각하는 게 편하다면. 하지만 그 정원에서 지금 같은 모습을 할 수 있었다면 넌 거기 있는 꽃들과는 달라. 틀림없이 모든 게 궁금해질 거고 모든 걸 알고 싶어질 거야. 그게 쓰든 달든.

도토리는 마른 잎을 추슬렀다.

　만약에 내 도움이 필요하다면 한 번은 도와줄게. 네가 나를 구해줬으니까.

도토리는 떠났다.

토란은 한밤 내내 멍하니 서 있다가 간신히 여명 때에 맞추어 정원으로 돌아올 수 있었다. 돌아오는 길은 너무 선명해서 오히려 모든 사물이 뒤얽혀 흐릿해 보였다. 토란은 원치 않았지만 모든 게 변했다는 걸 인정할 수밖에 없었다. 아니, 모든 건 그대로인데 토란이 변했다. 정원 울타리 앞에서 그걸 깨닫고 토란은 두려워서 떨었고, 조금 울었다.

토란은 이전에는 미처 보지 못하던 것들을 보기 시작했다. 귀신이나 도깨비 따위가 아니라 더 기분 나쁘고 기묘한 일들이었다. 정원에서 꽃들이 사라지고 있었다. 화려하거나 좋은 향기가 나는 꽃들부터였는데 언제 어떻게 사라지는지는 알 수 없었다.

그런 저녁엔 대개 더 미적지근하고 이상한 냄새가 나는 물이 나왔다. 토란은 그저 입맛에 당기지 않아 거르기 일쑤였는데 바깥의 신선한 물맛을 알고 나자 그 맛이 더욱 이상했다. 토란은 그 얘길 엉겅퀴와 하고 싶었다. 잘 설명할 수는 없겠지만 도토리 이야기도 하고 싶었다. 하지만 요새 엉겅퀴는 꽃대를 피워 올리고 꽃잎을 가꾸느라 토란과 이야기를 할 틈이 없었다. 토란은 하는 수 없이 노래 연습이나 하며 시간을 보냈다. 사실 노래 연습만으로도 시간은 너무 잘 갔다. 아베는 자주 줄에 들러서 노래하는 걸 보았지만 늘 그냥 가버렸기 때문에 토란도 더 신경 쓰지 않았다.

그러던 어느 밤 엉겅퀴가 토란을 불렀다. 요새 엉겅퀴는 많이 자고 열심히 가꾸더니 어느새 꽃대를 아홉 개나 올리고 일곱 송이는 이미 활짝 피어서 빨간 구슬을 단 것처럼 화려했다.

토란, 토란, 나 어때?

엉겅퀴는 잔뜩 들떠 있었다.

있잖아. 나비가 나를 데리러 온대.

뭐라구요?

토란은 아베가 유난히 자주 줄에 들렀던 이유를 알았다. 토란을 감시하러 온 게 아니라 엉겅퀴를 살피러 온 거였다.

저기, 언제 따로 나비를 만난 적 있었어요?

토란은 나비가 그 줄에 내려앉는 걸 한 번도 본 적 없었다. 장미 덩굴 줄에는 간혹 왕자팔랑나비나 푸른부전나비가 날아드는 걸 봤지만 그나마도 아주 가끔, 잠깐씩이었다.

아니, 하지만 곧 데리러 올 거라고 했어. 믿을 수가 없어. 난 그냥 이대로 늙고 시들어 죽을 줄 알았는데!

엉겅퀴는 예뻐요. 진짜로.

토란은 엉겅퀴의 기쁜 모습이 좋으면서도 착잡했다. 엉겅퀴의 행복을 바랐지만 헤어진다는 것에 섭섭하고, 자꾸만 도토리가 생각났다. 그건 나비가 아니야, 그건 그냥 벌레야. 토란은 머릿속에서 외치는 소리를 지웠다. 나비일 것이다. 엉겅퀴는 행복할 것이다. 그렇게 믿자. 그게 좋다.

언제?

몰라. 하지만 곧. 멋진 나비라면 좋겠다. 꼬리명주나비나 산제비나비처럼 잘생긴 건 부담스러워서 싫고, 호랑나비나 표범나비라면 어떨까? 난 힘이 센 편이 끌리거든. 아냐, 나한텐 부전나비나 배추흰나비도 과분할 거야.

엉겅퀴와 토란은 밤늦게까지 나비 이야기를 했다. 그리고 둘 다 물관이 말라서 아베가 엉겅퀴에게 특별히 선물한 작은 단지의 물을 나눠 마셨다. 물은 지나치리만치 달아서 토란은 조금만 마셨지만 엉겅퀴는 기분 좋게 단지를 다 비웠다. 그리고 단잠에 빠져들었다.

한밤에서 새벽으로 넘어가는 시간이었다. 토란은 바삭바삭 소리에 설핏 잠이 깼다. 검은 열매에 뿌리만 달린 것처럼 생긴 아베와 투구벌레들이 화분을 져 나르고 있었다. 전에도 투구벌레들이 가끔 빈 화분을 옮기는 걸 본 적 있기 때문에 이상한 일은 아니다. 하지만 지금은 빈 화분이 아니었다. 그 위에서 축 처져 힘없이 흔들리고 있는 건 엉겅퀴였다. 토란은 줄기가 얼어붙는 기분이었다.

"등껍질은 반짝반짝하고 다리가 바삭바삭하고 뱅뱅 소리를 내지."

밤새가 말했었다. 토란은 아베가 걸어 다니는 열매가 아니라 꽃들과 전혀 다른 존재라는 걸 깨달았다. 그들은 달랐다. 전혀 달랐다. 왜 그걸 몰랐을까, 왜 단 한 번도 생각해보지 않았던 걸까?

토란은 어둠을 헤집고 달리는 투구벌레들 뒤를 조심스레 따라 갔다. 투구벌레들은 빨랐지만 토란도 빨랐다. 토란은 자신이 얼마나 빠른지 깨닫고 조금 놀라고 기뻤다. 그리고 이런 때에 기뻐했다는 것에 죄책감을 느꼈다.

도랑 너머 풀숲에서 토란은 투구벌레들을 놓쳤다. 토란은 초조하게 뿌리를 동동 굴렀다. 그때 가까운 가지에서 포로록 날갯짓 소리가 들렸다.

"오늘은 술래잡기를 하니, 토란?"

밤새였다.

　검은 투구벌레를 찾아요.

"그거라면 저쪽으로 갔어."

토란은 밤새가 가리키는 큰 나무 너머를 재빨리 훑어보았다. 과연 풀숲이 잔들대며 움직이는 것이 보였다.

"언제 또 같이 노래할까?"

　조만간이오.

토란은 밤새에게 감사 인사를 할 틈도 없이 투구벌레들 뒤를 쫓았다. 가끔 뒷모습을 놓칠 때면 감각을 기울여 풀이 바삭대는 방향을 찾아가며 따라잡았다. 너무 다가가면 들킬까봐 일정한 거리를 유지하는 게 가장 어려웠다.

속도를 낼 때마다 어둠이 줄기에 달라붙는 것 같았다. 토란은 잎 뒤에서 땀이 흘러 마른 뿌리를 적시는 걸 느꼈다. 새로운 감각이었다.

토란은 한동안 투구벌레들의 모습도 움직이는 소리도 찾을 수

없어서 조금 헤맸다. 그러나 금방 우거진 수풀을 그러모아 매듭
지은 빈 공간을 찾아냈다. 엉겅퀴는 화분째로 거기 있었다. 토란
은 엉겅퀴를 불렀다. 꽃들의 대화는 줄깃짓 언어라 가깝지 않으
면 알아듣기 어려워 엉겅퀴는 듣지 못했다. 어쩌면 아직 잠이 깨
지 않은 걸 수도 있었다. 그래서 토란은 노래를 불렀다. 굳어 있던
엉겅퀴의 줄기가 움찔했다. 엉겅퀴는 깨어 있었고 낯선 곳에 놓
여 겁먹고 있었다.

　저리 가, 토란. 나비가 올 거야.

　하지만 엉겅퀴는 의연하게 행동했다. 토란은 노래하기를 멈췄
다. 어둠이 깊어지고 밤새가 고오고오 울었다. 시간은 숨 막히게
흘렀다. 어쩌면 전혀 흐르지 않은 것 같기도 했다. 토란은 풀처럼
나무처럼 기다렸다. 이윽고 어둠 속에서 괴상스러운 형태가 나타
났다. 토란은 숨을 삼켰다. 이상했다. 그건 나비가 아니었다.

　꽃술보다도 작은 날개를 웽웽대며 부숭부숭한 털투성이에 고
약한 냄새를 풍기는 놈은 겁에 질린 엉겅퀴를 이리저리 들춰보
다 갑자기 꽃잎을 잡아 뽑고 줄기 껍질을 거칠게 벗겨내기 시작
했다. 엉겅퀴는 아파서 줄기를 꼬며 비명을 질렀다. 하지만 놈은
꽃의 비명이 들리지 않는다는 듯이, 아니 들을 생각도 없이 하던
것을 계속했다. 그다음 행동들은 그야말로 기이하고 끔찍해서 더
볼 수가 없었다. 토란은 겁에 질린 채로 달아났다. 하지만 그곳으
로 난 길은 확실히 기억해두었다.

　이제 토란은 노래 말고도 더 할 일이 생겼다. 밤이 되면 울타리
를 넘어 도랑을 지나 수풀을 뚫고 엉겅퀴를 보러 가는 거였다. 여

기저기 껍질이 파헤쳐진 엉겅퀴는 초췌한 꼴 그대로 추스를 생각도 없는 듯 며칠을 있었다. 토란은 엉겅퀴가 죽었을까봐 겁이 났지만 엉겅퀴는 살아 있었다. 줄기가 꼬여서 마주 볼 수 없었지만 점점 껍질이 아물고 다친 자리에 물이 오르는 게 보였다. 토란은 엉겅퀴가 들을 수 있게 노래를 불러주었다. 엉겅퀴는 돌아보지 않았다. 하지만 가끔씩 잎을 움찔하며 소리에 반응했다. 토란은 그걸로 만족했다.

며칠이 지나자 엉겅퀴의 줄기는 눈에 띄게 부풀고 윤이 났다. 토란은 여전히 엉겅퀴의 뒷모습만 볼 수 있었지만 건강해 보여서 그나마 안심했다. 기분이 나아지면 엉겅퀴도 토란을 돌아볼 것이다. 토란은 기대와 희망을 갖고 계속 엉겅퀴를 만나러 갔다.

어느 밤 토란은 여느 때처럼 엉겅퀴에게 노래를 불러주고 있었다. 엉겅퀴는 노랫소리에 맞추어 줄기를 들썩이는가 싶더니 드디어 토란을 돌아보았다. 토란은 감격에 겨워 달려가려다 멈췄다. 엉겅퀴는 죽어 있었다. 꽃술이 폭삭 주저앉은 채로 아주 오래된 주름만 바싹 말라붙은 채였다. 그래도 이상하게 부푼 줄기는 움찔움찔 움직였다. 토란은 겁에 질려서 뒷걸음질 쳤다. 엉겅퀴의 줄기가 퍽퍽 터져 나가더니 터진 틈새에서 희고 둥근 것들이 툭툭 떨어졌다. 떨어진 것들은 잠시 웅크려 있다가 천천히 얇고 딱딱한 막을 벗고 꼬물꼬물대며 움직였다. 토란은 경악했다. 떨어진 흰 것들이 엉겅퀴에게로 기어가 마른 꽃술부터 뜯어 먹기 시작한 것이다. 엉겅퀴는 수십 마리의 애벌레에게 뜯어 먹혀 순식간에 형태를 알아볼 수 없게 되었다. 엉겅퀴의 뿌리엔 아직 생명이 남아 파들대며 저항했지만 벌레들은 부름켜까지 남김없이 먹어치웠다. 그리고 아무렇게나 뒹굴며 잠들었다.

잠시 후 날개 달린 쇠파리가 돌아오더니 유충을 보고 기뻐하면서 데리고 떠났다. 토란은 쇠파리가 되돌아올까봐 한참 기다리다가 더 이상 아무것도 움직일 낌새가 없자 살그머니 버려진 화분으로 다가갔다. 엉겅퀴는 남아 있는 게 거의 없었다. 토란은 미어지는 마음을 안고 흙을 헤집다가 뿌리께에 남은 검고 둥근 것들을 보고 흠칫했다. 아까의 흰 것들과 비슷했다. 하지만 움직이진 않았다.

　가져가.

토란은 간신히 몇 가닥 남은 엉겅퀴의 뿌리가 전하는 걸 듣고 정체를 알 수 없는 엉겅퀴의 유품을 흙 속에서 모두 찾아내 물푸레나무 구멍에 숨겼다. 새벽빛이 밝아오고 있었다. 시간을 너무 지체했다. 조금 있으면 아베가 꽃들을 둘러보러 나올 것이다. 그때까지 자리에 가 있지 못하면 아주 나쁜 일을 당할 것이다. 정확히 무슨 일이 일어나는지는 토란도 몰랐다. 하지만 토란이 싹일 때, 걸어 다니는 싹들은 차례로 사라졌다. 그때의 기억은 시간이 흘러 흐릿해졌지만 두려움은 모호한 모양 그대로 심연에 가라앉아 지층처럼 선명하게 각인되었다. 토란은 그 싹들이 어떻게 됐는지 알게 되고 싶지 않았다.

토란은 달렸다. 그러나 아무리 열심히 달려도 정원 울타리에 닿았을 때는 훤한 아침이었다. 화분으로 돌아가기엔 너무 늦었다. 토란이 어떻게 해야 할지 망설이고 있을 때 울타리 벽 안쪽에서 아베의 사각거림이 들렸다. 토란은 울타리 사이로 숨어 들어가 그들을 엿보았다. 아베가 투구벌레들에게 화내고 있었다.

화분에 남은 씨알이 하나도 없다고? 그럼 꽃도 벌레도 내 몫은 아무것도 없잖아! 이런 손해라니!

토란은 본능적으로 엉겅퀴의 화분 이야기라는 것과 물푸레나무에 숨긴 게 아베가 찾는 씨알이라는 걸 알았다. 그것들이 꽃, 혹은 벌레가 되는 근원이었다.

토란은 아베가 투구벌레들에게 화풀이하는 틈에 울타리 다른 쪽으로 파고들어 재빨리 제자리로 돌아갔다. 훤한 아침에 토란이 걷는 걸 본 꽃들이 웅성였다. 그러나 토란은 시치미를 뚝 떼고 화분으로 들어갔다.

아베는 다른 날보다 조금 늦게 꽃들을 보러 나왔다. 토란은 아베의 시선에 뿌리가 저렸지만 여느 때처럼 조는 체했다. 그런데 아베는 평소와 달리 토란의 화분을 지나치지 않고 멈춰 섰다. 토란은 불안에 떨었다. 아베가 지난밤 일을 안 걸까? 하지만 화내는 기색이 아니다. 오히려 기분 나쁘게 싱글싱글 웃고 있다. 토란은 그 모양을 언젠가 본 기억이 났다. 정원에 오래 남은 꽃들을 해치울 때의 모양, 엉겅퀴에게 나비가 온다고 할 때의 시원하고 능글맞은 모양새였다.

왜요?

토란, 네게도 나비가 온단다. 세상엔, 참 여러 가지 취향이 있는 법이지. 암.

토란은 줄기 속이 뒤집어지는 것을 간신히 억누르며 간신히 물었다.

그 나비가, 언제 오는데요?

아무도 모르게 살짝.

아베는 징그럽게 웃었다.

야, 너네들 나비 본 적 있어?

온 이파리가 한꺼번에 부러지는 듯한 큰 소리에 꽃들이 죄다 토란을 돌아보았다.

나비가 데려간다는데, 너희 진짜 나비를 가까이서 본 적이나 있어?

가끔이야 봤지, 저만치서 나는 걸.

여기저기 몇 마디가 나왔다. 하지만 진짜 나비를 만난 꽃은 한 송이도 없었다. 토란은 심술궂게 잎을 긁었다.

그게 우리를 데리러 온 거 맞아? 우리를 데려가는 거 맞아? 지금까지 사라진 화분 중에 하나라도 나비가 데려가는 거 본 적 있어?

아베가 질색하며 호통쳤다.

갑자기 뭐라는 거냐, 토란! 당연히 나비가 데려가지, 아니면 누가 너희를 필요로 하고 데려간다고?

토란은 아베가 겹눈을 부라리는 게 조금도 겁나지 않았다.

그래요? 그렇다고 해두죠, 하지만 난 안 갈 거예요. 설령 그게 나비라 하더라도.

아베는 웅성대는 꽃들의 시선을 의식하며 토란을 달랬다.

너는 만날 이상한 소리만 하더니 이런 때도 기어코 이상한

소리를 하는구나. 낯선 곳에 가려니 두려운 모양인데 걱정할
거 없다. 다 잘될 거야. 모두 네 행복을 위한 거란다.

토란은 완강하게 쏘아붙였다.

뭐가 잘된다는 거죠? 낯선 곳으로, 지독하게 생긴 벌레들에
게 끌려가서 씨알을 뿌리고 넝마가 되서 죽는 게요? 그게 잘된
다는 건가요? 그게 누누이 이야기한 꽃들의 행복이에요?

아베의 얼굴이 새카맣게 변했다. 무섭고 낯선, 힘세고 포악한
벌레의 얼굴이었다.

무슨 소리냐, 지독하게 생긴 벌레라니. 너희는 나비와 사랑
을 하기 위해 태어났어. 생명을 잉태하는 위대한 일을 하는 거
야. 얼마나 행복하고 근사한 일이냐?

그럼 저는요? 생명을 잉태하고, 저는 어디로 가죠?

토란은 위협적으로 부푼 아베의 등딱지에 겁이 났지만 용기를
잃지 않았다.

어허, 네가 어디 있냐니? 넌 거기 있을 거다. 너무 앞서 걱정
하지 마라, 토란. 넌 그게 문제야. 모든 게 다 잘될 거다. 가장
자연스러운 방식으로.

난 싫어요. 잘되든 못되든 난 싫어요. 난 나비에게도 안 가고
아무것도 잉태 안 해요.

그럼 어쩌자는 거야? 쓸데없는 소리 하지 마라. 넌 꽃이야.
씨알을 낳는 게 네 임무라고! 그리고 그걸 안 하면 네게 무슨
의미가 있다는 거냐? 네가 달리 뭘 할 수 있어? 그냥 이렇게 살
다가 아무것도 남기지 못하고 시들어 썩어버릴 거냐? 그건 좀

나을 거 같으냐?

차라리 그러겠어요!

토란은 온 잎을 파르르 떨었다. 아베는 진짜로 화를 냈다.

오호라, 넌 뭔가 다르다는 거냐? 그래, 넌 노래를 할 줄 알지. 참 알량한 재주구나. 그걸로 뭘 할 수 있다는 거냐? 네가 걸을 줄 안다고도 들었다. 그래, 걸어봐라. 네 그 얄팍하고 잘난 뿌리로 어디까지 갈 수 있나 보자. 금세 얼마 못 가고 물을 달라고 애걸하게 될 거다. 그러다 바싹 말라 죽을걸. 아무것도 이루지 못하고, 아무것도 남기지 못하고!

아니야! 그런 게 꽃이라면 난 꽃이 되지 않을 거야!

넌 꽃이야!

아베는 화가 나서 물도 주지 않고 가버렸다. 꽃들이 웅성댔고 토란은 분노에 떨었다. 너무 화가 나서 물관이 말라도 아무렇지 않았다.

토란은 밝은 동안에 열심히 생각을 했다. 하지만 안타깝게도 별다른 방법이 떠오르지 않았다. 하지만 한 가지는 확실했다. 정원을 나가야 했다.

토란은 기억을 더듬었다. 그때, 도토리가 어떻게 하랬더라.

내 도움이 필요하면 이 나무 밑에서 노래를 불러. 나무들은 아주 멀리까지도 소식을 전하니까 나는 어디서든 들을 수 있어. 네가 나를 도와줬으니 나도 한 번은 너를 도와줄게.

별로 담아 듣지 않았는데도 도토리의 이야기가 또렷이 떠올랐다. 토란은 날이 으슥해지고 꽃들이 잠들기를 기다렸다. 멀리서 들려오는 아베의 발소리가 가까워지기 전에 토란은 흙을 파헤쳐 뿌리를 꺼냈다. 그리고 달렸다. 한 번도 뒤돌아보지 않았다. 토란을 막을 울타리도, 붙잡을 미련도 정원엔 없었다.

토란은 언덕 위의 나무까지 단숨에 다다라 나무뿌리 근처에 숨어 노래를 불렀다. 도토리가 오려면 시간이 걸릴 것이다. 생각보다 더 오래 기다려야 할지도 모른다. 어쩌면 며칠이 걸릴 수도 있다. 토란은 다만 아베가 쫓아오기 전에 도토리를 만날 수 있기를 바라면서 샘가로 내려갔다. 오늘 하루 종일 한 모금도 마시지 못했다.

까꿍!

샘에 뿌리를 디밀자마자 반대편에서 튀어나온 그림자에 토란은 깜짝 놀랐다. 도토리였다.

어떻게 된 거야?

토란은 반가우면서도 너무 때를 잘 맞춘 도토리의 등장이 이상하지 않을 수 없었다.

네가 나를 찾을 줄 알았지. 생각보다 늦었네. 난 좀 더 빨리 부를 줄 알았는데.

도토리가 잎을 살랑였다. 토란은 갑자기 웃음이 났다.

너 무지 한가하구나.

도토리도 따라 웃었다.

그렇게 여유 부릴 때가 아니지 않나?

맞아.

토란은 도토리를 데리고 엉겅퀴의 씨알을 숨겨둔 물푸레나무로 갔다. 그리고 나무 구멍에 숨겨둔 씨알을 모조리 꺼냈다.

　좀 도와줘. 이걸 가져갈 수 있을까?

도토리는 씨알을 보고 질색하게 놀랐다.

　맙소사. 이게 다 뭐야. 너 뭘 가지고 있는 거야?

　유품이야. 날 도와준댔지? 어디든 좋아. 이걸 가지고 가야
해.

　힘세고 날아다니는 벌레들도 피하면서.

도토리는 토란이 키를 낮추도록 신호했다. 숲이 술렁이고 있었
다. 토란의 이파리가 줄기 안으로 오그라들었다.

　너를 찾고 있어. 아베가 단단히 화가 났나봐. 난 아슬아슬한
게 좋더라. 가자.

도토리는 씨알을 질긴 이파리로 얽어서 반을 짊어졌다.

　서두르자. 날벌레한테 잡히면 너도 나쁘지만 나도 아주
나빠.

　네가 왜?

달리면서 토란이 물었다.

　놈들은 자기들의 그 알량한 권위에 도전하는 걸 아주 싫어
하거든.

　넌 아베를 만난 적도 없잖아?

　맞아. 하지만 나는 걷는 꽃이지. 그 자체가 벌레들에겐 권위
에 대한 도전이야. 자, 뛰라고.

둘은 밤을 낮처럼 달렸다. 뒤에서 날벌레들의 웅웅임이 들렸
다. 소리는 가까워지기도 하고 멀어지기도 했다.

도토리는 절벽 아래를 통과해 긴 숲길을 지나 강가를 따라갔다. 벌레들이 쫓아오는 소리는 더 들리지 않았다.

어디 가는 거야?

위기를 벗어나자 토란이 물었다.

우리처럼 걸어 다니는 꽃들이 모인 데. 난 거기서 왔어.

그런 데가 있어?

암, 있지. 나나 너처럼.

토란은 설레면서도 불안했다. 짊어진 씨알들이 굽은 줄기에 무겁게 달라붙었다.

3. 가을

토란과 도토리가 도착한 곳은 바위투성이 폭포였다. 토란은 하늘이 무너지는 듯한 거대한 물소리와 시원한 물맛에 깜짝 놀랐다. 하지만 흙이 너무 적고 퍼석퍼석해서 꽃들이 살기엔 부적합해 보였다.

여기서 산다는 거야?

토란이 미심쩍게 물었다.

응. 물살이 거세고 먹이가 없어서 귀찮게 구는 벌레들이 없거든. 이쪽이야.

도토리가 안내한 곳은 폭포에서 이는 물보라가 적당히 닿으면서 단단한 흙이 고인, 돌출된 바위틈이었다. 좁은 입구로 들어가자, 폭신폭신한 흙으로 채워진 넓고 쾌적한 내부가 나타났다. 위쪽은 깎아지른 벼랑이라 별도 잘 들었다.

여어, 내가 왔다.

도토리가 호기 있게 온 잎을 들썩이자 조용하던 바위틈 곳곳에서 꽃들이 튀어나왔다.

도토리다. 도토리가 돌아왔다.

주변에서 수런대는 소리가 토란에겐 "떠돌이가 돌아왔다"로 들렸다.

이번엔 꽤 오래 걸렸네? 뭘 갖고 있는 거야?

꽃대도 올리지 않은 작은 수선화가 도토리의 잎자루에 매달려 물었다. 도토리는 짊어진 묵직한 잎 주머니를 추슬렀다.

내 거 아냐. 토란 거야.

토란? 토란이 누구야?

작은 수선화의 물음에 토란은 머쓱하게 줄기를 꼬았다. 도토리가 잎을 바삭였다.

토란은 노래하는 꽃이야. 아베의 정원에서 도망쳤어.

뭐? 그 끔찍한 곳에서?

꽃들은 놀라서 토란을 구경 나왔다. 토란은 이파리를 줄기 안으로 웅크렸다.

누가, 어디에서 왔다고?

안쪽에서 느린 걸음으로 창백한 흰 꽃이 나타났다.

토란?

그 꽃이 토란을 불렀다. 토란은 잠시 어리둥절했지만 옛 기억을 더듬어 흰 꽃을 알아보았다.

미나리? 어떻게 네가 여기 있어?

아베가 짐승한테 먹히라고 길가에 버린 걸 도토리가 구해줘서 여기 있게 되었어. 토란, 너를 다시 보게 되다니, 너무 반가워.

토란은 어리둥절했다.

너를? 왜?

미나리는 토란을 껴안은 줄기마디를 풀었다.

걸어 다니다가 걸렸거든.

토란은 줄기가 뻣뻣해졌다.

혹시 정원에서 사라진 꽃들이 다 여기 있어?

토란이 묻자 미나리는 꽃대를 저었다.

나처럼 운 좋은 꽃은 별로 없었어.

토란은 잠시 침묵했다. 토란의 마음을 아는 듯 미나리가 이파리로 쓰다듬었다.

이젠 괜찮아. 여긴 안전해.

토란과 미나리 사이에 작은 수선화가 냉큼 끼어들었다.

도토리는 아무나 막 데려와. 가뜩이나 좁아터지는데.

도토리가 작은 수선화를 야단쳤다.

못된 소리나 하려거든 이제 밤에 얘기 들으러 오지 마.

작은 수선화는 금방 울상이 되어서 잘못했다고 싹싹 빌었다. 도토리는 엄한 모양을 풀었다.

솜다리는 어디 있니? 만나야겠는데.

이쪽이야.

작은 수선화가 기다렸다는 듯이 앞장섰다.

오늘 밤에 얘기 들으러 가도 돼?

솜다리가 허락하면.

허락할 거야. 가도 되지? 응?

그래.

도토리는 위로 난 바위 길에서 작은 수선화를 돌려보냈다. 토란이 물었다.

솜다리가 누구야?

우두머리 꽃이야. 만나보면 알아.

솜다리에게로 가는 길은 아찔한 절벽 위였다. 바람이 너무 세게 불어서 토란은 숨도 쉬기 힘들었지만 도토리는 익숙해 보였다. 가파른 절벽 길을 옆으로 벗어나자 오목한 구석이 나왔다. 거기 솜다리가 있었다.

아래가 소란하다 했더니 이야기꾼께서 돌아오셨군.

솜다리는 이파리 끝까지 잔털로 뒤덮여 단단해 보이는 흰 꽃이었다. 도토리는 살짝 꽃대를 숙여 보인 다음 토란을 소개했다.

아베의 정원에서? 노래하는 꽃이라고.

솜다리는 도토리를 만나고 엉겅퀴가 죽은 이야기, 도망쳐서 여기까지 오게 된 토란의 이야기를 경청하더니 솜털을 사박였다.

힘든 일을 겪었구나. 여기 온 꽃 중에 편했던 꽃은 거의 없지만. 한동안 여기 머무르는 것은 괜찮아. 하지만 정착할 건지는 신중히 생각해. 사실, 여긴 이제 거의 포화상태거든.

토란은 작은 수선화가 무례하게 군 까닭을 알았다.

그런데 그 짐은 뭐지?

솜다리가 토란이 지고 있는 잎 주머니를 가리켰다.

아, 이건 씨알이에요.

토란이 대답했다. 순간 솜다리의 눈이 반짝였다.

씨알? 여기서 키울 생각이야?

아직 잘 모르겠어요. 먹을 게 부족하다면 어려울 거라고 생각하는데요.

흐음, 그렇군.

솜다리는 생각에 잠겼다.

저기, 방해해서 미안하지만, 더 이야기할 게 없다면 우린 그만 가서 쉬고 싶은데?

도토리가 끼어들었다.

아, 그래. 비탈에서 오른쪽 둘쨋단 이끼 바위 아래에 공간이 좀 있을 거야. 첫날이니까 공동 방보다는 혼자 쉬는 게 좋겠지.

고마워.

도토리는 토란을 데리고 다시 비탈길을 되짚어 내려갔다. 둘은 곧 이끼 바위 아래 거친 흙더미에 도착했다. 별로 좋은 쉼터는 아니었지만 도망 길에 지친 토란에겐 진흙처럼 포근해 보였다.

토란.

여기까지 오는 내내 이상스럽게 조용하던 도토리가 잎을 부볐다.

신중하게 생각하는 게 좋아.

뭘?

도토리는 차분히 대꾸했다.

너는 도착한 게 아니라 시작점에 서 있는 거야. 여기는 네가 상상하던 곳이 아니고 너와 맞지 않을 수도 있어. 우리가 반드시 옳지는 않아. 우린 거기서부터 시작해. 우리가 틀렸을 수도 있다는 것부터. 나는 그게 퍽 좋은 점이라고 생각하지만…….

도토리는 잎 끝을 되말았다. 토란은 다음 이야기를 기다렸지만 도토리는 그대로 잘 쉬라고 인사하고 가버렸다.

난 바로 아래 바위에 공동 방에 있어. 잘 자.

홀로 남은 토란은 주위를 천천히 둘러보았다. 노을이 황금빛으로 바위 위에서 반짝였다. 생전 처음 보는 넓고 긴 하늘이었다. 토란은 짊어진 씨알들을 구석에 내려놓았다. 도토리는 다른 쪽에 나머지 씨알을 두고 갔다. 토란은 망설이다가 씨알들이 썩거나 성급히 깨어나지 않도록 마르고 바람이 잘 부는 통로에 놓았다. 토란에겐 아직 시간이 필요했다.

토란, 그쪽으로 가도 돼?

씨알들을 대강 정리했을 무렵 가늘고 상냥한 바삭임이 들렸다. 곧이어 창백한 흰 꽃이 바위틈에서 뾰족 튀어나왔다.

그래.

미나리는 하늘하늘하고 위태위태하게 걸어왔다. 토란은 미나리가 별로 건강치 않다는 걸 금방 알았다.

도토리한테 도움 받을 때 이미 상태가 나빴어. 살아 있는 게

용한 거야.

미나리가 잎을 사각였다. 토란은 꽃대를 끄덕이고 촉촉한 흙자리를 미나리에게 양보했다. 미나리는 사양치 않고 고마워하면서 앉았다.

여긴…… 어떤 곳이니? 흙도 퍼석하고 먹을 것도 없어 뵈는데 다들 어떻게 견뎌? 물은 솜다리가 주니?

미나리는 나직이 웃었다.

여긴 정원이 아니야, 토란. 우린 스스로 먹을 걸 찾아. 물은 폭포 근처에 가면 마음껏 마실 수 있어. 미끄러지거나 물살에 휩쓸리지 않도록 조심해야 하지만. 먹을 건 바위를 벗어나서 좀 위로 올라가면 붉은 흙이 있고, 아래로 내려가면 검은 흙이 있어. 하지만 거기 갈 땐 벌레가 어디 있는지 잘 살펴봐야 해. 가끔 벌레들이 기승을 부려서 바위 밖으로 나갈 수 없으면 저장식을 먹어.

저장식?

미나리는 대답을 주저했다.

벌레야. 썩은 벌레.

뭐?

토란은 경악했다.

어떻게 그런 걸 먹어?

미나리는 부끄러운 듯 이파리를 모았다.

먹을 수 있어. 영양가가 무척 높아. 그걸 먹지 않았다면 나도 지금까지 살지 못했을 거야.

토란은 그제야 도토리가 어떻게 그렇게 질기고 강할 수 있었는지 깨달았다. 정원에서 자란 꽃이 몰라도 되는 다른 음식이란 썩은 벌레였다.

난 먹지 않을 거야.

물론 안 먹어도 돼. 난 먹을 수도 있다고 알려준 것뿐이야. 어차피 우리가 먹는 흙은 다 그런 것들이 썩어서 된 것인걸.

토란은 진저리를 쳤다.

그래도 난 안 먹어.

미나리는 토란의 감정이 가라앉을 때까지 기다렸다.

여기서 네게 이러쿵저러쿵 시키거나 강요하는 꽃은 하나도 없을 거야. 대신 여기서 살려면 몇 가지 알아둬야 해. 아무도 네게 물을 가져다주지 않을 거야. 흙도 퍼석해서 영양가도 별로 없을 거고. 다행히 우린 걷는 꽃이니까 얼마든지 먹을 걸 구하러 다닐 수 있어. 벌레들은 조심하는 게 좋아. 이미 알고 있겠지만. 그들은 우리보다 힘도 세고 날 수 있으니까 재수 없으면 끌려가서 폭행당하거나 알이 까여 만신창이가 된 채 버려지게 돼.

토란은 이미 직접 그걸 보았다.

알아.

그렇구나. 그럼 잘 자. 언제든 내가 도와줄 게 있다면 부탁하고. 별로 큰 도움은 못 되겠지만.

토란은 새삼 미나리가 고마워졌다.

응. 고마워.

옛 친구를 만나게 되서 기뻐.

나도 너를 만나서 무척 기뻐, 미나리.

미나리는 공동 방으로 내려갔다.

그새 해가 저물어 있었다. 토란은 어둠 속에서 딱히 형태가 잡히지 않는 생각들 사이를 헤매다가 잠들었다.

토란을 데려다준 도토리는 그 길로 솜다리에게 갔다.

어서 와. 다시 올 줄 알았어. 너한테 부탁할 게 있어.

뭔데?

도토리는 솜다리가 무슨 이야기를 할지 어느 정도 짐작하고 있었다.

토란이 여기에 정착하도록 설득해 줘. 한동안 어디 가지 말고 좀 도와주라고.

내가 왜 그런 귀찮은 일을 해야 하지? 게다가, 여긴 이미 포화상태라고 네가 그랬잖아?

솜다리는 웃었다.

왜냐면, 넌 네가 말하는 것보다 훨씬 더 귀찮은 일을 좋아하니까. 아니라면 네가 지금 여기 있을 리가 없지. 그 꽃에겐 살 곳이 필요해. 물론 여긴 포화상태긴 하지만…….

솜다리는 잠깐 생각하고 솜털로 뒤덮인 잎을 부볐다.

우리에겐 그 꽃이 가진 씨알이 필요해. 알다시피 여긴 조건이 열악해서 씨알을 잉태하는 꽃이 없어.

잘됐잖아. 어차피 여긴 너무 좁다고. 왜 갑자기 씨알이 필요

해진 거야? 누굴 이용하려 들다니 그건 너답지 않아. 난 찬성할
수 없어.

솜다리는 빙긋 웃었다.

곧 생각이 달라질걸, 도토리. 내 멋진 계획을 다 듣고 나면.

다음 날 일찍 토란은 도토리를 따라 먹을 걸 구하러 갔다. 미나
리와 작은 수선화가 따라오겠다고 고집을 부려서 일행이 두 배로
늘었다.

이렇게 한꺼번에 가면 다들 별로 못 먹을 텐데.

도토리가 걱정했다.

괜찮아요. 요새 괜찮은 땅을 찾아냈거든요. 좀 멀지만. 그리
고 숫자가 많으면 벌레도 함부로 건드리지 못할 거예요.

도토리를 대하는 미나리의 태도엔 공손함이 배어 있었다.

오히려 더 눈길을 끌 거 같은데.

작은 수선화가 잎을 바삭였다. 미나리는 작은 수선화를 무시하
고 앞장섰다.

아침나절을 걸어서 꽃들은 흙이 검붉은 땅에 도착했다. 위로
큰 나무들이 쭉쭉 뻗어 있어서 아래에 자라는 풀이 없었다.

이거 꽤 아늑하고 한가한데.

도토리의 칭찬에 미나리는 기쁘게 잎을 가르랑대며 흙 속으로
뿌리를 뻗었다.

토란은 오랜만에 뿌리를 감싸는 풍족하고 안락한 느낌에 황홀
해졌다. 땅은 낯설지만 신선했다.

적당히 먹고 볕으로 나가야 해. 여긴 먹을 건 있지만 볕이 없어서 흡수시킬 수가 없을 거야.

도토리가 충고했다. 꽃들은 흙 속의 양분을 빨아들이다가 몇 걸음 나가 볕을 쪼이고 다시 흙에 묻히기를 반복했다. 토란은 걸을 수 있기 때문에 여기 흙도 먹을 수 있다는 걸 알았다. 걸을 수 없다면 아무리 먹을 게 있어도 볕을 쪼일 수 없으니 꽃은 살 수가 없었다.

일행은 해 질 녘에 바위의 보금자리로 돌아왔다. 토란의 줄기는 더 탄탄해졌고 떨어질 듯 아슬아슬하게 하늘대던 이파리 몇 개도 단단히 달라붙었다.

내일부터는 혼자 다녀볼게.

토란이 상쾌하게 잎을 부비자 도토리가 반문했다.

괜찮겠어?

응. 혼자서 할 수 있을 거 같아. 그 편이 낫겠어.

토란은 이제 두려워하지 않기로 했다. 두려워해봤자 더 두려워지기만 할 뿐이고, 이도 저도 못하고 벌벌 떠느니보다 행동하는 편이 더 쉽다. 토란은 왜 더 빨리 아베의 정원에서 벗어나는 걸 생각 못했는지 안타까웠다.

도움이 필요하면 언제든지 부탁해. 벌레들을 조심하고. 동쪽 늪 가까이는 가지 마.

미나리가 충고했다. 토란은 그러겠다고 했다.

토란은 그해 늦여름을 바위 보금자리에서 지냈다. 거기 있는 동안 토란은 뭐든지 혼자 해냈다. 혼자 신선한 물을 찾아 마시고,

흙에서 먹이를 찾고, 바람이 좋은 날이면 바위에 걸터앉아 노래를 했다. 토란의 서늘한 노랫소리는 바위 보금자리를 맴돌아 멀리멀리 퍼져 나가다 폭포 소리에 녹아 사라졌다. 노래하는 꽃을 처음 본 다른 꽃들은 토란을 낯설어 했지만 금방 친해졌다. 건방진 작은 수선화조차 토란의 노래에 흠뻑 반해서 저녁마다 조르러 왔다. 평화로운 날들이었다. 토란은 지극히 만족했다. 매일 매일 누구의 눈치도 보지 않고 자신의 삶을 위해서 해야 할 바를 한다는 것은 굉장한 일이었다. 항상 뭐든 스스로 해야 한다는 게 때로는 힘들고, 먹을 것을 구하지 못해서 굶주리는 날들도 있었지만, 그럴수록 토란의 긍지는 날카롭게 여물고 의지는 강해졌다. 토란은 처음으로 성장했다고 느꼈다.

첫 가을비가 왔다. 습윤한 구름이 걷히자 토란은 공기가 달라진 걸 알았다. 봄이 되돌아온 것처럼 서늘하고 촉촉하다. 하지만 풀잎을 스치는 바람은 다가올 환희를 기대하는 설렘에 떠는 게 아니라 미진한 불안과 미혹에 흔들리는 것 같았다. 토란은 평상시처럼 먹고 마시고 때때로 씨알을 들여다보고 노래하기를 계속하면서도 뭔가를 기다리는 자신을 발견했다. 먹이도 전처럼 그날 필요한 만큼만 취하고 다음 날을 위해 남겨두는 것이 아니라 뿌리가 닿는 한 취해 곳곳에 비축했다. 토란도 자기가 왜 그렇게 하는지 이해할 수 없는 순간들이 있었지만 적어도 하고 나면 초조감은 좀 잦아들었다. 하지만 그것만으론 부족했다. 토란은 더 멀리 걸어 나가기 시작했다.

이상해, 이상하다고.

밤늦게 돌아온 토란 앞에 작은 수선화가 불쑥 튀어나왔다. 작은 수선화는 어느새 제법 키가 자라서 토란과 줄기 마디를 견줄 정도가 되었다.

뭐가 이상하다는 거야?

날이 점점 차지는데 어딜 그렇게 싸돌아다니는 거야? 밖에서 얼어 죽을 셈이야?

내가 왜?

토란은 무뚝뚝하게 대꾸했다. 토란은 도토리만큼 아량이 없어서 작은 수선화가 거슬리는 걸 참기 싫었다.

그럼 매일 어딜 가는지 얘기해줘.

아무 데도 안 가.

작은 수선화는 못마땅하다는 듯 잔가시를 부렸다.

수상해. 날이 차져서 다들 자리 지키기도 바쁜데 매일 싸돌아다니면서 어디 가는지도 얘기할 수 없다니. 아주 수상해.

토란은 그때까지도 작은 수선화의 사각임에서 풍겨나는 은밀하고 불쾌한 냄새를 눈치채지 못했다.

뭐가 그렇게 수상하다는 거야?

토란, 넌 의심받고 있어.

의심?

그제야 토란은 바위 보금자리에 흘러다니는 불온한 공기를 느꼈다. 그건 흔들리는 바람처럼 근거 없고 봄 날씨처럼 변덕스러웠다.

소문이 돌아다녀. 벌레처럼 스멀스멀. 머지않아 벌레랑 꽃이랑 전쟁을 한대. 그래서 지금은 서로 첩자를 심어놓고 배신할 준비를 한다는 거야.

거짓 소리.

토란은 딱 소리 나게 이파리를 꺾었다.

진짜야. 그걸 대비해서 솜다리는 벌레 여럿을 생포해놓았고, 늪의 실험실에선 벌레를 잡아먹는 꽃들이 자라고 있댔어.

누가 그런 엉터리 소리를 해?

너만 모르고 다 알아, 토란. 소나무 숲에 사는 꽃들까지 다 안다고!

작은 수선화가 줄기를 흔들었다.

없는 소리 지껄이지 마.

토란도 거세게 잎을 떨었다. 둘 사이에 흰 꽃이 끼어들었다. 미나리였다.

작은 수선화는 소나무 숲까지 가보지도 못 했잖니. 네가 직접 보지도 못한 걸 사실인 양 떠들고 다니는 건 나쁜 버릇이야.

토란은 안도했다.

칫. 잘난 척은.

작은 수선화는 입줄기를 비비 꼬다가 미나리에게 쫓겨났다. 둘만 남게 되자 토란이 물었다.

전쟁이라니. 무슨 소리야? 넌 뭔가 알아?

미나리는 얄팍한 줄기를 으쓱했다.

늘 떠돌던 소문이야, 계절마다. 작은 수선화는 첫해라서 조금 흥분한 걸 거야. 신경 쓰지 마.

토란은 잎을 끄덕였다. 하지만 마음이 무거웠다.

바위의 꽃들이 겨울나기를 준비했다. 한 해를 지내본 꽃들은 첫 겨울을 맞은 꽃들에게 여러 가지로 충고해주었다. 토란도 얼어 죽지 않게 솜털을 입는 방법이랑 이파리 수를 조절하고 잉여 양분을 줄기 안에 저장하는 법을 배웠다.

미나리는 공기가 차지자 시름시름 앓기 시작했다. 토란은 아득한 자기 바위틈을 미나리에게 양보했다.

더 도와줄 건 없어?

미나리는 오래 망설이다가 작게 바스락거렸다.

벌레가 필요해.

토란은 흔들리던 잎을 멈췄다. 겁이 났다. 하지만 미나리에게 보일 순 없다.

어떻게 벌레를 구하지?

고민 끝에 토란이 잎을 펼치자 미나리가 대답했다.

동쪽에 가봐.

솜다리가 가지 말랬잖아.

그래, 거기엔 실험실이 있거든.

실험실?

가보면 알아. 거기에 아마 썩은 벌레가 있을 거야. 도토리가 전에 거기서 가져왔다고 했거든.

토란은 미나리를 보지 않고 떠났다. 걸음이 결코 가볍지 않았지만 미나리를 생각하면 서둘러야 했다.

동쪽 늪지대는 바위 보금자리보다 훨씬 따뜻해서 나무에 푸른 잎들이 남아 있었다. 토란은 미적지근하고 텁텁하게 달라붙는 공기를 떨치고 앞으로 나아갔다. 안쪽으로 들어갈수록 머리를 풀어헤친 왕버들과 뱀처럼 켜켜이 꼬인 인동덩굴이 무시무시했고, 흙은 기름지고 끈끈했다. 토란은 시커먼 물풀들이 도사린 사이로 썩은 부유물이 떠다니는 얕은 흙탕물 옆을 조심스레 지나쳤다. 어둡고 습한 길은 갈수록 험해졌다.

가끔 꽃대 위에서 새들이 시끄럽게 까옥대며 날아다녔다. 그중 하나가 걷는 토란을 벌레로 착각하고 움켜쥐고 날아올랐다가 꽃인 걸 알자 허공에서 팽개쳤다. 토란은 진흙탕에 어이없이 나동그라져 있다가 간신히 정신을 차리고 일어났다. 어느 쪽에서 왔는지 어디로 가야 할지 알 수가 없었다. 토란은 버드나무 뿌리 근처를 헤매다가 뿌리를 헛디뎌 구덩이로 떨어졌다.

컴컴한 구덩이 바닥에 웅크린 채 토란은 잠시 숨만 쉬며 줄기뿌리를 사렸다. 미끄러질 때 작은 가지 하나가 부러져 나갔고 여기저기 긁혔지만 대체로 무사했다. 토란은 위를 보고 그곳이 얕은 구덩이가 아니라 넓은 공동임을 알았다. 토란이 떨어진 곳은 공동에 빛과 바람이 통하게 마른 낙엽과 이끼로 천장을 덮은 틈새였다.

어둠이 익숙해지자 토란은 출구를 찾기 위해 앞을 더듬어 나갔다. 천장은 하나로 이어져 있지만 떠받치고 있는 흙벽들이 공간을 갈라서 미로 같은 공간이었다. 토란은 가능한 한 넓고 밝은 쪽으로 나아가려 노력했지만 모퉁이를 돌 때마다 방향이 달라져서 옳은 길인지 가늠할 수가 없었다.

그때, 저편에서 '소리'가 들렸다.

소름 끼치게 사각이는, 오랫동안 잊고 있던 벌레 소리였다. 토란을 반사적으로 뒷걸음치다가 한쪽 벽에 쌓여 있던 이파리 더미에 걸려 넘어졌다. 안에 담겨 있던 애벌레들이 토란의 꽃대 위로 후두둑 떨어졌다. 토란은 기겁했다.

이봐요, 함부로 뛰지 마요, 그럼 애벌레가 밟혀서…….

옆에서 튀어나온 커다란 갈색 애벌레의 톱니 발이 토란을 붙잡았다. 토란은 꺼칠한 발을 확 뿌리치고 정신없이 도망쳤다. 천장에 늘어진 나무뿌리들이 줄기를 할퀴었지만 느끼지 못했다. 그때 갑작스럽게 벽이 사라지고 넓은 장소가 나타났다. 토란은 얼어붙은 숨구멍을 움켜쥐었다. 벌레들이 뿌리 디딜 틈도 없이 사방에 우글우글대고 있다.

이건 꿈이야. 난 꿈을 꾸는 거야.

토란은 어서 꿈에서 깨려고 했다. 하지만 아무리 꽃대를 저어도 악몽은 떨쳐지지 않았다.

토란?

멀리서 도토리의 바삭임이 들렸다.

살려줘, 도토리!

토란은 온 잎을 흔들었다. 저 너머에 있던 도토리가 벌레 떼를 헤치고 토란에게 다가왔다.

호들갑 떨지 마. 벌레들이 놀라겠어.

토란은 어안이 벙벙했다.

무슨 소리야, 놀란 건 나야. 빨리 여길 빠져나가자.

토란은 미친 듯이 도토리를 잡아끌었다.

정신 차려, 토란. 이건 길들인 벌레들이야. 아무 짓도 안 해.

토란은 도토리에게 한 대 얻어맞고서 정신을 차렸다.

길들였다고?

그래. 솜다리가 키운 거야.

도토리가 잎 마디를 으쓱하며 뒤를 보이자, 얌전한 얼굴의 솜
다리가 나타났다.

쓸모가 무척 많거든.

벌레를 써요? 어디다가? 잡아먹는 건가요?

토란은 여기 온 목적을 떠올렸다. 미나리에겐 벌레가 필요했
다.

아니. 벌레는 중요한 노동력이야. 흙을 파내거나 나르는 일
은 꽃들이 하기엔 힘에 부치지만, 벌레들에겐 아무것도 아니거
든. 가끔 죽은 걸 퇴비로 만들긴 하지만 일부러 죽여서 먹지는
않아. 길들인 벌레는 너무 소중하니까.

'너흰 다 소중하지, 너희는 꽃이니까.' 토란은 소름이 끼쳤다.
아베도 그랬다.

솜다리는 토란을 벌레들에게서 조금 떨어진 위쪽 통로로 데려
갔다. 거기서는 벌레 농장 전체가 보였다. 가시나무에 옻 진을 바
른 울타리 안에 우화하기 전의 종령 애벌레들이 득시글대는 게

보였다. 날개가 난 성충은 날개가 묶인 채로, 풀 그물로 엮은 비행 방지 장치가 있는 다른 울에 넣어져 있었다. 토란은 경이감과 오한으로 줄기를 떨었다.

어떻게 우리보다 힘센 걸 기를 수 있죠?

솜다리는 빙긋 웃었다.

세상이 힘으로만 된다면 오히려 불공평하지. 태어났을 때부터 길들이면 돼, 벌레들이라고 다 처음부터 그렇게 위험하거나 나쁜 건 아니거든.

갓 태어난 벌레를 어떻게 구해요?

네가 한 거랑 똑같아. 몰래 지켜보다가 훔치는 거지.

도토리가 심술궂게 사각였다.

난 안 훔쳤어!

알아.

토란은 혼란스러웠다.

이건 아베가 우리에게 한 거랑 같잖아요. 똑같이 나쁜 짓이야.

도토리는 가지마디를 으쓱했다.

그럼 여기라고 별다를 게 있는 줄 알았어? 산다는 건 원래 다 그래. 어디나 불공평하지.

난, 난 여기가 낙원이라고 생각했는데…….

낙원은 아무 데도 없어, 토란. 있다면 네 착각 속이지.

도토리가 꽃대를 저었다. 토란은 침묵했다.

미나리에게 벌레가 필요해요.

토란이 기어 들어가는 소리를 냈다. 이런 상황에서 꺼내기는 곤란했지만 해야 했다. 솜다리는 꽃대를 끄덕였다.

그렇군. 그 상태론 겨울을 나기 벅찰 테지.

토란은 슬퍼졌다. 솜다리는 토란이 안심하도록 부드럽게 잎을 부볐다.

걱정 마. 벌레는 귀하지만 목숨보다 귀하진 않으니까. 나중에 도토리 편에 보내도록 하지. 미나리가 건강해질 때까지 충분히 먹을 수 있게.

솜다리가 쳐다보자 도토리는 삐뚜름히 줄기를 꼬았다. 도토리가 대답이 없자 솜다리는 가지를 으쓱했다.

고마워요.

토란은 감사했다.

공짜는 아니야. 대신 부탁이 있어.

솜다리의 사각임에 토란은 약간 놀랐다.

제가 도울 일이 있나요?

솜다리는 꽃대를 끄덕였다.

때가 되면 알려주지. 이쪽 길로 해서 죽 가다가 애벌레 방에서 갈림길이 나오면 오른쪽 통로 위로 올라가. 그럼 금방 바위로 돌아갈 수 있어.

토란은 솜다리가 가리킨 길을 보고 망설였다. 갈색 애벌레가 튀어나왔던 바로 그 길이었다.

저, 솜다리. 벌레들은 다 울타리 안에 있는 거죠?

물론이지.

저쪽에 따로 움직이는 큰 갈색 애벌레가 있었어요.

토란이 솜다리가 가라고 한 방향을 가리키자 솜다리는 잎을 튕겼다.

아아, 주름벌레? 그놈은 괜찮아. 영원한 애벌레거든.

영원한 애벌레?

절대로 성충이 되지 않는 벌레지. 처음 나무뿌리 근처에서 발견했을 때 모습 그대로 늙고만 있거든. 굴 파기의 명수야. 힘은 세지만 유순해. 이 굴도 원래 주름벌레 거였어.

솜다리와 도토리는 토란이 벌레 농장을 가로지를 때까지 바래다주었다. 토란은 내키지 않는 걸음으로 홀로 굴 속을 걸었다. 처음 작은 애벌레들을 발견한 장소에 다다르자 주름벌레가 보였다. 토란은 바싹 긴장했다. 주름벌레는 토란을 보고도 꼼짝하지 않았다. 토란은 가만히 그 옆을 지나다가 물었다.

왜 그래요?

애벌레들이 죽었어요.

주름벌레 앞엔 밟혀 죽은 작고 하얀 애벌레가 두 마리 있었다. 토란은 아까 정신없던 통이 떠올랐다.

그 애벌레들 설마 내가 아까……

주름벌레는 흙손처럼 생긴 앞발을 내저었다.

죽었지만, 당신 탓은 아니에요. 사고죠. 그러니까 가세요, 꽃.

토란은 주름벌레 앞에 쭈그려 앉았다.

미안해요. 죽이거나…….

토란은 고통스럽게 입을 모았다.

다치게 하려던 건 아니었어요. 그냥 난, 너무 무섭고 놀라
서…….

알아요. 아무도 잘못하지 않았어요. 그냥 운이 나빴을 뿐이
에요. 길을 잃은 거라면 오른쪽으로 가면 돼요.

주름벌레가 앞발로 가리켰지만 토란은 한참 그 앞에 서 있
었다.

그거, 어쩔 거예요?

토란은 용기를 내어 물었다. 주름벌레는 죽은 한 마리를 안았
다.

묻어야죠. 뭐든 가야 할 자리가 있으니까요.

도울게요.

토란이 꽃대를 숙이자 주름벌레는 앞장섰다. 토란은 조심스레
다른 애벌레를 안고 그 뒤를 따랐다. 무섭고 징그러웠지만, 자기
가 저지른 일만큼 끔찍하지는 않았다.

주름벌레는 얕은 두엄터에 죽은 애벌레들을 묻었다. 둘은 한참
그 앞에 서 있었다.

이름이 뭐예요, 꽃?

주름벌레가 물었다.

토란이에요.

난 굼벵이예요.

에? 주름벌레라던데요?

솜다리는 원래 마음대로 이름 붙이는 걸 좋아해요. 난 굼벵
이예요.

단호한 주름벌레의 태도에 토란은 꽃대를 끄덕끄덕했다. 그러
나 주름벌레는 계속 주름벌레라고 불렸다.

4. 겨울

바위를 훑는 바람이 점점 차고 건조해졌다. 토란은 씨알이 얼
어 죽지 않도록 죽은 달팽이 껍질 속에 넣었다. 첫눈이 내리고 이
틀이 지난 날 도토리가 토란을 찾아왔다. 벌레 농장에서 헤어진
후로 처음이었다.

어디 먼 데 갔다 왔어? 보고 싶었어.

도토리의 줄기에선 바람 냄새가 났다.

토란, 넌 떠나는 게 좋겠어.

도토리는 대뜸 용건부터 꺼냈다. 토란은 어리둥절했다.

갑자기 무슨 소리야?

솜다리가 너를 이용하려 해. 정확히는 엉겅퀴의 씨알들을.

도토리는 부쩍 여위고 창백해져 있었다. 마른 껍질 아래 물까
지 투명하게 도드라져 보였다. 토란은 갑자기 도토리가 무서워
졌다.

엉겅퀴의 씨알을? 왜?

너도 소문은 듣고 있겠지.

토란은 불안스레 술렁이는 잎을 애써 붙들었다.

뭘?

도토리는 힘없이 웃었다.

토란, 넌 늘 알면서 모르는 척하더라. 전쟁, 들었지?

토란은 꽃대를 붉혔다.

그래, 하지만 모두 그런 일은 일어나지 않을 거라고 하던데.

도토리는 가지를 저었다.

안타깝지만 솜다리는 진짜로 벌레들과 전쟁을 할 거야. 새봄이 오는 즉시. 늪에 있는 실험실에서는 벌레를 직접 공격해서 먹이로 삼는 꽃들이 성공적으로 탄생했어.

토란은 벌레들이 우글거리는 기이한 농장과 그 너머의 기분 나쁜 늪 냄새를 떠올리곤 온 줄기가 꽉 조여왔다.

벌레를 공격해? 그리고 꽃이 직접 먹는다고? 거짓 소리!

사실이야. 신종 식충식물이지. 내가 직접 봤어. 솜다리는 거기에 네 씨알들도 끼워 넣고 싶어 해.

끔찍한 소식이었다. 도토리가 아니라면, 말라 바스러질 것 같은 투명한 줄기를 보지 않았다면 믿지 않았으리라.

나는 씨알을 내놓지 않아.

토란은 강경하게 잎을 모았다.

물론 그러고 싶겠지. 하지만 너 가을에 솜다리에게 진 빚이 있지, 미나리 건으로.

토란은 신음했다.

그건…….

내 얘기부터 들어, 토란. 아무튼 나는 네가 거기 휩쓸리길 원치 않아. 그러니까 여길 떠나.

도토리는 냉정하고 차분했다. 토란은 벌레 농장에서부터 도토리가 줄곧 뭘 생각했는지 알 것 같았다.

하지만 나는 갈 곳이 없어.

넌 어디든 갈 수 있어. 이 겁쟁이야.

도토리가 줄기를 거세게 부볐다.

도토리, 넌 왜 만날 나쁜 소식만 갖고 오는 거야?

토란은 슬프고 겁이났다.

왜냐면, 세상이 그런 곳이니까, 토란.

도토리는 뿌리 방향을 돌렸다. 토란은 다급히 도토리를 붙들었다.

가지 마. 도토리. 난 뭘 해야 할지 모르겠어.

넌 이미 다 알고 있어, 토란. 네가 뭘 해야 하냐면 네가 생각한 바로 그걸 실행하는 거야.

토란은 정신이 번쩍 들었다. 도토리가 옳았다.

그럼 벌레들은, 거기 울타리 안에 애벌레들과 큰 벌레들은 어떻게 되는 거지?

토란은 주름벌레를 떠올렸다.

우리 전쟁을 돕겠지.

토란은 도토리가 '우리'라고 표현한 것에 떨었다. 도토리는 전쟁을 할 생각이었다.

그럼, 자기들끼리 죽이게 되는 거야?

거부한다면 죽일 수밖에 없어. 뒤에 적을 두고 전쟁에 나갈 순 없잖아?

토란은 지독한 피로를 느꼈다. 몇 마디밖에 안 했는데 곤죽이
되도록 두들겨 맞은 것 같다.

너는, 도토리?

토란은 이미 도토리의 대답을 알고 있다. 그리고 거기에 대해
서 아무 소리도 할 수 없다는 것도 알았다. 하지만 들어줘야만 했
다.

나는 해. 하지만 넌 떠나도 돼. 넌 여기서 태어나지 않았어.
네가 짊어져야 할 의무는 없지. 생각이 다르다면 가야 해. 그게
너에겐 옳으니까.

도토리는 토란이 씨알이 든 달팽이 껍질을 짊어지는 걸 도왔다.

가. 가능하면 빨리, 솜다리가 모르게.

토란은 달팽이 껍질을 바짝 둘러업었다. 토란의 마음은 처음
아베의 정원을 떠날 때처럼 불안했지만, 그때처럼 두렵지는 않았
다. 지금 토란에겐 할 일이 있었고, 그걸 어떻게 해내야 하는지에
만 신경을 쏟기도 벅찼다.

토란은 떠나기 전에 늪 동굴에 들렀다. 주름벌레는 여느 때처
럼 애벌레 방에 있었다. 날이 추워져 깨어나는 알도 없고 먼저 깨
어난 애벌레들은 이미 농장으로 보내졌지만 주름벌레는 언제나
처럼 제자리를 지켰다.

뭐가 그리 급해요, 토란?

숨이 줄기 끝까지 차서 파득대는 토란을 보고 주름벌레는 짧

은 더듬이를 태평하게 스럭였다. 토란은 급히 달려온 게 살짝 무안했다.

전쟁한다는 거, 알아요?

물론 들었어요. 여긴 솜다리의 작전 기획실인걸요.

주름벌레는 느릿하게 앞다리를 벌려 보였다. 토란은 주름벌레의 여유에 아연하면서도 덩달아 차분해졌다.

그쪽은 어쩔 거예요? 싸우게 하거나 죽인다는데.

글쎄요. 제겐 늘 선택권이 별로 없었기 때문에 그렇게 물어보니 부담스럽네요. 전 그냥 제가 해야 할 일을 하는 게 가장 좋아요. 무슨 일이건 간에요.

토란은 용기를 내어, 생각을 잎으로 사각였다.

전 떠날 거예요. 같이 갈래요?

네?

토란은 주름벌레에게 씨알이 든 달팽이 껍질을 보였다.

절 좀 도와줬으면 좋겠어요. 저도 그쪽을 도울 수 있다면 좋고요.

주름벌레는 잠시 생각하더니 흔쾌히 답했다.

그럴 수 있다면 제겐 가장 나은 방법일 거 같네요.

그럼 우선.

토란은 생각한 바를 실행에 옮기기 전에 숨구멍을 크게 열었다.

굴을 파요, 우리가 달아날 수 있는 안전한 탈출로를요. 지상으로 가면 솜다리에게 들킬 거예요.

기꺼이 그러죠.

주름벌레는 기찬 솜씨로 빠르고 능숙하게 벽 모서리를 파 들어가기 시작했다. 어느 정도 파고 나서 토란과 씨알들을 먼저 안에 들어가게 하고 뒷벽을 막았다. 둘은 잠시 사방이 막힌 흙 속에 있었다. 토란은 갑자기 두려워졌다. 사방에 죽음이 있었고 그 안에 꼼짝없이 붙들린 기분이었다.

겁먹지 말아요, 토란. 당신도 씨알일 때 흙 속에 있었잖아요.

어둠 속에서 주름벌레의 사각임이 들렸다. 신기하게도 토란은 그 소리에 안심이 되었다.

주름벌레는 적을 따돌릴 만큼 뒷벽이 충분히 단단한지 확인하고 앞을 파 나가기 시작했다. 토란은 앞인지 뒤인지 위인지 아래인지도 알 수 없어 공황 상태에 빠졌지만 주름벌레는 이리저리 구불구불 잘도 나아갔다. 만약의 추격자를 대비해 중간중간 거짓 굴을 만드는 것도 잊지 않았다. 토란은 자기 선택이 옳았다는 것이 기뻤지만, 홀가분하게 기뻐할 때가 아니었다. 토란은 잔뜩 짊어진 씨알들의 무게를 느끼면서 문득 궁금해졌다. 이 씨알들은 벌레가 될까, 꽃이 될까? 첫 시작은 같은데 어디서부터 달라지는 걸까?

토란이 중얼거린 소리를 들은 주름벌레가 더듬이를 비볐다.

그건 제 번데기가 뭐가 되느냐와 비슷한 문제네요, 토란.

번데기요?

네. 전 곧 번데기가 돼요. 아직 성충이 아니니까요. 당신이 번데기를 지켜주면 제가 어떤 벌레가 되든 당신을 돕겠어요. 성충이 되면 날개가 생기고 힘도 세지니까 지금보다 훨씬 도움이 될 거예요.

토란은 주름벌레가 변한다는 얘기에 놀랐고 더럭 겁이 났다.

그쪽은 영원한 애벌레라던데요?

솜다리가 그랬죠? 진짜 제멋대로 생각하길 좋아한다니까요.

토란은 주름벌레가 보통 벌레랑 같다는 것에 안심한 한편 두려워졌다. 주름벌레는 지금도 충분히 크고 강하고 험상궂게 생겼다. 여기서 더 심하게 변한다면?

그쪽이 아주 위험한 벌레가 될지도 모르는데요?

토란은 자기가 잡아먹힐 거라는 망상을 했다는 건 차마 덧붙이지 않았다.

그럼 좋죠. 남들에겐 위험하지만 당신은 더 안전해질 거예요.

다른 선택은 없었다. 토란과 주름벌레는 약속을 나누었다.

주름벌레는 어두운 땅속에서도 마실 물이나 먹을거리를 잘도 찾아냈다. 토란은 솜다리의 벌레 농장이 있는 굴이 원래는 주름 벌레 것이었다는 걸 상기했다.

어떻게 그럴 수 있었죠?

토란이 물었다.

뭐가요?

굴을 뺏기고, 마음대로 부려먹히거나 하면서도 어떻게 솜다리와 친할 수 있는 거죠?

주름벌레는 튼튼한 뒷발로 흙을 골라 다졌다.

토란이라면 어쨌을 건데요?

토란은 예상치 못한 반문에 잠깐 생각하고 답했다.

　저라면, 솜다리를 죽였을 거예요. 그리고…….

스스로도 그 생각이 무서워서 토란은 약간 떨었다.

　그리고, 음. 제 대답이 틀렸나요?

주름벌레는 동그랗게 몸에 달라붙은 머리를 저었다.

　아뇨.

주름벌레는 잠시 흙손을 놓았다.

　저도 그럴 수 있었어요. 얼마든지요.

토란은 숨을 죽였다.

　하지만 안 그랬잖아요. 왜죠?

주름벌레는 바싹 마른 앞발을 펼쳐 보였다.

　솜다리를 죽이고요? 그다음은요? 다른 꽃들도 죽일까요? 도
토리도? 토란도? 꽃들을 전부 죽일 순 없어요. 완벽히 제거할
수 없다면, 함께 사는 법을 배워야 해요. 그래서 저는 솜다리를
안 죽이고 굴을 줬어요.

토란은 주름벌레의 결정이 쉽게 수긍이 가지 않았다. 그래서
굴 속을 걷는 내내 계속 계속 생각했다.

긴 토굴을 지나 마침내 꽃대를 내민 지상은 한겨울이었다. 주
름벌레는 눈을 헤치고 토란을 굵직한 뿌리가 잔뜩 얽힌 아늑한
고목 속 빈 굴에다 올려주었다.

　저는 곧 번데기가 돼요.

토란은 토굴에서 나눈 약속을 상기했다.

그 번데기를 새나 작은 짐승이 노리지 못하게 지키면 되는 거랬죠.

그래요. 다시 만나요. 안녕.

토란은 작별 인사가 어색했지만 따라했다.

안녕.

주름벌레는 땅위로 기어올라 오자마자 나무 안쪽에 매달리더니 곧 딱딱해졌다. 벽에 매달린 주름벌레는 이상하게 텅 비어 보였다. 마치 지금까지의 주름벌레는 진짜가 아니고, 주름벌레라고 이름 붙리던 뭔가가 갈색 껍질 아래까지 가득 찬 주름벌레인 척하다가 도로 안으로 움츠러든 것 같았다.

토란은 주름벌레의 번데기를 살펴보고 나무 구멍 안쪽에 달팽이 껍질에 든 씨알들을 내려놓았다. 잠잠했던 바람 소리가 거세게 나무 바깥을 할퀴었다. 토란은 줄기를 부르르 떨고 입구 근처 흙 한 줌에 뿌리를 박았다. 날씨는 계속 험해졌다. 토란은 긴 겨울이 되리라고 예감하고 각오를 다졌다. 토란이 죽으면 주름벌레와 한 약속도, 씨알을 보호하려고 힘들게 바위 보금자리를 떠나온 것도 소용이 없어진다.

토란은 매일 번데기와 씨알들을 지켜보는 것으로 하루를 보냈다. 겨울은 꽃을 너무나 무력하게 만들었다. 땅도 물도 얼어붙어서 아무 데도 갈 수 없고 아무것도 마시지 못한 채 토란은 그저 하루하루 필사적으로 버틸 수밖에 없었다. 하얗게 펼쳐진 하늘과 땅 사이에 살아 있는 건 아무것도 없는 것 같았다. 토란은 서서히

지쳐갔다. 눈보라에 시달리며 홀로 새우는 밤이면 적막 속에서 아베가 퍼붓던 저주가 되살아났다.

너는 죽을 거다, 아무것도 이루지 못하고, 아무것도 남기지 못하고.

토란은 오기로 버텼다.

가끔 낮에 따뜻한 햇살이 나무 굴 안쪽까지 비쳐 들면 토란은 혼곤한 잠 속에서 몽롱한 꿈을 꾸곤 했다. 봄이 오고 땅이 꿈틀대며 씨알들이 파릇한 싹을 뾰족하게 내민다. 그 위로 주름벌레의 번데기가 툭 터지며 오색 안개를 드리운 아름다운 날개가 천천히 움직였다. 싹들은 황금색 날개 그늘에서 노래를 불렀다, 싸르륵 싸르륵. 따사롭고 시원한 바람 같은 소리들이 빈 나무속을 날아다니다 나무 꼭대기까지 가득 차올라서 말라 죽은 가지 끝에 매달려 푸른 싹으로 피어났다. 토란은 눈물을 흘렸다.

그러나 꿈에서 깨어나면, 겨울밤이 사나운 짐승처럼 지상을 헤매고 있었다. 토란은 얼어붙은 눈물을 핥았다. 짰다. 어둑해진 벽 그늘에 말라빠진 번데기가 바싹 매달려 있는 게 보였다. 씨알들도 추위에 쪼그라들어 섬뜩하게 차가웠다. 토란은 모든 게 죽어버린 것 같아서 겁에 질렸다. 하지만 아침이면 번데기 껍질 속엔 미약하게나마 온기가 돌았고, 씨알들도 조금은 따뜻해진 것 같았다. 토란은 기다리고 기다리고 기다렸다. 싱싱하고 부드럽던 줄기는 점점 두꺼워지고 주름지며 늙어갔다. 시간도 공평하게 흘렀다. 그리고 마침내, 봄이 왔다.

첫 빗방울과 함께 몰아치던 폭풍우가 잠시 수그러든 새벽에 주름벌레의 번데기가 찢어졌다. 토란은 칼날처럼 얇은 햇살이 번데기를 가르며 투명한 감촉의 무지갯빛 날개가 솟아오르는 것을 보았다. 토란은 꿈속에서처럼 황홀하게 나타날 나비를 기다렸다. 그러나 안에서 나온 건 무자비하게 거대한 몸통과 얇고 투명한 날개를 가진 시커멓고 낯선 벌레였다. 토란은 주춤대며 물러섰다. 씨알들이 발에 걸렸다.

저예요, 토란. 약속했잖아요.

토란은 벌레가 내는 싸르르한 소리에 정신이 확 들었다.

진짜, 주름벌레예요?

굼벵이라니까요. 이젠 매미지만.

토란은 웃으려고 했다. 그런데 눈물이 났다.

왜 이러죠, 바보같이.

어리둥절해 하는 토란을 주름벌레는 부드러운 날개로 감쌌다.

긴장이 풀려서 그래요. 끔찍한 겨울을 버텨냈잖아요. 참 잘 해냈어요.

푸르스름한 광택을 띤 매미의 검은 껍질은 보기와는 달리 따뜻했다. 토란은 잔물결처럼 스럭이는 주름벌레의 배에 잠시 기댔다. 토란의 속에 남아 있던 겨울 조각이 녹아 나갔다.

이제 씨알을 깨워야죠.

토란을 내려놓고 주름벌레, 아니 매미가 눈알을 굴렸다. 토란은 늪에서 나올 때 어두운 굴 속에서 떠올랐던 불안을 다시 느꼈다.

이게 깨어나면 도대체 뭐가 될까요? 제가 뭘 할 수 있을까요?

토란은 아주 오랫동안, 물푸레나무 그루터기에서부터 담아두
었던 두려움을 토했다. 주름벌레는 느긋이 씨알이 든 달팽이 껍
질에 신선한 공기가 통하도록 날개를 부비며 대답했다.

　뭐건 간에 토란이 아는 걸 가르쳐요. 걷는 것도 좋고, 노래도
좋겠죠. 나머지는 그 애들이 생각하게 돼요. 아무것도 미리 정
할 필요는 없잖아요.

주름벌레의 여유는 모습이 변해도 그대로였다. 토란은 혼란
하던 마음이 차분해지는 걸 느꼈다. 둘은 주름벌레가 물색한 양
지바른 언덕에 씨알들을 묻었다. 뭐가 깨어날지는 아무도 몰랐
다. 토란은 봄의 일상을 시작했다. 눈이 녹아 흐른 물이 이파리를
부풀리고, 하루가 다르게 따스해지는 햇볕에 흙이 부푸는 게 보
였다.

어느 날, 첫 씨알이 깨어났다. 연둣빛 잎을 가진 새싹이었다. 토
란과 주름벌레는 기쁘게 새싹을 맞이했다. 두 번째는 꼬물대는
애벌레였다. 나머지들도 연달아 깨어났는데 벌레건 싹이건 곧 너
무 많아져서 토란은 세기를 포기했다.

그날 밤은 축제의 밤이었다. 토란은 그간 모아둔 물과 음식으
로 새 식구들을 반겼다. 주름벌레는 노래를 불렀다. 부드럽고 싸
르르하게 가슴을 훑는 노래가 축복처럼 모두를 감싸고 멀리멀리
퍼져 나갔다. 주름벌레의 노래를 따라 토란은 처음 '소리'와 만났
던 곳으로 되돌아갔다. 거기서 토란은 다시 작은 싹이 되었고, 뭐
든지 할 수 있을 것만 같았다. 그러나 노래가 끝나자 현실이 돌아
왔고 토란은 여전히 늙은 토란이었다. 하지만 토란은 섭섭해 하

지 않았다. 울타리 앞에서 아무것도 아닌, 그냥 싹이었던 토란이 그 너머의 길고 혼곤한 밤길을 건너 마침내 진짜 토란이 되었기 때문이다.

고마워요.

토란은 잎을 사각였다. 주름벌레는 뭐가 고맙냐고 되묻지 않았다. 그냥 웃었다.

그날 밤, 주름벌레는 매미로서 짧은 생을 마무리했다. 토란은 모두가 잠든 고요한 속에서 홀로 조용히 주름벌레를 배웅했다. 그리고 작은 샘가에 무덤을 만들고 씨알과 애벌레들에게로 돌아 갔다.

5. 다시, 봄

토란과 엉겅퀴 씨알들이 함께 지내던 언덕에 가을이 왔다. 토란은 더 이상 겨울을 버텨 봄을 맞을 수 없다는 걸 깨달았다. 줄기가 더 이상 단단하지 않았고 잎 모서리도 누렇게 일그러져 노래는커녕 형태 보전하기도 바빴다. 뿌리는 늦여름부터 이미 너무 무겁고 빽빽해서 짧은 이동에도 불편을 겪고 있었다. 그래서 토란은 결정했다.

파란 하늘이 녹아든 바람은 청명하기 그지없었다. 주름벌레의 무덤은 한산했고 그 옆의 샘은 평온해 보였다. 토란은 느긋하게 주변을 걸으며 가장 가느다란 잎맥까지도 바람이 통하도록 모든 숨구멍을 열고 시간이 더께 진 뿌리를 흙 속에 내렸다. 썩은 흙의 알싸한 내음과 온 줄기를 감싸는 부드러운 촉감에 절로 한숨이 났다.

토란은 이파리에 인 거대한 하늘과 뿌리 아래의 웅장한 땅 사이에서 마지막 맥동을 멈추기 전에 잠깐 아베를 생각했다.

너는 아무것도 이루지 못하고 남기지도 못하고 죽을 거야.

그가 옳았다. 하지만 토란은 그때 아베의 등딱지가 반들거리지 않았다는 것을 기억했다. 분노로 부푼 껍질 속에서 아베는 작고 초라하고 무력해 보였다. 그는 나이 먹어 있었다. 그리고 토란도 나이를 먹었다. 그래서 토란은 그것이 자기를 향한 저주가 아니라 아베 자신의 메아리라는 걸 알았다. 누군가를 향한 가장 중요한 충고는 자기 자신을 향한 것일 수도 있다. 아베는 몰랐다. 하지만 토란은 알았다. 그래서 미소 지었고, 마침내 움직임을 멈췄다.

토란과 씨알들이 함께했던 한 해는 토란의 죽음과 함께 덧없는 먼지처럼 시간 속에 흩어졌다. 이제 거기엔 아무도 없었고 아무 흔적도 남지 않았다. 하지만 이듬해 봄바람이 언덕 숲으로 불어왔을 때 연둣빛 파도가 봄풀 위에 너울져 춤추며 기이하고 아름다운 소리를 내기 시작했다. 풀 그늘 사이에서 쉬고 있던 날벌레들이 힘차게 날아올라 유릿빛 날개를 반짝이며 노래에 합세했다. 쏴드득 내리는 봄비 소리와 닮은 경이로운 이중주는 바람을 타고 멀리멀리 퍼져 나가 세상을 술렁이게 했다. 그것이 첫 번째

노래하는 숲의 전설이었고 아득히 오랜 후에는 세상의 모든 숲이
노래하는 숲이 되었다.

■ 노 래 하 는   숲 은 ……

　환상문학웹진 거울에서 활동하는 가는달 작가님의 「우주화」라는 작품에 식물 형태의 외계인들이 나온다. 작가님은 그들이 소통하는 것을 인간처럼 '말한다'고 하지 않고 '발한다'라고 표현하셨는데 그때의 통렬한 충격을 잊을 수가 없다. 물론 이 작품을 쓰고 있을 때는 잊었지만 (우주화를 이 작품 쓰기 전에 읽었는지, 쓴 후에 읽었는지는 정확히 기억나지 않는다. 아마도 이후이리라, 나는 왜 그렇게 못했을까 아쉬워한 기억이 있으니) 퇴고의 퇴고를 거듭하면서 그 작품이 떠올랐고 토란이나 도토리가 소통할 때 '말한다'고 쓰는 게 너무나 어색하다고 느꼈다. 그래서 여러 가지 줄깃짓 언어를 만들어보았다. 이 작품은 환상문학웹진 연간 단편선과 『커피 잔을 들고 재채기』에 수록되었는데, 그때에는 아직 '말'의 잔해가 남아 있다.

　풍뎅이 아베의 이름도 변화가 있었다. 원래는 아버지를 뜻하는 여러 가지 말들을 조합해보았는데 너무 날비린내를 풍기는 것 같아서(아베가 안 비린 것은 아니지만) 결국 아베가 되었다.

엔딩도 바뀌었는데, 처음에는 토란이 매미 옆에 뿌리를 내리며 처음 매미를 만난 순간과 맞물리게 마무리되었었다.(발표하기 전이었다) 그런데 보름 뒤에 다시 꺼내 보니 이렇게 끝낼 수는 없다고, 이렇게 장대한 모험의 끝이 이렇게 초라해선 안 된다는 생각이 강하게 들었다. 게다가 씨알들이 남아 있었다. 그 알들을 깨워야만 한다는 걸 알았다. 그들을 성장시켜서 토란이 성장하며 지키고 물려받고 물려준 것들을 증명해야만 했다. 그래서 숲은 노래하게 되었고, 성장한 씨알들이 토란과 주름벌레에게 물려받고 다시 물려준 것들로 온 세상의 숲들이 노래하게 되었다.

나는 이런 현상이 현실과도 맞닿길 기원한다. 우리가 가진 것을 나누어 더 넓은 세상으로 이어지길 바란다. 그것이 비록 「환상진화가」에서처럼 우리가 주인이 아닌 세상이라도, 세상이 세상으로서, 가능하면 나름의 방식으로 더 많은 존재가 기뻐할 수 있는 세상이 되기를 갈망한다.

황금가지 출판사에서 2000년에 1회를 열었던 〈황금드래곤 문학상〉은 국내에서 판타지와 SF 등의 장르를 쓰던 지망생들에게 난생처음 맞이하는 큰 잔치였다. 『드래곤 라자』로 국내 장르소설 붐이 일기 시작했지만, 대체로 기존 PC 통신망에 연재되던 작품들 중 눈에 띄는 것을 출판사 측에서 제의하여 출간되는 형식이었고, 소소한 공모전은 있었어도 〈황금드래곤 문학상〉만큼 큰 상금을 내걸고 출간을 전제로 열린 공모전은 처음이었던 것으로 기억한다. 그래서 내 주위에 장르소설 쓴다 하는 사람은 모조리 거기에 투고를 했다. 안 되어도 본전, 아니 남들에게 글을 보일 기회가 있다는 것만으로 남는 장사라고 생각하면서. 그리고 몇 편의 수상작이 결정되었고, 그중 단편부문 수상자로서 처음 "은림"이란 이름을 접하게 되었다.

굉장히 큰 충격을 받았던 기억이 난다. 은림 작가의 말처럼 그때에는 우리나라를 배경으로 우리 이름을 쓰는 장르소설은 많지 않았다. 『반지의 제왕』에서 파생된 하이판타지와 '검과 마법'이라고 불리는 판타지 하위 장르가 대세였고, 그런 분위기를 내려면 당연히 북국의 안개를 불러올 것 같은 이름들을 써야 하는 줄로 알았다. 〈황금드래곤 문학상〉에서 단편부문을 수상한 「할머니 나무」는 주인공이 어리지도 않았고, 여자였고, 칼이나 마법을 맞대는 싸움은 스쳐 지나가는 장면으로도 등장하지 않았고, 주인공에게 특별한 비밀이 있긴 하지만 그것으로 무언가 눈에 보이는 화려한 것을 얻을 수도 없었다. 그때 나도 그곳에 매우 고전적인 판타지를 투고했던 터라, 충격을 받으며 "새로운 시도"라 생각했던 기억이 난다.

나중에는 다른 출판사에서 나온 단편집에서 또 은림 작가의 다른 소설을 만나게 되었는데, 그때는 은림 작가가 고전적인 판타지 단편소설을 수록했고, 현대 한국을 배경으로 한 다른 작가의 소설이 수록되어 있었다. 그 단편집은 두 가지 인상을 남겼다. 은림 작가가 전혀 다른 분위기의 단호한 여성과 판타지도 잘 그리는 작가라는 것(이것은 은림 작품집 2권에서 직접 보게 될 것이다), 현대 한국을 배경으로 한 장르소설이라는 게 가능하며 아주 매력적이라는 것.

환상문학웹진 거울에서 오랫동안 단편을 쓰고 읽고 평하며 지금은 현대 한국을 배경으로 하는 소설이 훨씬 많아졌고 그것이 아주 자연스럽다 못해 흔할 정도가 되었음을 본다. 군이 현대 한국이 가진 실질적인 문제를 녹여내지 않더라도 우리 가까운 곳에서 살아 숨 쉬는 환상이란 관념 자체가 매우 가까워진 느낌이다. 문학적으로 이 땅은 귀신도 다른 세상도 발붙일 수 없는 척박한 생존의 장이었다가 조금씩 틈이 생긴 느낌이랄까. 시공간을 종횡무진할 수 있는 장르에서 어째서 한국적인 것을 찾아야 하느냐는 말을 들은 적이 있는데, 나는 그 종횡무진도 아주 가까운 데서부터 시작하는 것이라고 생각해서 지금의 이 현상이 매우 달갑다.

은림 작가의 글을 여러 해에 걸쳐서 보게 되면서, 분명히 이어지는 테마를 두 개 볼 수 있었는데 여성과 식물이었다. 그래서 사실 이 작품집의 수록작을 결정하는 데에는 큰 어려움이 없었다. 식물에 천착하는 부분, 여성과 꽃과 식물의 비유법을 말 그대로 접붙여서 전개하는 환상, 또는 그저 다른 세계를 통한 창으로서 식물을 사용하는 데 있어 은림 작가는 독보적인 영역을 개척하고 있다.

첫 작품으로 선정한 「할머니 나무」는 이미 앞서 말했듯이 〈황금드래곤 문학상〉 단편부문을 수상했고 은림 작가를 세상에 알린 첫 작품이기도 할 것이라 맨 앞에 배치할 수밖에 없었다. 사실 옛글을 맨 앞에 두면서 작가는 몇 번이고 순서를 바꾸는 것은 어떨 것인가를 이야기해왔고, 나 또한 같은 고민을 하지 않은 바 아니라 서로 의견을 나누었는데, 시작점이자 중요한 작품으로서, 또한 작품 집필 연도가 동떨어져 있다는 점에서 맨 앞이 낫겠다는 결론을 내렸다. 이 작품집의 다른 작품들이 2007년에서 2009년 작품이 가장 많은데 「할머니 나무」만이 2000년 이전에 쓰인 작품이다. 문장도, 그 안에 담긴 시대상도, 생각도 많이 변한 것을 작가가 작품 후기에서도 많이 부끄러워하는 것을 보았을 것이다. 그러나 지금 와서 눈에 보이는 그런 단점들로 덮을 수 없는 큰 족적을 남긴 글이라고 생각해 지금과 같은 배치를 하게 되었다.

두 번째 글인 「만냥금」과 세 번째 「엄마꽃」은 도저히 현실에서 일어날 수 없을 법한 일이 일어나기는 해도 현실에 단단히 뿌리내리고 있는 작품이라고 할 수 있다. 「만냥금」의 아버지가 아들

손만 잡고 거리로 나앉기까지의 과정은 부동산 투기와 주식 등의 한탕주의가 판을 치다가 거품이 꺼지며 폭삭 주저앉는 근래의 한국에서 주위에 하나 꼭 있을 법하도록 현실적이다. 「엄마꽃」에서 딸을 구박하고 아들에게만 모든 꿈과 희망을 투사하며 아들의 모난 부분도 모두 둥글게 보는 엄마는 요 근래에는 드물어졌거나 예전만큼 노골적이지는 않을지라도 한때 어느 집에나 있던 사연이었다. 아들을 낳기 위해 딸을 줄줄이 낳아 누나 여럿에 막내가 남자애인 집안이 흔한 만큼이나 흔하던 사연이다. 서늘한 현실을 그대로 잇는 듯 서늘한 결말과 진실이 물 흐르듯 유려한 작품들이다.

네 번째 글인 「낙오자」는 남자와 여자가 완전히 따로이 살아가며, 생식이 남자에게서 여자가 씨앗을 받아오는 것으로 유지되고, 생식할 수 있는 자격이 곧 사회의 일원이 되는 자격이라는 점에서 사람 형태를 한 식물들의 이야기와도 같다. 그러나 그것은 껍질일 뿐, 이 이야기는 금기와 순응, 진정한 가치와 행복에 관한 이야기라고 보는 것이 맞을 듯하다. 그보다 더 많은 이야기를 캐낼 수 있는 날카로운 독자도 많을 것이다.

다섯 번째 글인 「환상진화가」는 이 작품집의 유일한 SF이다. 오해의 소지가 있는 표현이지만 이 작품을 처음 읽었을 때, 어렸을 때 읽던 SF 걸작선 수록작 같은 작품을 우리나라 사람도 쓰기 시작했구나 생각했던 기억이 난다. 몇 군데에서 여성 작가임이, 동양 사람임이 드러나지만 전체적인 이야기는 성별과 국적을 초월해 인간으로서 자기 가치나 미래, 진화와 같은 것에 대해 고민

해본 인류의 일원이 쓴 것이라고 생각할 수 있을 법한 보편성을 내재한 작품이다. 죽지 않을 정도로 발달한 문명에서 인간은 행복할 수 있을지, 자신의 것이라고 생각하는 욕망과 관성과 본능은 정말로 인간만의 것인지, 세계 전체로 보았을 때 진화의 과정은 어디로 흘러갈지 등 SF의 보편적인 테마를 완성도 높게 구현하고 있는 작품이기도 하다.

마지막 글로 「노래하는 숲」을 선정한 것은 솔직히 분량상의 문제도 있지만, 복합적인 요인이 작용했다. 「노래하는 숲」은 이 작품집에서 그래도 결말이 희망적인 작품이어서 마지막에 배치하면 작품집 전체의 분위기를 은은하게 마무리할 수 있을 거라고 생각했고, 꽃과 새, 벌레들을 그냥 의인화한 것이 아니라 나름의 특성을 살린 각각의 존재로서 형상화한 서술과 이야기 전개 등 많은 면에서 식물을 가지고 이야기하는 은림 작가의 역량이 총동원된 작품이라는 인상도 받았다. 작가 역시 손가락을 모두 편 향연이라고 표현하기도 했다. 또한 '노래하는 숲'이란 이미지가 은림 작가의 작품들을 포괄하는 정다운 표현으로 보이기도 했다. 숲을 이룬 씨앗은 작가에게서 나왔지만 각각의 나무는 다른 방식으로 노래할 것이고, 그 다름 자체로 아름다울 것이기에.

글을 쓴다는 것은 물질적인 밑천이 매우 적게 들지만, 정신적인 밑천을 거덜내다시피 하는 작업이다. 모든 것을 혼자 결정해야만 한다는 것, 글 안에서 벌어지는 일들을 모두 혼자 책임져야만 한다는 점에서 인생의 가장 쓰디쓴 축소판이기도 하다. 방해받기도 쉽고 그만두기도 쉽고, 그만두었다는 자각도 없이 그냥 흐지부지 추억이나 밍기적대는 열망으로만 남기 쉬운 일이다. 그냥 한 여인으로서, 한 남자의 아내로서, 아이의 엄마로서 살아가기에도 벅찬 세상에서도 자신의 노래를 놓지 않고 아름답게 가꿔온 은림 작가에게 편집자이자 독자로서 정말 감사하다고 말하고 싶다. 당신의 글을 읽고 작업하고 아름다운 노래에 젖을 수 있게 해주어서 참으로 고맙다고.

　작가란 작품으로 말하는 것이지 그 외에서 작품에 대해 설명
하는 건 우스운 짓이라고 생각해왔지만 가끔 구구절절히 변명을
늘어놓고 싶을 때도 있다. 대놓고 해보라고 지면을 열어주신 이
규승 온우주 사장님과 최지혜 온우주 편집장님의 기획에 절망과
찬사와 기쁨을 바친다. 정말로 재미있는 기획이었다.

　먼저 장르 작가로서 출발점에 서게 해주셨던 박상준 선생님,
김준혁 황금가지 부장님, 유치하기 그지없던 시기에 축복을 빌어
주셨던 김상현, 김유정, 전민희 작가님. 강력한 파트너가 되어주
신 전 거울 편집장 박애진 작가님, 현 거울 편집장이자 온우주 편
집장 최지혜 님, D&C미디어의 김형섭 팀장님, 흔들리는 삶의 매
순간에서 강력한 기둥이 되어주신 정은지 작가님, 희정 언니, 부
모님, 미은, 지원, 선혜, 혜진, 침묵으로 곁을 지켜주는 박성환 작
가님, 나의 영원한 배움이 될 민영, 휴식 같은 봄비에게 깊은 감사
를 전한다. 이분들이 나를 지켜주는 힘이다.

　나는 내가 여자 사람인 게 너무나 불편했었다. 현실에선 움직
이고 웃고 말하고 생각하는 인간이지만 실제로 현실 속에서 내가
움직일 수 있는 것, 선택할 수 있는 것, 해낼 수 있는 것, 영향을
미칠 수 있는 것은 너무나 적었다. 이럴 바에야 사람을 닮은 나무

와 다를 게 없지 않은가, 여자란 꽃처럼 보기 좋은 장식품이고 실용성 없으며 젊음과 미모가 사라지면 가치 없는 존재라는 얄팍한 상징론이 틀린 데가 없지 않은가. 그런 생각을 아주 많이 했었다. 요즘 같은 시대에 웬 고리짝 같은 소리냐고 친구들조차 이해하지 못하는 부분이 더러 있지만 자란 지역과 부모의 교육 수준, 그리고 재산의 척도에 따라 문화의 기초를 형성하는 가족단위 속에서 여성을 인식하는 개념이 얼마나 차이가 나는지 최근에야 알게 된 참이다. 그리고 역사적으로도 여자가 독립성을 주장하며 한사람의 인격체로 인정받는 참정권을 가지게 된 건 고작 200여 년 전이다. 흑인 노예해방 선언은 1863년이었고, 여성의 참정권은 그보다 더 뒤인 1893년이었다. 노예보다도 여자가 늦게 해방되었다. 현실 사회에서 여자의 위치와 가치에 대해 설명하는 건 이 한 줄이면 충분하다고 생각한다. 그리고 대한민국의 근대화는 그보다 더 늦었다. 내 기억 속에서도 내 할머니들에 대한 취급은 사람을 낳는 암소였다. 무슨 말을 더하랴.

그래서 나는 식물의 감정과 생태와 발전과 욕망과 목적에 대한 책들을 읽었다. 남성 중심의 사회에서 내가 여자고 젊고 결혼하지 않아서 할 수 없는 모든 일들과, 내가 여자고 나이 먹고 아이를 낳아서 할 수 없을 모든 일들 속에서 매일매일 정체성의 일부를 부정당하는 무력감을 마주하다 못해 스스로 부정하는 단계에 다다라 사는 것은 너무 힘든 일이었기에 그런 식으로라도 소통 가능하거나 긍정적인 부분들을 찾아내야만 했다. 나무, 멋지지 않은가. 인간보다 훨씬 더 오래전에 지구에 나타났고 인간보다 더 크고 인간보다 더 긴 수명을 가졌고 인간보다 더 많은 생명을 품는다. 인간은 식물과 소통할 수 없기 때문에 아무것도 아닌 것처럼 생각하지만 그런 위대한 존재가 한낱 인간 따위와 대화를 나눌 필요가 뭐가 있을까. 하지만 나는 여전히 여자 인간이었다. 마법으로 나무로 변할 수도 없었다. 하지만 적어도 내가 나무라고 상상하면 견디기 쉬운 일들은 많았다.

1999년엔 세기말 종말론이 횡행했었다. 하지만 나는 종말의 날에도 굳건히 밥을 먹었고, 밥벌이 감을 찾아냈으며 좁은 방에 놓인 매킨토시와 데스크탑과 그림작업대 위를 오갔다. 글도 써서 공모전에 냈다. 1999년 마지막 날에도 세상은 멸망하지 않았고, 2000년 밀레니엄과 함께 새 시대에 대한 들뜬 기대와 열망을 선전하는 나와 아무 상관 없는 이벤트의 홍수 속에서 멋진 전화 한 통을 받았다. 전화 주신 분은 현 황금가지 편집부장이신 김준혁 님이셨고, 「할머니 나무」가 황금가지와 인터넷 서점 크리센스·문화일보가 주최한 〈황금드래곤 문학상〉의 단편부문을 수상하였다는 소식이었다. 김준혁 부장님의 인사말 즈음에서 서점 홍보용 전화인 줄 알고 끊어버렸다면 어떻게 됐을까.(다시 전화하셨겠지)

「할머니 나무」는 글쓰기에 별다른 가능성을 발견하지 못하고 돈 되는 모든 일에 잡다하게 매달렸던 이십대에 일말의 희망을 엿보여준 작품이었다. 그리고 다음 해에 「할티노」가 같은 공모전에서 중편부문을 연속 수상하여 계속 작품을 발표할 용기를 주었다. 2회 공모전에서 인사를 드렸을 때, 김준혁 부장님께서 1회 때

상을 받은 사람과 같은 사람이란 걸 억지로 기억해내신 기억이 난다. 1회 수상식은 너무 긴장해서 기억 안 나고 2회 수상식에는 잔뜩 멋 부리고 치마까지 입고 갔다가 남의 상을 잘못 받으러 나가는 실수를 저질렀던 기억이 있다. 품.

그때 상을 받았건 받지 않았건 나는 계속 이야기를 쓸 수밖에 없었으리란 걸 안다. 문학적 가치가 없어도 팔리지 않을 것이라도 내 안에서는 계속 황당무계한 이야기와 이해 못할 감정들과 설득력 없는 인물들이 저희끼리 세상을 만들고 인연을 맺고 다투고 사랑하고 끊임없이 자신들의 존재를 확립해 나갔기 때문이다. 나는 그들을 세상에 풀어놓기 위한 수단을 찾고 있었고, 글쓰기는 여러 가지 통로 중 하나였다. 글이 쉬웠다는 뜻은 아니다. 그러나 만화 한 페이지를 그리는 것보다 글 한 장을 쓰는 게 더 효율적인 작업이었다. 게다가 톤과 잉크 값도 안 든다. 종이 한 장과 펜 하나. 얼마나 경제적인지.

말 나온 김에, 처음 이야기를 풀어가는 수단으로 선택했던 건 만화였다. 신일숙 강경옥 황미나 김진 김혜린 작가님의 탄탄한 서사와 아름다운 그림과 정교한 감정, 세심한 연출, 광활한 세계관을 보면서 나는 만화로 내가 가진 이야기를 풀어내길 꿈꾸었다. 흑과 백과 회색 속에서 상상할 수 있는 온갖 아름다운 색과 선 한 끝에 감정을 담는 예민함에 매혹되었지만, 안타깝게도 내게는 수백, 수천 장의 하얀 여백을 섬세한 선으로 채워갈 성실함이 부족했다. 그래도 여전히 그 선과 색에 대한 열정과 매혹은 잊지 않았다. 그래서 내 작품의 묘사는 많은 부분이 시각적이다.

2014년이다. 1997년에 분 세기말 '휴거' 종말론, 1999년 '세기말' 종말론, 2012년 12월 '마야력 종말론', 세 번이나 예고된 종말을 거치고도 우리는 여전히 살아 있고, 내게는 내 이름을 단 책이 나오는 기적이 일어났다. 어린 시절의 막연한 꿈이기만 했던 모든 일들은 내가 바라던 차례는 아니지만 적당한 때에 대부분 실현되었다. 멋지다. 20년 가까이 숙원하던 이야기를 풀어놓을 지면도 얻었다. 더 어떤 근사한 것을 바랄 수 있을까. 어쩌면 어느 작가의 말처럼 세상은 이미 그때 끝났고 우리는 꿈의 남은 그림자일지도 모른다. 그럼 나는 꿈속에서 또 꿈을 꾸는 걸까?

노래하는 숲

은림 작품집

초판 1쇄 펴낸날 2014년 4월 9일

지은이 은림
펴낸이 이규승
엮은이 최지혜
표지 디자인 silverforest
본문 디자인 이경진

펴낸곳 온우주
등록번호 제215-93-02179호
주소 138-847 서울시 송파구 석촌동 284-2 501호 (백제고분로40길 4-7 501)
전화 02-3432-5999
팩스 02-6442-3432
홈페이지 www.onuju.com | onuju@onuju.com

ISBN 978-89-98711-13-9 03810